THREESOME ROMANCE

JEFF

MÉNAGE À TROIS

Prequel zu »Vico - Il Conte«

von
Lucia Bolsani

Lektorat: Andrea Benesch | www.lektorat-federundeselsohr.de

Covergestaltung: Schattmaier Design | www.schattmaier-design.com
unter Verwendung von Motiven von Adobe Stock.com

Bibliografische Information der Deutschen Nationalbibliothek:
Die Deutsche Nationalbibliothek verzeichnet diese Publikation in der
Deutschen Nationalbibliografie; detaillierte bibliografische Daten sind
im Internet über http://dnb.dnb.de abrufbar.

Herstellung und Verlag: BoD – Books on Demand, Norderstedt
ISBN: **9783755757702**

Liebe Leserin, lieber Leser,

nach Möglichkeit versuche ich Bücher zu schreiben, die nicht so dick sind, dass Du scheußliche blaue Zehen davonträgst, sollte Dir das Werk versehentlich aus der Hand fallen. Deswegen habe ich die Ereignisse rund um Sheryl, Jeff und Vico in meinem letzten Buch nur kurz angerissen. Schade eigentlich.

Fanden Jeff und Sheryl wohl auch. Bis in meine Träume hinein haben sie mich verfolgt, und damit endlich Ruhe ist, bekommen die beiden hiermit ihr eigenes Buch. Denn mit einem hatten sie recht: Ihre Geschichte ist ganz gewiss erzählenswert.

Gewalttätig geht es diesmal nicht zu, und auf Italienisch geflucht wird auch nicht, was Dir meine kruden Übersetzungen erspart. Dafür haben die Protagonisten deutlich mehr Sex – wie sich das eben für junge Leute gehört. Die Hauptpersonen experimentieren dabei auch mit einigen Praktiken aus dem BDSM-Bereich. Wenn das also nichts für Dich ist, weil Du eher in Richtung Romantic Thrill tendierst, muss ich Dich wohl auf mein nächstes Buch vertrösten.

Lesen kannst Du diese Geschichte übrigens völlig unabhängig von den Cortone-Clan-Büchern, vorher, hinterher, dazwischen – lediglich eine Seite hiervon, eine Seite davon würde ich nicht empfehlen.

Nachdem nun hoffentlich alles geklärt ist, kann es ja losgehen. Ich wünsche Dir viel Spaß in einem München, in dem das Mittelalter noch lebt!

Deine Lu

Sommer 1998, München-Au

»Das würde ich an deiner Stelle hübsch bleiben lassen.«

Ich lasse die Plane fallen, die vor dem Eingang des bunten Zeltes hängt. *Kacke!* Von der Security geschnappt zu werden, ist der Höhepunkt eines absolut beschissenen Tages. Der damit anfing, dass Dad beim Frühstück über die Fünf in Chemie reden wollte. Nicht, dass ich einen Anschiss kassiert hätte, weil ich keinen Bock hatte zu lernen. Mein Vater war mal wieder superverständnisvoll. Was mich innerhalb von zwei Sekunden auf die Palme brachte. Mann, ich bin erst zwölf, bis zum Abi sinds noch ein paar Jahre. Wir wissen doch beide, dass ich könnte, wenn ich wollte. Ich wollte halt nicht.

Dann rief auch noch Fred an und erklärte, er könne nicht mit mir losziehen. Fred hat auch eine Fünf in Chemie und dann noch versucht, die Unterschrift zu fälschen, damit seine Eltern davon nichts erfahren. Blöd nur, dass er aufgeflogen ist. Jetzt hat ihm sein Vater das Taschengeld gestrichen und er hat Hausarrest.

Ich hatte noch nie Hausarrest und Kohle bekomme ich, so viel ich will. Klar. Ich bin ja auch ein Psycho. Da geht so was natürlich nicht, da kriegt man höchstens noch ein paar

Extrasitzungen beim Seelenklempner aufgebrummt. Nervig genug. Immer diese ausdruckslosen Gesichter. Wahrscheinlich gehen diese Psychoheinis zum Lachen in den Keller.

Nach alldem hatte ich jedenfalls überhaupt keinen Bock, den ganzen Tag zu Hause rumzuhängen. Wohl oder übel bin ich also allein zu diesem Mittelaltermarkt auf dem Mariahilfplatz gelatscht. Wo mein Frust wie weggeblasen war, als ich den Schwertkampf gesehen habe. Klar wusste ich, dass da Kämpfe stattfinden, stand ja groß und breit auf dem Plakat. Aber ich dachte, das wäre so ein bisschen Folklore, wo alle nur so tun, als ob – wie beim Wrestling. Aber die Kämpfer wirkten so ... echt.

Am Schluss hat der eine Typ seinen Gegner mit der flachen Seite seiner Waffe am Arm getroffen. Die Kämpfer hatten wattierte Jacken an, aber das muss doch trotzdem sauweh tun! Der Kerl ließ auch prompt seine Deckung fallen und schon zielte die Schwertspitze des Gegners auf seinen Hals. Der Verlierer hat ihm daraufhin sein Schwert zu Füßen gelegt. Das Publikum ist voll ausgerastet. Irre!

Ich muss einfach wissen, ob die so richtig mit scharfen Schwertern aufeinander los sind oder ob das so stumpfe Dinger waren. Also bin ich den Kämpfern heimlich bis zu diesem Zelt gefolgt. Nur, um kurz vor dem Ziel erwischt zu werden. *Scheiße!* Resigniert drehe ich mich um.

Doch es ist gar nicht die Security, sondern ein Junge mit genauso komischen Klamotten, wie sie auch die Darsteller tragen. Er ist viel kräftiger und ein ganzes Stück größer als ich. Trotzdem: Das ist ein Junge. Der hat mir nicht zu sagen, was ich zu tun und zu lassen habe! Was bildet der sich überhaupt ein?

»Ach ja?«, entgegne ich aggressiv.

Er nickt überheblich. »Allerdings. Sir Malcom schätzt seine Privatsphäre nach einem Kampf.«

Pah!

»Du siehst nicht so aus, als hättest du hier etwas zu suchen«, fügt er hinzu und streicht sich eine Strähne seines schulterlangen, blonden Haares hinters Ohr. Aufgeblasener Wichtigtuer!

»Und du siehst nicht so aus, als ginge dich das was an.«

»Falsch gedacht. Was willst du von Sir Malcom?«

»Ich habe eine wichtige Angelegenheit mit ihm zu besprechen«, erkläre ich mit der ganzen Überheblichkeit, zu der ein Victorio Moreno D'Vergy, Erbe eines Grafentitels und letzter Spross eines uralten italienischen Adelsgeschlechts, fähig ist. Nicht gerade wenig, sollte man meinen.

Doch dem Jungen imponiert das überhaupt nicht. »Und die wäre?«, fragt er hochnäsig.

»Ich gedenke, Unterricht im Schwertkampf zu nehmen«, verkünde ich hochgestochen. Das hatte ich zwar gar nicht vor, aber jetzt, wo ich das sage, kommt es mir wie eine super Idee vor.

Der Kerl ging mir von Anfang an auf den Wecker, aber seine Reaktion schlägt dem Fass den Boden aus.

»Vergiss es!«, sagt er spöttisch und dann lacht er – lacht mich aus.

Sofort ist die Wut wieder da. Die Wut, die immer in meinem Bauch beginnt und sich von dort wie ein Feuerball in meinem ganzen Körper ausbreitet, bis meine Muskeln verkrampfen und mein Blickfeld schrumpft, während in meinem Kopf ein wilder Sturm tobt. Die Wut, die heute schon Dad und Fred zu spüren bekommen haben, weil ich beide mal wieder zur Sau gemacht habe.

Aber jetzt reichts endgültig! Noch jemanden anzubrüllen, ist nicht genug. Ohne nachzudenken, stürze ich auf den Kerl zu, die Fäuste bereits erhoben. Er schafft es locker, meinem laienhaften Angriff auszuweichen, doch die Wut verleiht mir ungeahnte Kräfte. Ich wirble herum und renne ihn einfach über den Haufen. Wir gehen zu Boden, ich versuche zuzuschlagen, doch in dem wilden Gerangel schaffe ich es nicht, richtig auszuholen. Er schlägt nicht zurück, was mich noch rasender macht. Schon sind wir nur noch ein wirres Knäuel aus Armen und Beinen, das sich am Boden wälzt.

»Was zum Teufel geht hier vor?«

Jemand packt mich am Kragen meiner Jacke, der Stoff ächzt und ich werde auf die Füße gezogen. Ich schlage wild um mich, doch die Hand, die mich gepackt hat, bohrt sich nun wie ein Schraubstock in meinen Nacken, sodass ich schließlich aufgebe und schwer atmend innehalte. Mein Gegner hat sich ebenfalls hochgerappelt und ich stelle zufrieden fest, dass ich zumindest den hochmütigen Ausdruck aus seinem Gesicht gewischt habe. Doch dann wird mir schlagartig klar, wer mich da festhält: der Sieger des Schwertkampfes. Und er hat offenbar keinerlei Probleme damit, den Druck seiner Finger noch weiter zu verstärken. *Verdammt*, was für eine Kraft hat der Mann denn allein in seiner Hand! Sieht so aus, als steckte ich echt in der Klemme.

Doch zunächst ist es der Junge, der Probleme kriegt.

»Ich erwarte eine Erklärung, Jeff«, knurrt der Schwertkämpfer meinen Gegner an.

Der steht nun kerzengerade da und sieht dem Mann fest in die Augen. Ich rechne natürlich damit, dass dieser Jeff jetzt sagt, dass ich völlig unvermittelt wie ein Berserker auf ihn los bin, stattdessen meint er: »Es war mein Fehler, Sir. Ich habe mich über den Burschen lustig gemacht.«

»Soso«, sagt der beißend und seine Finger bohren sich noch fester in meine Haut.

Das wäre definitiv der richtige Zeitpunkt, um zuzugeben, dass die Rauferei meine Schuld war, aber ich kriege kein Wort raus.

»Hältst du so ein Benehmen für angebracht?«, herrscht der Mann diesen Jeff an.

»Nein, Sir.«

»Das wird Konsequenzen haben.«

»Natürlich, Sir«, sagt Jeff, ohne eine Miene zu verziehen.

Der Schwertkämpfer nickt, lässt mich endlich los und offenbar ist damit alles gesagt, denn er verschwindet wieder in dem Zelt. Nur mit Mühe widerstehe ich der Versuchung, mir über die schmerzende Stelle im Nacken zu reiben.

Eigentlich gehe ich ja davon aus, dass Jeff mir erst mal einen Einlauf verpasst, weil ich nix gesagt habe, doch er sagt nur: »Ich meine das ernst, Junge, es tut mir leid.«

»Ach ja?«, sage ich grantig.

Nicht nur, dass ich diesem Sir Malcom nicht mal einen einzigen Satz – oder auch nur einen verfluchten Blick! - wert war, nein, jetzt entschuldigt sich Jeff auch noch dafür, dass *ich* auf *ihn* los bin! Haben die beiden vielleicht schon gespannt, dass ich nicht ganz richtig im Kopf bin?

»Weil es unter deiner Würde ist, mit einem wie mir zu raufen?«, schiebe ich genervt hinterher.

»Nein. Ich hätte dir einfach erklären sollen, dass Sir Malcom derzeit keine neuen Schüler annimmt. Entschuldige, wenn ich da einen wunden Punkt bei dir getroffen habe.«

Ich schlucke. Der aufgeblasene Kerl meint das doch nicht ernst, kein Grund also, meine Meinung über ihn zu ändern. Oder? Immer noch schaffe ich es nicht, mich ebenfalls zu entschuldigen, obwohl das echt angesagt wäre.

»Keine Schüler?«, frage ich stattdessen. »Und was ist mit dir?«

»Ich bin sein Knappe«, sagt Jeff stolz. »Das ist etwas anderes.«

»Das ist ein Diener, oder?«, frage ich verblüfft. Diener sollten nicht so anmaßend auftreten!

»So was Ähnliches.« Er grinst frech. »Sir Malcolm nimmt das alles hier sehr ernst.«

Aha?

»Aber du findest bestimmt eine andere Schule in München.« Er nickt mir zu. »Ich sollte zusehen, dass ich meinen Arsch ins Zelt schwinge. War wirklich nett, dich kennenzulernen.«

»Du hast sie doch nicht mehr alle!«

»Schon möglich. Das bringt der Job hier so mit sich.«

Er zwinkert mir zu, dann verschwindet auch er hinter der Plane.

Wieder bin ich wütend, aber diesmal fühlt es sich anders an. Ich bin wütend auf *mich*. Weil ich so feige war und Jeff die Sache nun allein ausbaden muss.

Normalerweise fällt es mir total leicht, mein schlechtes Benehmen dem Umstand in die Schuhe zu schieben, dass ich nicht ganz sauber ticke. Aber heute fühle ich mich echt beschissen deswegen.

»Du siehst nicht so aus, als hättest du hier etwas zu suchen«, tönt es hinter mir.

Was ist denn jetzt? Täglich grüßt das Murmeltier, oder was? Ich fahre herum. Doch diesmal ist es tatsächlich die Security.

»Abmarsch, du Bengel!«, sagt der grobschlächtige Mann und packt mich am Arm.

Na super! Es kann also echt immer noch ein bisschen schlimmer kommen.

Trotzdem bin ich auch am nächsten Tag fest entschlossen, das zu lernen, also das mit dem Schwertkampf. Auf den Plakaten, die immer noch überall rumhängen und auf den Mittelaltermarkt hinweisen, stehen auch die Namen der Teilnehmer, und so ist es ein Leichtes, Sir Malcolms Schwertkampfschule ausfindig zu machen.

Anstatt meinem Dad damit auf den Wecker zu gehen, dass er mir einen Lehrer besorgen und ein Schwert kaufen soll, latsche ich nun jeden Tag nach der Schule zu der Adresse im Stadtteil Au, zu einem uralten dreistöckigen Haus. Mit seinem grauen Putz, den dunklen Fensterläden und dem bogenartigen Eingang passt es perfekt zu einer Schwert-kampfschule.

Am ersten Tag wage ich mich bis zu dem Schaukasten an der Wand direkt neben dem Eingang vor, in dem einige Zeitungsartikel hängen. Der Besitzer der Schule scheint eine große Nummer bei den mittelalterlichen Schwertkämpfen zu sein. Außerdem trägt er den Titel »Sir« zu Recht. Die Queen selbst hat ihn zum »Knight Bachelor« ernannt wegen seiner Verdienste um den Erhalt schottischer Traditionen, was auch immer das heißen mag. Klingt jedenfalls ganz schön cool.

Tagelang beziehe ich nun auf der gegenüberliegenden Straßenseite Stellung und hoffe, dass Jeff aufkreuzt. Ich will die Entschuldigung hinter mich bringen. Vielleicht empfiehlt er mir dann auch einen Lehrer. Den Türklopfer in Form eines Löwenmauls zu betätigen und nach Jeff zu fragen, traue ich mich nicht. Was, wenn Sir Malcolm aufmacht? Den möchte ich lieber nicht wiedersehen. Stattdessen lungere ich jeden Tag auf dem Bürgersteig gegenüber herum und hoffe, dass sich mein Problem von selbst löst.

»Hartnäckig bist du ja, das muss man dir lassen.«

Ich zucke zusammen, als Jeff unvermittelt neben mir steht, als wäre er soeben wie ein Pilz aus dem Boden geschossen. Er trägt wieder so komische Klamotten und mit seinen schulter-langen Haaren und dem Medaillon um den Hals sieht er ein bisschen aus wie ein Hippie.

»Äh …«, mache ich.

»Du willst also immer noch Unterricht nehmen?«, fragt Jeff interessiert.

»Deswegen bin ich nicht hier«, sage ich verlegen und scharre mit den Füßen. Verdammt, was wollte ich noch mal sagen?

»Ich kann diese Wut nicht steuern«, platze ich heraus. »Es ist, als wäre ich ferngesteuert.«

»Ich weiß«, sagt Jeff. »Deswegen ist die Rauferei auch meine Schuld. Ich hätte sehen müssen, was los ist, und dich nicht auch noch foppen sollen.«

Ich glotze ihn an.

»Es gehört zu meiner Ausbildung, zu erkennen, in welcher Verfassung mein Gegenüber ist«, erklärt er, wobei er wieder diesen angeberischen Ton draufhat.

Ich schnaube durch die Nase, da fällt mir plötzlich auf, dass sich über Jeffs ganzen Unterarm ein scheußlicher blauer Fleck zieht, der sich bereits grüngelb verfärbt. Der war aber am Wochenende noch nicht da. »Er hat dich geschlagen«, sage ich entsetzt.

»Was?« Jeff folgt meinem Blick. »Ach so«, sagt er ein wenig verlegen und zieht seinen Ärmel über die Stelle. »Das Training ist ein bisschen härter ausgefallen in den letzten Tagen.«

Wobei es sich zweifellos um die angedrohten Konsequenzen handelt.

»Tut mir leid«, sage ich. Endlich.

Jeff grinst nur. »Mein Fehler«, wiederholt er stur.

Ich will nicht erneut mit ihm streiten, und weil mir sonst nichts dazu einfällt, erzähle ich Jeff, wie es angefangen hat mit den Wutanfällen. Ist ja nicht so, als hätte ich das noch nie erzählt – früher oder später bringen einen die Psychofuzzis immer zum Reden. Aber Jeff hat es verdient zu erfahren, was da für ein Freak vor ihm steht.

Es gibt eigentlich nur zwei Reaktionen auf meine Story: Entweder die Seelenklempner stürzen sich auf die Tatsache, dass ich mich nicht an das Gesicht meiner Mutter erinnern kann, obwohl ich weiß, dass es eine Zeit in meinem Leben gab, in der sie da war, oder sie hacken darauf rum, dass mein Dad schwul ist.

Jeff tut nichts dergleichen. Sieht mich nur an.

»Los, sag schon, dass ich total irre bin«, fauche ich.

»Das finde ich nicht«, sagt er ruhig. »Ich finde, du hast allen Grund, wütend zu sein.«

Wow! Das hat jetzt echt noch niemand gesagt. Allen geht es immer nur darum, mich irgendwie wieder hinzukriegen.

Jeff fährt sich durch die Haare und wirkt zum ersten Mal ein wenig unsicher. »Hör mal. Ich kann dir was über Schwertkampf beibringen. Ich kann dir zeigen, wie du diese Wut für dich nutzen kannst, anstatt von ihr beherrscht zu werden. Aber mit dem Problem, das du da mit dir rumschleppst, bin ich echt überfordert.«

Ich winke ab. »Das ist jeder. Du ahnst ja nicht, wen Dad schon alles angeschleppt hat: Psychologen, Psychotherapeuten, Hypnotiseure, Meditationsexperten, Wunderheiler … Der letzte Guru hat meinen ganzen Körper mit stinkenden Ölen eingerieben, um die schlechten Körpersäfte herauszuziehen. Der Geruch hing tagelang im Haus. Danach hat Dad beschlossen, es gut sein zu lassen. Geholfen hat eh alles nix. Mein Gehirn sieht aus wie eine beschissene Geheimakte, in der große Teile mit dicken schwarzen Balken übermalt wurden.« Ich grinse schief. »Sag mal, was meinst du denn damit, dass du mir was über Schwertkampf beibringen kannst?«

»Na, deswegen hängst du doch seit Tagen hier rum, oder? Sir Malcolm hat mir erlaubt, dir Unterricht zu geben. Ich mein', ich bin jetzt nicht so gut wie der große Meister«, fügt er frech hinzu, »aber um dich halbe Portion in die Schranken zu weisen, reicht es allemal.«

»Wie bitte?«, knurre ich. Schwertkampf hin oder her, ich lasse mich nicht beleidigen! Schon fühlt sich mein Magen an, als hätte ich ein Glas Säure ex gekippt.

Jeff kommt einen Schritt näher. So nah, dass unsere Nasen sich fast berühren.

Ich balle die Fäuste, doch er bleibt ganz cool.

»Jetzt atme einmal tief durch und sag deiner Wut, dass sie im Augenblick nicht hilfreich ist. Denn wenn du mir eine reinhaust, überlege ich mir das vielleicht noch mal mit dem Unterricht. Wenn du das wirklich durchziehen willst, musst du wohl oder übel damit klarkommen, dass dein Lehrer ein arroganter Sack ist.«

»Was?«, krächze ich.

Jeff grinst und vergrößert den Abstand zwischen uns wieder. »Geht doch. Ich könnte dir ja sagen, woran ich erkenne, dass du gleich ausflippst, aber da wäre ich ja schön blöd.«

Zu meiner Überraschung merke ich, dass der brennende Ball in meiner Körpermitte tatsächlich verschwunden ist. Da ich nicht recht weiß, wie ich damit umgehen soll, beschließe ich, so zu tun, als wäre gar nichts Ungewöhnliches passiert.

»Du wärst schön blöd, wenn du es dir noch mal überlegst. Einen so zahlungskräftigen Schüler findest du so schnell nicht wieder«, behaupte ich großspurig.

»Oh, Sir Malcolm erlaubt nicht, dass ich Geld annehme. Was nicht bedeutet, dass ich nichts dafür will, dass ich dich unterrichte.«

»Aha?«, erwidere ich misstrauisch.

»Pass auf, Junge, das wird kein Kindergeburtstag. Wir trainieren hart und ich erwarte, dass du tust, was ich sage. Dazu gehört auch, dass du mir bei meinen Aufgaben zur Hand gehen wirst, selbst wenn das bedeutet, dass du dir die Hände schmutzig machen musst. Überleg es dir in Ruhe. Ich verstehe das durchaus, wenn du dich überfordert fühlst. Wenn nicht, sei morgen um drei wieder hier.«

Damit wendet er sich ab, ohne auch nur zu fragen, ob mir das passt oder nicht. Ich sage meiner Wut, dass sie gerade nicht hilfreich ist, bevor ich ihm hinterherrufe: »Ich heiße Vico! Und ich werde da sein!«

Kapitel 1

JEFF

3. Dezember 2005, Bundesstraße 959

»Sag mal, die Heizung dieser blöden Karre hat doch keinen Plan, was eigentlich ihr Job wäre, oder?«, mault Kai und fummelt zum gefühlt hundertsten Mal an den Reglern herum.

»Wenn du so weitermachst, hast du die Knöpfe bald in der Hand«, knurre ich. »Willst du Sir Malcolm wirklich erklären, wieso er seinen Transporter ramponiert zurückkriegt?«

Beleidigt lässt Kai sich in den Beifahrersitz zurückfallen und zieht eine Grimasse. »Mann, Jeff, es ist arschkalt hier drin!«

»Ich hab's dir gesagt: Zieh die dicke Weste an.«

»Na ja ... Linda meint, ich missachte die Würde der Tiere, wenn ich deren Fell anziehe ... deshalb hat sie die Weste entsorgt.«

»Du meinst *weggeworfen*?«, frage ich perplex und steuere den Transporter vorsichtig durch eine enge Kurve.

Kai nickt zögernd.

»Mensch, Kai, ich find's ja toll, wenn sich dein Mädel für die Rechte von Tieren einsetzt – aber sie kann doch nicht einfach deinen Kram in den Müll schmeißen! Ein Wunder, dass du noch eine Hose anhast.«

»Hat sie noch nicht gemerkt, dass die aus Leder ist«, murmelt Kai und schaut demonstrativ aus dem Fenster, als sähe er das winterliche Münchner Umland zum ersten Mal.

»Großartig! Also, eines sag' ich dir: Sir Malcolm ist es vielleicht schnurz, ob du eine Weste anhast oder nicht. Aber er lässt sicher keinen Schwertkämpfer ohne Hose bei seinen Vorführungen auftreten. Mann, Mann, Mann, das Mädel tanzt dir fei ganz schön auf der Nase rum!«

Bei mir gäb's solche Unverschämtheiten definitiv nicht. Ich bin echt fassungslos.

»Mach dir doch warme Gedanken«, meldet sich Dirk von der Rückbank aus zu Wort und deutet mit den Händen Lindas riesige Möpse vor seiner Brust an, was eine Lachsalve von Markus zur Folge hat, der neben ihm sitzt.

»Hey, sprich nicht so von meiner Freundin!«, knurrt Kai. Er dreht sich halb auf dem Beifahrersitz herum und deutet einen Faustschlag nach hinten an. Markus versucht, Kai am Kragen zu packen, rammt dabei jedoch seinen Ellenbogen in die Seite von Dirk, der prompt theatralisch jault.

»Aufhören!«, knurre ich und die Jungs stellen ihr Gerangel sofort ein und setzen sich wieder manierlich hin. Hat schon seine Vorteile, wenn man mit Typen unterwegs ist, die man seit Jahren unterrichtet. In meinem Training fuchtelt keiner mit einer scharfen Waffe herum, der nicht in der Lage ist, meinen Anweisungen punktgenau zu folgen – und das färbt erfreulicherweise aufs Privatleben ab.

»Halleluja!«, sagt Kai und deutet auf einen Wegweiser mit der Aufschrift *Mittelalterlicher Weihnachtsmarkt, nach 500 m rechts,* »wir werden ankommen, bevor wir zu Eis erstarrt sind!«

Als Darsteller dürfen wir den Wagen direkt hinter der Bühne parken. Ich schicke die Jungs schon mal los, um sich was Warmes zum Trinken zu besorgen. Alkohol vor der Vorführung verbiete ich, auch wenn ich davon ausgehe, dass meine Autorität merklich nachlässt, wenn sie erst außer Sicht sind. Ich zucke mit den Schultern. Sie werden sich schon nicht komplett besaufen – also nicht mein Problem.

Rasch kontrolliere ich unsere Ausrüstung, dann mache ich mich auf die Suche nach Sir Malcolm, dem Leiter unserer Schwertkampfschule und zudem meinem Chef. Er quatscht mit einem der Veranstalter, nimmt nur kurz zur Kenntnis, dass wir heil angekommen sind, dann bin ich auch schon wieder entlassen.

Also bummle ich ebenfalls über den Markt. Der Geruch nach heißem Met, frisch gebackenem Brot und Raclette hängt zwischen den zahlreichen Buden, die von mittelalterlichen Klamotten über Schmuck, Waffen und Musikinstrumente bis hin zu Tontöpfen alles anbieten, was ein Fan vergangener Zeiten so braucht. Ich entdecke einen Stand mit Fellwesten und tatsächlich gibt es auch eine vegane Version. 173 Euro soll das Teil kosten. Ja, spinnen die?

Schade, dass Vico heute von seinem Vater mit Beschlag belegt wird, der würde die Weste sofort kaufen. Mein bester Freund hat Geld ohne Ende und kein Problem damit, es für seine Kumpel auszugeben. Raushängen lässt er es auch nicht, als Erstes hätte er wahrscheinlich das Preisschild ins nächste

Lagerfeuer geworfen und behauptet, er könne sich an den Preis nicht mehr genau erinnern.

Ich schlendere weiter und halte vor einer Bude an, die mit derartig vielen Sträußen aus getrockneten Kräutern dekoriert ist, dass man den Kopf der Verkäuferin gar nicht mehr sieht. Dass es eine Verkäuferin ist, ist allerdings eindeutig, denn ihr grünes Kleid mit dem großen Ausschnitt setzt ein sehr interessantes Dekolleté in Szene.

»Du solltest einen Schal tragen«, sage ich streng, was die Verkäuferin dazu bewegt, sich ein Stück nach unten zu beugen und zwischen den Kräutern hindurchzublinzeln.

Ich schlucke. Blondes, langes Haar umrahmt ein liebliches Gesicht. Ihre strahlend blauen Augen weiten sich, als ihr Blick auf mich fällt.

»Wir … Wir haben Kräutermischungen, die das Immunsystem stärken«, sagt sie mit einer leisen, melodischen Stimme, die genau zu diesem hübschen Engel passt.

Ich verschränke die Arme vor der Brust. Eine recht einschüchternde Pose, aber wenn sie schon so süß unter den Sträußen hindurch zu mir aufsieht, soll sie auch was zu sehen bekommen. Ich beglückwünsche mich selbst dazu, dass ich keine Freundin habe, die es wagen würde, den schwarzen Wollumhang mit Fellüberwurf zu entsorgen. Das Teil macht ganz schön was her.

»Mit meinem Immunsystem ist alles in Ordnung«, erkläre ich ihr.

Sie nickt. »Vielleicht … darf ich dir etwas anderes zeigen?«

Ihr respektvoller Ton und die Art, wie sie noch immer zu mir hochschauen muss, heizen mir mehr ein, als ein Becher mit heißem Met es je könnte.

»Möglich, dass ich etwas sehen möchte«, meine ich, würdige das Angebot des Standes jedoch mit keinem Blick, sondern sehe unverwandt nur sie an.

Ihre blassen Wangen röten sich ganz entzückend, aber unangenehm scheint ihr die Musterung nicht zu sein.

»Wir haben auch Kräutercremes«, plappert sie los. »Sicher hast du raue Hände, oder? Ich meine ... ich wollte nicht andeuten ... aber du bist doch einer der Schwertkämpfer, ich habe das Plakat gesehen, also ... da wäre eine Creme ... Das wäre bestimmt ...«

Ihre Aufregung ist so süß, und dass sie mich erkennt, lässt mich gleich noch mal ein Stück wachsen. Dabei dominiert natürlich Sir Malcolm das Bild, das unsere Tour über die Weihnachtsmärkte ankündigt. Er steht in der Mitte und stützt sich auf sein Schwert, flankiert von Vico und mir, die mit verschränkten Armen schräg hinter ihm stehen. Bleibt nur zu hoffen, dass dieser Engel hier sich wirklich in den blonden Hünen verguckt hat und nicht etwa in den schicken Italiener auf der anderen Seite. In dem Fall müsste ich meinem besten Freund leider sofort den Hals umdrehen, sobald ich wieder in München bin.

»Ich trage Handschuhe im Kampf und will sie ungern mit einer Creme verschmieren«, sage ich bestimmt.

»Oh, natürlich! Sie zieht ganz schnell ein! Hm ... willst du es ausprobieren?«

Ich nicke und sie bückt sich und holt einen kleinen Tiegel hervor. Mein Blick heftet sich auf ihr Dekolleté, das mir in dieser Position noch tiefere Einblicke gewährt. Fuck! Mein Mund wird ganz trocken und meine Lederhose spannt plötzlich unangenehm. So kurz vor einem Kampf sollte ich mich wirklich nicht derartig ablenken lassen. Selbstbeherrschung ist alles und normalerweise kein Problem mehr für mich, aber jetzt …

Die Verkäuferin erhebt sich wieder, doch statt mir den Tiegel zu reichen, womit ich eigentlich gerechnet hätte – eine gute Gelegenheit, um sie wie zufällig zu berühren –, öffnet sie eine Tür in der Seitenwand der Bude. »Komm«, sagt sie.

Ich umrunde mehrere Büschel getrockneten Lavendels und stehe ihr nun direkt gegenüber. Sie ist einen Kopf kleiner als ich, was für eine Frau recht groß ist, dennoch wirkt alles an ihr fein und zierlich. Ich fand sie zuvor schon schön, aber das Gesamtbild ist mehr als sehenswert. Doch vor allem liebe ich die Art, wie sie mich nun mit bebenden Lippen ansieht.

»Darf ich …?«

»Nur zu«, sage ich und beobachte fasziniert, wie ihre schlanken Hände die Dose öffnen und sie ihre Finger anmutig in die Creme tunkt.

Ihre Lider hält sie nun sittsam gesenkt. Als sie eine meiner Hände nimmt und zärtlich beginnt, die Creme einzumassieren, fühle ich mich, als würde mein Herz einen Moment aussetzen.

»Wie heißt du?«, raune ich leise, um sie nicht zu unterbrechen.

»Sheryl«, sagt sie, ziemlich atemlos.

»Sheryl«, flüstere ich. »Und wo kommst du her, Sheryl? Direkt aus dem Reich der Feen?«

Eigentlich bin ich nicht so der Süßholzraspler, aber die Art, wie sie ehrfürchtig meine Hände eincremt, bringt mich ziemlich aus dem Takt.

»Ich ... also meine Großmutter ... sie hat einen Laden, *Tee und Kräuter* in München, da wohne ich jetzt ... bei Oma ... seit sechs Wochen ... Eigentlich komme ich aus einem kleinen Ort bei Kempten ... nicht aus München.«

Die Creme zieht echt rasch ein, womit sie leider keinen Grund mehr hat, mich zu berühren. Stattdessen streicht sie bewundernd über die Intarsien meiner ledernen Armschienen.

»Oh, Entschuldigung!«

Als sie merkt, was sie da tut, versteckt sie ihre Arme rasch hinter dem Rücken und zwinkert mich verlegen an. Klar, ich hätte ihre zarten Finger gerne überall auf meinem Körper. Aber heute scheint mein Glückstag zu sein: Sie weiß, dass sie meine Erlaubnis dafür braucht. Dieses wundervolle Wesen steht aber nicht nur auf mich – ich fress' auch einen Besen, wenn sie nicht devot ist. Ich sollte mich verabschieden, denn wenn meine Gedanken in diese Richtung weiterwandern, marschiere ich hier mit einem gewaltigen Ständer davon und dann wird es kein Spaß, vor dem Kampf den Tiefschutz anzulegen.

Trotzdem will ich es jetzt genau wissen.

»Ich sag' dir was, Sheryl: Wenn ich meinen Kampf nachher gewinne, komme ich vorbei und kaufe dir einen Tiegel deiner Creme ab, was meinst du?«, fange ich unverfänglich an, auch wenn die ganze Kohle, die ich eingesteckt habe, für so ein Döschen draufgehen würde.

Sie strahlt.

»Ich werde mir die Vorführung ansehen. Lilith löst mich gleich ab.«

»Wenn ich zurückkomme, wirst du einen Schal tragen«, sage ich knapp, mit einem leichten Grollen in der Stimme.

»Oh, wir haben einen Heizlüfter hier drin ...«

Ich kann auch noch eine Oktave tiefer.

»Darum geht es nicht«, knurre ich.

Keiner soll sie ansehen, so wie ich sie gerade ansehe. Ihre Lider flackern und ihre Wangen sind inzwischen knallrot. Ihr Atem hat sich beschleunigt und ihre Brust hebt und senkt sich in schneller Folge – ein Anblick für die Götter! Ich beschließe spontan, nie genug davon zu bekommen, sie so zu sehen.

»Natürlich ...« Sie zögert.

»Du darfst mich Jeff nennen«, sage ich, wieder ganz freundlich. »Bis später, Sheryl!«

Ich bin heilfroh, dass Sir Malcolm heute Dirk für seine Demonstration ausgewählt hat. Niemand macht eine gute Figur, wenn er dem Schotten mit seinem uralten Schwert gegenübersteht. Ich werde später mit Kai einen Kampf mit dem Anderthalbhänder austragen. Leider sind in diesem Fall Fechtmasken vorgeschrieben, die Teile machen einen nicht gerade attraktiver. Aber wenigstens sieht man im Winter, wenn wir eh die dicken Klamotten anhaben, nichts von der restlichen Schutzausrüstung. Logisch, dass ich gut aussehen will, wenn Sheryl im Publikum steht.

Bei unseren Kämpfen ist nichts abgesprochen. Trotzdem geben wir uns natürlich alle Mühe, den Zuschauern eine tolle Show zu bieten, zum Beispiel indem wir eine kleine Story um den Kampf stricken. Heute geht es darum, dass Kai angeblich beim Kartenspiel betrogen hat. Wir beginnen damit, ziemlich angeberisch herumzustapfen, ziehen dabei schon mal wie nebenbei unsere Schwerter und werfen uns allerlei kreative Schimpfwörter an den Kopf. »Perückenschaf« und »Zipfelschwinger« scheinen heute die Favoriten des Publikums zu sein. Lautes Gelächter begleitet uns und erste Anfeuerungsrufe werden laut.

Seit Linda bei Kai eingezogen ist, lässt er das Training ziemlich schleifen, und ich hatte sowieso vor, die Gelegenheit zu nutzen, um ihm deswegen eine Lektion zu erteilen. Eine öffentliche Demütigung ist in der Regel recht lehrreich. Und nun, da ich weiß, dass Sheryl zusehen wird, kann ich dem Knaben erst recht keinen einzigen Treffer erlauben.

Ich lasse ihn kommen. Beschränke mich darauf, seine Angriffe mit beleidigender Lässigkeit zu parieren. Ich kann seine wachsende Frustration ebenso erkennen wie seine zunehmende Atemlosigkeit – die Folgen von zu vielen Kuschelabenden mit Linda statt intensiven Trainings mit mir. Tja, meine Schuld ist das nicht!

Da dem Publikum nun klar sein dürfte, dass Kai zumindest theoretisch in der Lage wäre, sein Schwert zu führen, wenn er denn regelmäßig auf dem Kampfboden aufkreuzen würde, kann ich ja anfangen. Schritt, Schlag, Schritt, Stich. Ich jage Kai einmal rückwärts über die Bühne, mache es ihm vorgeblich leicht, indem ich eine bekannte Kombination aus dem

Training einsetze. In Wahrheit geht es mir hauptsächlich darum, ihm überhaupt eine Chance zur Parade zu lassen, schließlich wollen die Zuschauer ein bisschen was sehen.

Dann kommt noch ein wenig Show dazu. Ich führe mein Schwert jetzt weit ausladend, nichts, was ich bei einem ernst zu nehmenden Gegner täte, muss ich meine Deckung dabei doch viel zu weit aufmachen. Aber Kais Arme zittern schon, er ist gar nicht in der Lage, diesen winzigen Vorteil zu nutzen. Ich schlage nicht mit voller Kraft zu, um die Sache noch ein wenig hinauszuzögern. Doch schließlich mache ich dem Schauspiel ein Ende, durchbreche seine Deckung, Metall trifft auf Metall, ich tauche nach unten weg, treffe seine Waffe erneut direkt unterhalb des Griffs. Unter der Wucht des Angriffs lässt Kai seine Waffe los, ich mache einen Schritt zurück, mein Schwert schneidet durch die Luft, bis die Spitze kurz vor seinem Hals zum Stehen kommt. Vereinzelte Schreie aus dem Publikum, aber außer Kais Stolz wurde niemand verletzt.

»Nun?«, knurre ich und bewege den Stahl einen Millimeter weiter auf seinen Hals zu.

Er stöhnt frustriert, kennt mich aber zu gut. Er weiß, dass ich nicht nachgeben werde. Steif beugt er ein Knie, senkt den Kopf und gesteht, ganz wie unsere Story es vorsieht, mit gezinkten Karten gespielt zu haben.

Jubel von den Zuschauern. Ich nehme meine Waffe von seinem Hals, reiche Kai die Hand, ziehe ihn hoch und wir verbeugen uns artig vor den Leuten. Dann mache ich, dass ich von der Bühne herunterkomme. Der Kampf war der letzte Teil unserer Vorführung und die Jungs werden bald nach

Hause wollen – vor allem Kai, um sich bei Linda auszuheulen. Und ich will ja noch schnell bei Sheryl vorbei. Ich habe da etwas, das ich ihr geben möchte.

Sheryl wartet vor der Bude auf mich, eine Cremedose in der Hand. Sie trägt einen dicken, schwarzen Schal, der weder zu ihrem hübschen Kleid noch überhaupt zu einem mittelalterlichen Outfit passt, aber hervorragend geeignet ist, andere Männer davon abzuhalten, auf ihre Brüste zu starren. Sie hat mir also gehorcht. Braves Mädchen!

»Ich muss gleich zurück … Der Kampf war so toll … Bei uns geht es nach einer Vorstellung immer richtig rund … Dein Gegner hat mir fast leidgetan … Aber jetzt muss ich Lilith helfen … Bitte, darf ich dir die Creme schenken? Dann … Dann hast du etwas, das dich an mich erinnert …«, redet sie ohne Punkt und Komma auf mich ein und hält mir die Dose hin. »Ich meine … Ich dachte …«

Ich fange ihre Hände ein, umschließe ihre Finger und die kleine Dose. Sofort ist sie still und schaut mich mit diesen großen Augen an.

»Ich brauche sicher nichts, um an dich erinnert zu werden, Sheryl, aber ich nehme dein Geschenk gern an. Danke!«, sage ich ruhiger, als ich mich fühle.

Denn jetzt ist der Moment gekommen, in dem ich mich entscheiden muss, ob ich ihr den Flyer gebe oder nicht. Natürlich ist es allein ihre Entscheidung, ob sie sich darauf einlässt, aber ich werde ihr ein Stück von jenem Jeff zeigen, der sonst nur im Verborgenen existiert, und das einer Frau gegenüber, die ich kaum länger als fünf Minuten kenne. Doch ihre bebenden

Lippen und die großen Augen, mit denen sie mich sehnsüchtig ansieht, machen mir die Entscheidung leicht. Sheryl ist die pure Versuchung auf zwei Beinen, und wenn ich nicht komplett danebenliege, wird sie schon bald mir gehören.

Ich stecke die Creme weg und hole den Flyer heraus, der seit Tagen im Handschuhfach des Transporters herumfliegt, weil ich immer noch auf eine Eingebung hoffe, wie ich das Geld für den Workshop zusammenkratzen könnte.

»Ich nehme nächsten Sonntag an einem Seminar teil. Man kann jemanden zum Üben mitbringen und ich würde mich freuen, wenn du mich begleitest.« Ihre Miene spiegelt ihre Verwirrung wider, doch sie wird ja eine ganze Woche Zeit haben, darüber nachzudenken. »Überleg es dir in Ruhe. Ich bin dir nicht böse, wenn du nicht willst, man kann auch ohne Partner mitmachen. Aber wenn du magst, treffen wir uns eine Viertelstunde vor Beginn an dieser Adresse.«

Ich tippe auf den Flyer. Natürlich wäre es schöner, wenn wir Nummern austauschen und bis dahin ab und an miteinander telefonieren könnten, aber ich will sie nicht bedrängen. Wenn wir uns das nächste Mal sehen, soll sie freiwillig zu mir kommen. In dem Wissen, auf was sie sich einlässt.

Sie nimmt den Flyer, betrachtet stirnrunzelnd die Vorderseite, die nichts verrät, da sie lediglich Mr. Sungs Japanischen Garten zeigt. Noch einmal ergreife ich ihre Hand, führe sie zu meinem Mund und hauche einen Kuss darauf.

»Hoffentlich bis bald, schöne Elfe!«, murmle ich, auch wenn ich dabei innerlich über mich selbst den Kopf schütteln muss. Aber eine kleine Charmeoffensive wird ja wohl erlaubt sein! »Und jetzt lauf und hilf deiner Kollegin.«

Sie nickt und huscht davon. *So gehorsam!* Ich kann und mag mir gar nicht vorstellen, dass ich mich getäuscht habe. Aber ich will sie – so sehr, dass ich sogar in Kauf nehme, Vico um das Geld für das Shibari-Seminar bitten zu müssen. Sheryl ist mir das allemal wert.

Kapitel 2

Vico

3. Dezember 2005, München-Nymphenburg

Kai ist stinkig, weil die Heizung im Transporter am Arsch ist. Ich hab ihm beim Kampf ordentlich eingeheizt, aber das war ihm auch wieder nicht recht!

Ich grinse, als ich Jeffs SMS auf meine Frage, wie es auf dem Weihnachtsmarkt gelaufen ist, lese. Wahrscheinlich hat Kai gedacht, er hätte bei Jeff was gut, weil er für mich eingesprungen ist. Aber Jeff sieht das genauso wie Sir Malcolm: Es ist eine verdammte Ehre, überhaupt unter dem Banner unserer Schule auf der Bühne zu stehen. Da hat man sich gefälligst die Wochen davor den Arsch aufzureißen, damit man eine gute Figur macht. Sollte Kai eigentlich wissen.

Was hat er erwartet? Eine Belobigung, weil er ständig das Training schwänzt?, erreicht mich prompt die nächste Nachricht. *Aber wie wars bei dir? Sag deinem Dad herzlichen Glückwunsch zu der Auszeichnung!*

Ich bedanke mich und verspreche, es auszurichten. Jeff ist recht gesprächig, normalerweise tippt er nicht so viel. Er behauptet immer, seine Finger seien zu groß für die Tasten des Handys. Also war der Auftritt wohl wirklich gut. Je grantiger Jeff ist, desto wortkarger wird er auch. Echt schade, dass ich nicht dabei war. Aber Jeff ist der Letzte, der nicht versteht, dass ich auch meinem Vater gegenüber Verpflichtungen habe. Wir verabreden uns für den nächsten Nachmittag zum Training und ich stecke das Handy weg.

Der einzige Vorteil, den ich jetzt habe – mal abgesehen davon, dass mir die Heimfahrt in einem Transporter erspart bleibt, in dem wohl nicht nur die Temperaturen eisig sind –: Nachdem ich den ganzen Abend den braven Sohn gemimt habe, bleibt immer noch genug Zeit, um mit meinen Kommilitonen durch die zu ziehen. Ich werfe das Jackett meines dunklen Anzugs auf die Rückbank von Dads Auto und die Krawatte gleich hinterher. Wenn ich heute noch ein Mädel aufreißen will, sollte ich nicht aussehen wie ein Bankangestellter im dritten Ausbildungsjahr.

Ein Konzept, das mal wieder aufgegangen ist. Drei Stunden später stehe ich in Freimann in einem chaotischen WG-Zimmer und ignoriere geflissentlich das Poster von DJ Ötzi über dem Bett. Stattdessen konzentriere ich mich lieber darauf, die Bewohnerin dieses Zimmers aus einer ziemlich interessanten Korsage herauszuschälen, die verdammt eng im Rücken geschnürt wurde. Es wundert mich wirklich, dass die Trägerin überhaupt noch Luft bekommt.

»Du musst ganz vorsichtig die Schnüre durch die Ösen ziehen, damit sich nichts verheddert!«

»Keine Sorge, Chayenne, dein Korsett ist bei mir in guten Händen«, raune ich und hauche einen Kuss auf ihre nackte Schulter.

Da wir uns erst zwei Stunden kennen, will ich ungern thematisieren, dass sie kaum auf jemanden treffen wird, der mehr Erfahrung im Anlegen – und Ausziehen – von diffiziler Damenwäsche hat. Das könnte eventuell zu Missverständnissen führen, obwohl meine Fertigkeiten einzig und allein daher rühren, dass im Hause D'Vergy das Ensemble einer Travestieshow ein- und ausgeht. Was bedeutet, dass für die Anprobe der hauchzarten Kostüme häufig eine helfende Hand benötigt wird. Allerdings bin ich nicht mit Chayenne mitgekommen, um ihr meine häuslichen Verhältnisse zu erläutern. Ich küsse ihren Hals und lasse meine Finger über ihre Wirbelsäule hinunterwandern, ehe ich mich wieder der Schnürung zuwende.

»Was machst du denn da so lange? Wenn du einen Knoten reingemacht hast, musst du ihn ganz vorsichtig lösen. Versuch bloß nicht, ihn mit Gewalt irgendwo durchzuziehen!«

»Ich lasse mir nur ein wenig Zeit.«

Heimlich verdrehe ich die Augen. Ist Vorspiel irgendwie aus der Mode gekommen? Normalerweise sind es doch die Mädels, denen es gar nicht langsam genug gehen kann. Aber es sieht nicht so aus, als würde sich Chayenne entspannen, bevor ich sie nicht aus ihrem Mieder herausgeschält habe. Vielleicht hat sie es wirklich etwas zu eng geschnürt und ist deswegen so ungeduldig. Also fädele ich die Kordel durch die letzten Ösen und reiche ihr wie ein Zauberer das selbstverständlich völlig unversehrte Stück. Während sie es misstrauisch beäugt, massiere ich sanft ihren Nacken und linse dabei interessiert über ihre Schulter auf die nun freigelegten Brüste. Bestimmt hat sie auch hübsche Augen, aber schon im

Club konnte ich meinen Blick kaum von ihren Titten lassen. Aber wer eine Korsage mit Spitzenbesatz und Push-up-Effekt trägt, will die Jungs garantiert mit dem darin zur Schau gestellten, nicht gerade kleinen Busen verrückt machen. Dazu muss man dann halt auch hingucken. Ich beginne wieder damit, die weiche Haut an ihrem Hals zu liebkosen, und sie schmiegt sich an mich.

»Ich stehe übrigens total darauf, wenn man es mir mit der Zunge besorgt«, erklärt sie unvermittelt. »Besonders mag ich es …«

Vergiss es! Ich drehe sie um und presse meinen Mund auf ihren. Im Club war es zu laut für eine ausführliche Unterhaltung, aber seit wir da raus sind, belehrt sie mich ständig. Welche Strecke ich zu ihrer Wohnung nehmen soll, wo die Blitzer stehen, wie ich den Wagen parken soll, dass es doch sinnlos sei, einen Maserati zu fahren, wenn es sich dann um einen Levante und keinen Sportwagen handelt, dass ich besser einen dicken Mantel mitgebracht hätte, auf welche Weise ich sie ausziehen soll … *Jetzt ist Schluss!* Wie ich sie ficke, entscheide ich. Und dabei ist meine oberste Priorität im Moment, sie irgendwie zum Schweigen zu bringen. Die einzige Möglichkeit scheint zu sein, meine Zunge in ihren Mund zu stecken. Sie ist echt hübsch und spitz ist sie auch, aber leider auch eine Nervensäge.

Chayenne schmeckt nach dem teuren Champagner, den ich ihr spendiert habe. Und nachdem sie anfänglich nicht begeistert schien, erwidert sie den Kuss schließlich doch. Und sie küsst gut. Ich streichle ihre Titten und sie stöhnt leise. Na also!

Meine Hoffnung, dass sie mittlerweile zumindest so weit außer Atem ist, dass sie still bleibt, während ich mein Hemd ausziehe, erfüllt sich aber leider nicht.

»Ich hoffe, du hast an Kondome gedacht. Ich nehme die Pille, aber man hört ja so viel davon, dass die Leute sich mit irgendwas anstecken.«

Ich ziehe einen Gummi aus meiner Hosentasche.

»Alles gut, Süße«, sage ich und widme mich wieder meinem Hemd.

»Oh, sind das Manschettenknöpfe? Die sind doch super-unpraktisch! Du solltest …«

Ich verschließe ihren Mund erneut mit meinem und überlege, ob ich irgendwie ihre und meine restlichen Klamotten loswerden kann, ohne den Kuss zu unterbrechen. Vermutlich würde das allerdings in ein albernes Gehampel ausarten. Vielleicht schaffe ich es ja, einfach wegzuhören.

Allerdings ist ihre Stimme ziemlich durchdringend, sodass mir schlussendlich gar nichts anderes übrig bleibt, als mir anzuhören, was sie im Bett alles mag und was nicht.

Ich fände es ja netter, wenn meine Wünsche auch ein wenig berücksichtigt würden. Oder sie vielleicht auch etwas unternähme, um mich in Stimmung zu bringen. Aber scheinbar ist sie der Meinung, dass es reicht, sich ausziehen zu lassen und die Beine für mich breit zu machen. Für den Rest habe ich zu sorgen – wie, erklärt sie mir ja netterweise.

Zum Glück hat mein Schwanz keine Ohren. Dem reichts, dass sie feucht und willig ist. Na ja, für einen One-Night-Stand passt das schon. Ich verfrachte sie auf das Bett, küsse sie wieder, damit sie mal kurz die Klappe hält, und beginne gleichzeitig, ihre Nippel mit meinen Fingern zu umkreisen, streichle und necke sie, bis sie erregt stöhnt und ihre Scham wollüstig an meiner Hüfte reibt. Nervensäge oder nicht, ein D'Vergy denkt nicht nur an sein eigenes Vergnügen.

Allerdings sollte ich demnächst meine Auswahlkriterien mal überdenken. An heißen Girlies, die gerne ein bisschen Spaß haben, mangelt es in den Münchner Clubs wirklich nicht. Aber irgendwie gerate ich in letzter Zeit ständig an Mädels, bei denen ich mich hinterher frage, ob ich mir nicht einfach selbst hätte helfen sollen, anstatt mir die ganze Mühe mit dem Anbaggern und so weiter zu machen.

Ich hoffe jedenfalls, dass es nur am falschen Beuteschema liegt. Mit zwanzig ist man ja hoffentlich noch nicht zu alt für etwas unverbindlichen Sex, oder? Und irgendwo muss es doch heiße Frauen geben, die mir nicht erst Kopfschmerzen verpassen, bevor ich meinen Spaß mit ihnen habe.

Kapitel 3

SHERYL

7. Dezember 2005, München-Schwabing

Ich glaube, ich bin irgendwann vor dem mittelalterlichen Weihnachtsmarkt eingeschlafen und träume seitdem einen wunderbaren Traum. Ein Traum, in dem ich gar nicht mehr Sheryl bin, das Mädchen aus dem Allgäu, sondern die Hauptfigur eines Märchens. Es muss so sein, denn in der Realität passiert doch so etwas niemals – und mir sowieso nicht.

Denn ich habe schon vor dem Weihnachtsmarkt für den Prinzen aus meinem Märchen geschwärmt. Genau ab dem Moment, als ich das Plakat der Schwertkampfschule an unsere Ladentüre klebte – schließlich würden sie auch auf dem Weihnachtsmarkt auftreten, auf dem wir mit einem Stand vertreten waren.

Seitdem fällt mein Blick jeden Morgen, wenn ich Omas Laden aufsperre, auf das Bild der drei Kämpfer. Der Mann in der Mitte ist schon älter, sein dunkler Bart ist von grauen Strähnen durchzogen und mit der Narbe über der Augenbraue wirkt er richtig gefährlich. Rechts hinter ihm steht ein ziemlich gut aussehender, südländischer Typ. Er ist der Jüngste der drei und lächelt als Einziger verschmitzt, als hielte er das alles für einen guten Witz. Doch immer wieder

41

bleibt mein Blick an dem großen, blonden Mann auf der linken Seite hängen. Er schaut streng und ernst in die Kamera, so, als wisse er genau, was er wolle, und als sei er bereit, dafür zu kämpfen. Er sieht so gut aus, groß und stark und selbstbewusst. Als wäre er wirklich direkt dem Mittelalter entsprungen. Ein tapferer Ritter aus vergangenen Zeiten, der es mit jedem Gegner aufnimmt, um seine Herzdame zu beschützen. Seit ich ihn das erste Mal auf diesem Plakat gesehen habe, klopft mein Herz schneller, sobald ich nur an ihn denke. Und jedes Mal frage ich mich, wie es sich wohl anfühlen mochte, die Herzdame dieses Mannes zu sein.

Aber in der Realität sind es nicht die schüchternen Mauerblümchen, die den Prinzen bekommen. Unsere Begegnung kann also gar nicht echt gewesen sein. Nur so ist auch zu erklären, dass ich es gewagt habe, diesem imposanten Mann die Hände einzucremen, der da urplötzlich vor unserem Stand auftauchte. Der genau so aussah, als wäre mal eben der Protagonist eines meiner Lieblingsbücher den Buchseiten entstiegen: der dunkle Prinz – geheimnisvoll, gefährlich, stolz. Ihn zu berühren war unbeschreiblich.

Doch früher oder später ist jeder Traum vorbei und mein Märchen wird nicht mit einem »… und wenn sie nicht gestorben sind …« enden. Denn selbst, wenn ich mir das alles nicht nur eingebildet habe, dann ist da ja noch diese Einladung. Nicht etwa auf einen Kaffee oder ins Kino will Jeff mit mir gehen, sondern zu einem Bondage-Seminar. Eindeutiger hätte er seine Wünsche nicht formulieren können.

Dumm nur, dass es die Kriegerprinzessin, die bereit ist, sich von dem richtigen Mann in Fesseln legen zu lassen, wirklich nur in meinen Träumen gibt. Jeff ahnt sicher nicht einmal, dass ich in Wahrheit nur ein Bücherwurm bin, der seine Abende am liebsten mit dem neuesten Liebesroman auf dem Sofa verbringt. Eine unsichere junge Frau, die mit großen Augen auf die Welt schaut, in der Jeff lebt.

Diese Sheryl wollte Jeff bestimmt nicht einladen. Er muss etwas in mir gesehen haben, das es nicht gibt. Vielleicht, weil ich dieses tolle Kleid getragen habe, das Lilith mir genäht hat.

Ich nehme das Plakat wieder ab, bevor Oma es noch entsorgt. Wie als kleines Mädchen die Poster von *Take That* hänge ich es über mein Bett. Sehe mir Jeff immer wieder an und träume mich in eine Welt hinein, in der alles möglich ist. In der ich es einfach drauf ankommen lasse. Mich neugierig in dieses Abenteuer stürze und an dem Shibari-Seminar teilnehme. Die Belohnung ließe ja nicht lange auf sich warten, denn wieder wäre ich Jeff ganz nahe. Seine großen Hände würden mich berühren, wenn er mich fesselt, und vielleicht würde es mir sogar gefallen. Warum auch nicht? Jeff ist doch kein Neandertaler und in einem Raum mit anderen Menschen könnte er mir doch gar nichts tun. Es würde gewiss so gesittet zugehen, wie man es eben von so einem Seminar erwarten kann.

Ich berühre mich selbst an den Stellen, von denen ich glaube, dass auch er sie berühren würde, wenn er ein Seil um mich schlänge. Es ist schön, doch wenn er es täte, wäre es bestimmt tausendmal besser. Allein bei dem Gedanken von seinen Händen auf meiner Haut wird mir ganz heiß.

Ich gehe hin! Ich versuche es. Bin ich nicht deswegen nach München gekommen, um neu anzufangen? Jetzt habe ich die

Chance auf ein Abenteuer, und was tue ich? Ich stehe den ganzen Tag in Omas Laden, und wenn meine liebe Kollegin Lilith mich nicht ab und zu irgendwo hinschleppen würde, hätte ich von München noch gar nichts gesehen.

Oh, verflixt! Wenn ich nur daran denke, was das letzte Mal passiert ist, als Lilith mich mit ins *Peaches* genommen und mich auch noch genötigt hat, einen Cocktail zu bestellen … Gerade hatte ich mich durchgerungen, einen Schluck zu nehmen, da fragte mich ein Typ, ob der Hocker neben mir noch frei sei. Ich bin so erschrocken, dass ich den Cocktail über mein Kleid und über die Hose des Kerls geschüttet habe. War das peinlich! Ich hätte heulen können. Geheult habe ich auch, zu Hause, weil ich einfach zu dämlich bin, um wenigstens einen harmlosen Flirt hinzubekommen. Dabei hat mich der Mann gar nicht mal interessiert. Aber bei Jeff sieht das ganz anders aus.

Was werde ich erst Dummes tun, wenn wir bei diesem Seminar sind? Werde ich Jeff blamieren? Wahrscheinlich. Werde ich ihn enttäuschen? Auf jeden Fall. Denn Jeff wird davon ausgehen, dass ich begeistert bei der Sache bin. Doch in Wahrheit würde ich mich wahrscheinlich am liebsten vor Angst in einer Ecke verkriechen.

Womöglich würde ich sogar weinen, wenn es arg unangenehm ist, gefesselt zu sein. Spätestens dann würde Jeff merken, dass man mit mir gar nichts anfangen kann. Wäre frustriert und sauer, wenn ich ihm den Spaß an dem Seminar verderbe. Nein, so geht das nicht. Aber ich will wenigstens nicht so feige sein, ihn ohne ein Wort zu versetzen. Zumal meine Oma plant, in Zukunft häufiger auf Mittelaltermärkten unterwegs zu sein, nachdem ich nun mitarbeite. Ich werde ihn vielleicht wiedersehen und allein der Gedanke, dass er mich dann voller Verachtung mustern könnte, weil ich einfach zu viel Angst hatte, um ihn zu treffen, macht mich fertig. Ich werde hingehen und ihm sagen, dass das nichts für mich ist, dieses Seminar, auch wenn er dann sicher nichts mehr mit mir zu tun haben will. Aber zu Hause kann ich ja heimlich weiter von ihm träumen! Sanft streichle ich mit meinen Fingern über seine Wange – wenigstens Poster-Jeff wird mir bleiben.

Es ist kalt am nächsten Sonntag, auch wenn der Schnee vor Weihnachten mal wieder auf sich warten lässt. Bestimmt kommt er auch dieses Jahr erst drei oder vier Tage *nach* Weihnachten – nur um mich zu ärgern! Aus Angst, dass die U-Bahn mir einen Streich spielen könnte, bin ich über eine halbe Stunde zu früh. Bibbernd vor Kälte warte ich auf Jeff, finde aber, dass mir das ganz recht geschieht. Bestimmt ist er enttäuscht.

Jeff ist auf die Minute pünktlich. Wenn er doch nicht so gut aussähe! Sein schulterlanges, blondes Haar fällt offen auf den Kragen einer schwarzen Lederjacke, und auch wenn er heute keine mittelalterlichen Klamotten trägt, wirkt er wie ein Ritter aus früherer Zeit. Als er mich sieht, erhellt ein Lächeln sein Gesicht.

»Sheryl! Du bist gekommen!«

Ich könnte direkt losheulen.

»Oh Jeff, es tut mir so leid … Ich kann nicht mitmachen … Ich bin gar nicht die … Dabei sieht das so toll aus … Ich habe mir die Website von diesem japanischen Fesselkünstler angesehen ... Ich weiß nicht, was du in mir gesehen hast ... Das ist schön, was die hier machen ... aber ich habe es noch nicht mal mit Handschellen probiert ...«

»Sheryl!«

Doch ich rede hektisch weiter.

»Bitte sei mir nicht böse ... Ich wollte keinen falschen Eindruck erwecken ... aber du hast ja gesagt, du kannst auch ohne Begleitung hingehen ... Ich wollte dir das selber sagen ...« Meine Stimme wird immer dünner.

»Sheryl!«

Jeff packt mich an den Oberarmen, nicht grob, aber doch so, dass ich die Kraft in seinen großen Händen spüren kann. Ich verstumme sofort.

»Sheryl, du musst atmen.«

Oh. Ach so. Das erklärt die Enge in meiner Brust. Ich schnappe nach Luft.

»Gut«, lobt er mich. »Du hast Angst?«

Ich nicke kläglich.

»Du fürchtest, dass dich das Seminar überfordert?«

Wieder kann ich nur nicken. Wie hat er es nur geschafft, alles, was mich seit einer Woche plagt, so mir nichts, dir nichts in zwei sinnvolle Sätze zu packen?

»Außerdem frierst du«, stellt er auch noch fest. Wieder wahr. Kann er Gedanken lesen?

»Würdest du mich kurz nach drinnen begleiten, um dich aufzuwärmen?«

Ich zögere.

»Sheryl. Ich werde dir nichts tun.«

»Ich weiß«, sage ich sofort und er lächelt.

Es ist so schön, ihn lächeln zu sehen. Ich nicke also noch mal. Jeff lässt meine Oberarme los und reicht mir stattdessen seine Hand. Meine klammen Finger verschwinden fast zwischen seinen. Er fühlt sich gut an. Ich kann die Schwielen spüren, die dieses furchterregende Schwert verursacht haben muss. Aber es ist auch eine starke Hand, die mir Sicherheit gibt.

Ich bin so auf die Berührung unserer Hände konzentriert, dass ich erst merke, dass wir das Haus schon betreten haben, als Jeff mich leise auffordert, meine Schuhe und den Mantel auszuziehen. Leider muss ich ihn dazu loslassen. Ein wenig sieht es hier aus, wie ich mir ein japanisches Teehaus vorstellen würde: Bambusmatten bedecken den Boden, die Wände sind mit Pergament bespannt, die leisen Klänge einer Flöte schweben durch das Haus und es riecht nach Räucherstäbchen.

»Warte kurz«, raunt Jeff. »Ich sage nur rasch Mr. Sung Bescheid.«

Ich nicke ein wenig abwesend, bin zu sehr damit beschäftigt, all die neuen Eindrücke in mich aufzunehmen. Dass es sich hier nicht um einen Folterkeller handeln würde, konnte ich auf der Website sehen. Aber dass es so stilvoll sein würde, hätte ich nicht gedacht.

Schon ist Jeff wieder da.

»Komm, wir dürfen uns in einen der Meditationsräume setzen.«

Der Meditationsraum ist im gleichen Stil eingerichtet wie schon der Eingangsbereich. An einer Wand steht ein kleiner

Altar mit einer Buddhafigur, vor einem mit Pergament bespannten Fenster liegen mehrere große Meditationskissen.

»Setz dich«, sagt Jeff freundlich. »Darf ich die Tür schließen?«

»Natürlich.«

Ich habe keine Angst vor ihm. Mein Blick folgt ihm, wie er sich trotz seiner Größe elegant durch den Raum bewegt. Toll sieht er schon wieder aus. Er trägt eine schwarze Jeans und ein schwarzes Leinenhemd, dessen oberste Knöpfe offen stehen. Ich hätte mich auch ein bisschen hübscher machen können. Warum fällt mir so was immer erst ein, wenn es zu spät ist? Ich komme mir ein wenig schäbig vor in meinem blauen Wollkleid, aber ich hatte eigentlich ja auch nicht vor, meinen Mantel auszuziehen. Schließlich wollte Jeff zu diesem Seminar …

Das Seminar! Ich springe wieder auf.

»Oh Jeff, du wirst den Anfang verpassen … Das wollte ich doch nicht … Bitte, ich will nicht schuld sein … Was musst du nur von mir denken! … Das war doch bestimmt teuer … Du solltest mitmachen …«

»Sheryl.« Diesmal umfassen seine Hände meine Unterarme und wieder lässt mich seine Berührung sofort verstummen. »Ich bin ganz genau da, wo ich sein möchte.«

»Warum ich?«, frage ich und stelle erstaunt fest, dass ich in ganzen Sätzen sprechen kann. »Ein Mann wie du könnte doch hundert Frauen haben, die sich nicht so anstellen.«

»Ein Mann wie ich?«, fragt er ein wenig spöttisch und sein Mundwinkel zuckt leicht.

»Du bist so stark und selbstbewusst«, sage ich leise und spüre, wie meine Wangen glühen. Was rede ich denn da? Schon wieder mache ich mich lächerlich. Verlegen starre ich zu Boden.

»Wenn es so wäre, Sheryl, dann wüsste ich wohl auch mit Sicherheit, mit wem ich meine Zeit verbringen will, hm?« Ganz sanft klingt seine dunkle Stimme jetzt und verlockt mich dazu, ihn erneut anzusehen.

»Komm, setz dich wieder. Du bist ja immer noch ganz durchgefroren.«

Er beginnt, meine Arme zu reiben, und diese Berührung beansprucht nicht nur meine ganze Aufmerksamkeit, sie sorgt auch dafür, dass mir innerhalb kürzester Zeit richtig heiß wird.

»Besser?«, raunt er und ich nicke.

»Gut.« Ganz ernst klingt er jetzt. »Sheryl. Ich würde sehr gern herausfinden, ob das nicht doch passen könnte mit uns. Aber was ich nie, nie wieder von dir hören möchte, ist, dass du dich anstellst. Bitte, du musst mir versprechen, dass du es mich immer wissen lässt, wenn du dich unwohl mit etwas fühlst. Ganz gleich um was es geht, du musst nichts begründen oder erklären. Aber ich muss es wissen. Verstehst du das?«

Mein Herz hämmert. Ich nicke.

»Sag es!«, befiehlt er.

»Ich verspreche es. Ich werde es sagen, wenn etwas nicht passt.«

»Danke, Sheryl! Das bedeutet mir sehr viel. Und ich möchte auch ehrlich zu dir sein: Wenn es um Sex geht, bin ich es, der die Zügel in der Hand hält. Ich bin ein Dom, ein Master der SM-Szene. Ich schlafe nicht mit Frauen, ich ficke meine Subs. Vorzugsweise während einer Session, in der ich erwarte, dass die Sub sich mir unterwirft.«

Ein komisches, quietschendes Geräusch entkommt meiner Kehle. Jeff ist so furchtbar direkt! Dann fällt mir ein, was ich nur eine Minute zuvor versprochen habe.

»Das macht mir Angst.«

»Danke, Sheryl!«, sagt er noch mal und sieht dabei unendlich erleichtert aus. War das ein Test?

»Kann ... Kann ich das lernen? Eine Sub zu sein?«

»Nein, Sheryl«, sagt er zu meiner großen Enttäuschung, lässt seine großen Hände dabei aber beruhigend über meine Arme wandern. »Solltest du nicht lieber fragen, was du davon hättest?«

Ich würde Jeff bekommen. Ich traue mich nicht, das zu sagen. Aber er sieht so aus, als ahne er, was ich denke.

»Ich mag vielleicht nicht der Typ für Kuschelsex sein«, sagt er ruhig, »aber das bedeutet noch lange nicht, dass ich mir einfach nehme, was ich brauche, ohne Rücksicht auf Verluste. Ich möchte, dass das, was wir tun, meine Partnerin ebenso erfüllt wie mich.«

Traurig lasse ich den Kopf hängen. Ich weiß nicht, wie man eine Sub ist, aber wenn ich es erfüllend fände, eine zu sein, wüsste ich es ja wohl, richtig?

»Der Weihnachtsmarkt hatte doch auch am Sonntag noch geöffnet, oder?«, fragt Jeff.

Der plötzliche Themenwechsel überrumpelt mich ziemlich.

»Äh, ja ...«

»Hast du da auch deinen Schal getragen?«

»Ja«, flüstere ich.

»Warum?«, fragt er ebenso leise zurück.

»Weil du es so wolltest.« Ein ganz komisches Gefühl breitet sich in meinem Magen aus.

»Ich war gar nicht da.« Ein wissendes Lächeln umspielt seinen Mund. »Sheryl, wenn man mir verbieten würde, dein Verhalten als gehorsam und unterwürfig zu beschreiben, wüsste ich nicht recht, was ich sonst sagen sollte. Es tut mir leid, wenn ich da zu viel hineininterpretiert habe.«

Seine großen Hände umschließen meine. Ich starre auf unsere ineinander verschränkten Finger und versuche, die Begriffe »gehorsam« und »unterwürfig« mit mir in Verbindung zu bringen. Niemals habe ich so von mir gedacht. Allerdings habe ich auch noch nie einen Mann getroffen, der dies erwartet. Kann man eine Sub sein, ohne es zu wissen?

»Sheryl, warum bist du heute hergekommen?«

Unser Gespräch ändert so schnell die Richtung, dass ich gar keine Gelegenheit habe, mir zu überlegen, was er wohl von mir hören möchte.

»Ich wollte es dir selbst sagen. Dass ich mich nicht traue mitzumachen.«

»Hm«, sagt Jeff. »Das bedeutet wohl, dass du nicht gleich beschlossen hast, dass du mit so einem perversen Kerl lieber nichts zu tun haben willst?«

Heftig schüttle ich den Kopf. Natürlich nicht!

»Du hättest auch anrufen können. Oder eine Mail schicken. Die Daten der Kampfschule stehen auf jedem Plakat, es wäre nicht schwer gewesen, mich ausfindig zu machen. Stattdessen stehst du scheinbar eine kleine Ewigkeit in der Kälte herum und wartest auf mich. Warum?«

»Ich weiß nicht«, sage ich ein wenig verzweifelt.

Ja, warum? Was habe ich mir davon versprochen? Ich wusste nicht, dass er mich für eine Sub hält, aber dass ich nicht die Richtige für ihn bin, wusste ich sehr wohl. Warum wollte ich ihn trotzdem noch einmal sehen? Dieses Treffen wird meine Sehnsucht nach ihm doch nur schlimmer machen! Ich bin so dumm!

»Ich …«, stammle ich. »Ich …«

»Ganz ruhig«, murmelt er und seine Hände umschließen meine Handgelenke. »Ich habe Zeit. Denk in Ruhe darüber nach.«

Die Art, wie er mich hält, beruhigt mich tatsächlich. Schon auf dem Weihnachtsmarkt war das so. Als würde allein sein fester Griff mir Halt geben, das Durcheinander in meinem Kopf sortieren.

Und wie geduldig Jeff ist! Er drängt nicht auf eine Antwort. Obwohl ich keinen Zweifel daran habe, dass er darauf bestehen wird, dass ich ihm eine Antwort gebe. Sobald ich darauf gekommen bin.

Wieder fällt mein Blick auf seine Hände. Ein bisschen ist es ja so, als würde er mich mit seinen Fingern fesseln. Niemals könnte ich mich mit Gewalt aus seinem Griff befreien, aber ich bin mir ganz sicher, dass er mich sofort loslässt, sollte ich ihn darum bitten. Und dann ist die Antwort plötzlich ganz leicht.

»Ich wollte wirklich nicht, dass du das Seminar verpasst. Aber insgeheim habe ich wohl gehofft, wenn ich mutig genug wäre herzukommen – vielleicht würdest du dich dann noch mal mit mir treffen wollen. Und etwas vorschlagen, das ein bisschen weniger …«

Ich weiß nicht recht, wie ich mich ausdrücken soll, aber es scheint auch so zu genügen. Jeff schließt für einen Moment die Augen, atmet tief durch.

»Oh, Sheryl«, sagt er rau.

Mein Herz hämmert. Habe ich doch eine Chance bei ihm?

»Möchtest du dir eines von Mr. Sungs Seilen ansehen? Wäre das *ein bisschen weniger*?«

»Ja«, sage ich froh.

Er steht auf und sofort fehlt mir seine beruhigende Nähe. Obwohl er nur kurz den Raum verlässt, kann ich es kaum erwarten, bis er zurückkommt. Dann setzt er sich wieder auf das Kissen vor mir und legt ein Seil auf seine Oberschenkel.

Ich muss lächeln, weil es schwarz ist, offenbar Jeffs bevorzugte Farbe. Doch im Gegensatz zu seiner Kleidung glänzt das Seil ein wenig. Es ist sehr lang, aber nicht besonders dick, und wie es da so liegt, wirkt es ganz ungefährlich, als wäre es für einen weit harmloseren Zweck gemacht als den, eine Frau in Fesseln zu legen. So, wie es da einfach nur über Jeffs Beinen hängt, macht es mir keine Angst.

Mein Mund wird ganz trocken, als mir klar wird, dass ich womöglich schon minutenlang ebenso auf das Seil wie auch auf Jeffs Schenkel starre. Kräftige Schenkel, passend für einen Mann, der mit beiden Beinen fest im Leben steht.

»Es … sieht nicht so aus, als würde es wehtun«, sage ich ein wenig atemlos, hauptsächlich um zu verschleiern, dass ich gerade viel intensiver an das gedacht habe, was sich unter dem Stoff seiner Hose befindet, als an das, was darauf liegt.

»Dazu wurde es auch nicht gemacht«, erklärt Jeff. »Aber lass dich nicht täuschen. Falsch angewendet kann es sogar den Tod bringen. Eine Verantwortung, die ich sehr ernst nehme.«

Ich schlucke mühsam. Natürlich. Er könnte mich damit erdrosseln. Aber das könnte er ebenso mit meinem Schal oder auch nur mit seinen Händen. Ich blinzle ihn an, doch er erwidert meinen Blick ganz ruhig. Einen Moment lang verliere ich mich in seinen Augen.

»Darf ich es anfassen?«

»Nur zu.«

Ich wische meine Hände an meinem Rock ab, obwohl es dazu keinen Grund gibt. Dann fahre ich ganz scheu mit meinem Zeigefinger über das schwarze Seil.

»Oh!«, entfährt es mir überrascht.

Ich dachte, es wäre rau und kratzig, doch es fühlt sich ganz weich an. Ich werde mutiger, nehme es zwischen zwei Finger, befühle es. Es ist ganz biegsam, wie gemacht dafür, sich an einen Körper zu schmiegen.

Ich bin so fasziniert, dass ich eine Weile brauche, bis ich merke, dass Jeff schwerer atmet. Was tue ich da auch? In meinem Bestreben, das Seil zu erkunden, sind meine Finger wie von selbst auch über die starken Muskeln seiner Beine gewandert. Doch nicht nur das. Meine andere Hand finde ich auf seinem Knie wieder, ohne dass ich die geringste Ahnung habe, wie sie da hingekommen ist.

Ich bin keins dieser Mädchen, die damit kokettieren, Männer wie zufällig zu berühren. Und Jeff ist definitiv kein Mann, bei dem man sich so etwas herausnehmen sollte. Als hätte ich mich verbrannt, ziehe ich meine Hände rasch zurück und lege sie wieder in meinen Schoß.

Meine Wangen glühen und ich traue mich nicht, ihn anzusehen. Ich sollte mich entschuldigen, aber ich könnte auch …

Einen Moment ringe ich mit mir, dann wage ich es.

»Zeigst du mir, wie es sein könnte? Bitte?«

Jetzt ist es heraus. Er fragt nicht, ob ich mir sicher bin, was gut ist, denn das bin ich nicht.

»Steh auf!«, befiehlt er völlig unaufgeregt.

Ich gehorche sofort. Er dirigiert mich an meinen Schultern in die Mitte des Raumes und allein diese Berührung reicht, um mich ein wenig zu beruhigen. Dann umrundet er mich, mustert mich. Was mag er sehen? Verlegen senke ich den Blick.

»Sieh mich an. Ich benutze gern das Wort ›Mayday‹ als Abbruchsignal. Kannst du dir vorstellen, es zu verwenden, wenn du den Eindruck hast, dass es dir zu viel wird?«

Ich nicke.

»Sag es!«

Ich wiederhole seine Worte.

»Gut«, lobt er mich. »Nimm die Arme hinter den Rücken und verschränke die Hände!«

Er tritt hinter mich, doch anstatt nun meine Handgelenke zu fixieren, wandern seine Hände meine Arme hinauf und hinunter. Eine raue Liebkosung, die mir einen wohligen Schauer über den Rücken schickt. Dann beginnt er, das Seil um meine Oberarme zu schlingen. Ich halte kurz den Atem an, doch Jeff wickelt den Strick so locker um meine Arme, dass ich ihn kaum spüren kann. Die Anspannung weicht aus meinen Schultern. Er scheint ein Muster zu knüpfen, doch ich merke so wenig davon, dass ich seine körperliche Nähe und seinen warmen Atem in meinem Nacken ohne Furcht genießen kann. Ganz deutlich nehme ich nun seinen männlichen Duft nach einem herben Aftershave und Leder wahr. Ich atme tief durch die Nase ein, um alles davon in mich aufzusaugen. Gott, er riecht so gut!

Jeff setzt sein Werk derweil ohne Unterbrechung fort. Die Ellenbogen lässt er aus, macht mit den Unterarmen weiter. Kurz über den Handgelenken schlingt er das Seil mehrmals um meine Arme, bevor er es um meine Körpermitte führt. Ich schnappe nach Luft, als er dabei wie zufällig meine Hüfte und meinen Bauch berührt. Doch schon sind seine Hände wieder verschwunden.

»Sheryl!«

Es klingt wie eine Warnung – und Sekunden später verstehe ich, wovor.

Jeff zieht kräftig an dem Seil und sofort strafft sich die bisher lockere Fesselung, presst meine Arme hinter meinem Rücken an meinen Körper.

Ich stoße einen kleinen, erschrockenen Schrei aus, obwohl es nicht wehtut. Ganz im Gegenteil. Wie sein fester Griff scheinen die Fesseln mich zu stützen, zu halten.

Mit einem heftigen Ruck zieht er mich an sich. Als wäre ich ein Fohlen, das von einem Lasso eingefangen wird. Doch anders als ein wildes Pferd wehre ich mich nicht, sondern lasse es einfach geschehen. Genieße es, mich nicht mehr bewegen zu können, genieße es, gar nichts anderes tun zu können, als der Hitze meiner Haut an jenen Stellen nachzuspüren, an denen unsere Körper sich nun berühren.

Minutenlang stehen wir so da, ehe Jeff sich rührt. Er legt eine Hand unter mein Kinn, zwingt meinen Kopf in den Nacken. Ich gebe sofort nach. Meine Lippen zittern und meine Augenlider flattern, als er seinen Kopf zu mir senkt. Forschend leckt er über jene empfindliche Stelle an meinem Hals, an der mein Puls wie verrückt pocht, dann wandern seine Lippen nach oben, bis sie schließlich meinen Mund erreichen.

Der Kuss, der folgt, hat nichts Zärtliches an sich, er ist Eroberung und Forderung nach Kapitulation zugleich. Ich ergebe mich ohne Umschweife. Lasse seine Zunge in meinen Mund, erlaube Jeff, ihn ganz in Besitz zu nehmen.

Das Gefühl ist intensiver als alles, was ich bisher erlebt habe. In seinen Fesseln liegend und zur Bewegungsunfähigkeit verdammt, bleibt mir nichts anderes übrig, als zu nehmen, was er gewillt ist mir zu geben. Das verheißungsvolle, stürmisches Drängen seiner Zunge ebenso wie die sanften Zärtlichkeiten, die mich zumindest kurz zu Atem kommen lassen, auch wenn mein Herz unvermindert stürmisch in meiner Brust schlägt. Ich hätte erwartet, Angst zu haben, wenn er mich fesselt. Mich gefangen zu fühlen, ausgeliefert, hilflos. Und all das bin ich auch, aber es macht mir keine Angst. Ich fühle so vieles, aber Angst ist definitiv nicht dabei.

In einer Hand hat Jeff immer noch das Ende des Seils, hält es straff gespannt. Die andere Hand erkundet meine Hüften, meine Taille, wandert nach oben, bis sie schließlich auf meinem Busen liegt. Eine Hitzewelle schwappt über mich hinweg, die nur von dieser großen, kräftigen Hand herrühren kann, die nun besitzergreifend meine Brust umfasst. Sein Daumen streicht fordernd über meine harte Brustwarze und mir wird schwindelig. Als Jeff den Nippel zwischen Daumen und Zeigefinger nimmt, ihn geradezu brutal zwischen seinen Fingern zwirbelt und dabei den Kuss wieder vertieft, reißt mich plötzlich eine ganz andere Welle mit sich fort. Mein Körper bebt, die Muskeln in meinem Unterleib zucken, und würde Jeff mich nicht halten, würden mir wahrscheinlich einfach die Beine wegknicken. Mein Schrei wird von seinem Mund erstickt, dann wird mir kurz schwarz vor Augen. Undeutlich nehme ich wahr, dass Jeff das eine Ende des Seils loslässt und die Fesseln sich lösen, aber da fliege ich schon.

Kapitel 4

Nun, da ich das Seil nicht mehr halte, kann ich Sheryl mit beiden Armen stützen, während ihr Körper immer noch unter den Nachwehen ihres Orgasmus bebt. Der Höhepunkt scheint sie völlig überrascht zu haben und ich kann nicht glauben, wie wenig notwendig war, um sie so weit zu bringen.

»Oh, Sheryl, was ich alles für dich tun könnte!«, flüstere ich heiser, doch sie nimmt mich wohl noch gar nicht richtig wahr.

Ich trage sie zurück zu den Meditationskissen. Dort lasse ich sie zu Boden gleiten, setze mich selbst wieder auf ein Kissen und mit einem leisen Seufzer macht sie es sich zwischen meinen geöffneten Schenkeln bequem, legt ihren Kopf auf mein Knie und schließt die Augen. Sie ist so schön. Während ich so auf sie herunterschaue und ganz sanft über ihr Haar streiche, brauche ich meine ganze Selbstbeherrschung, um sie nicht einfach zu nehmen. Wahrscheinlich wäre ich ihr sogar willkommen, aber ich will mehr. Erst soll sie mir ganz gehören, sich jede Sekunde des Tages nach mir verzehren.

Ich hatte schon unerfahrene Subs, aber niemals eine Frau, die sich noch nicht mal ihrer Neigung bewusst war. Aber ich habe mich nicht geirrt – sie *ist* devot. Ich werde sehr viel Geduld und Selbstdisziplin benötigen. Doch das ist es wert, da bin ich mir sicher. Sheryl ist wie ein unbeschriebenes Blatt, das nur darauf wartet, meine Handschrift kennenzulernen – wenn sie es mir denn erlaubt.

Es wäre ein großer Schritt für sie und ich werde das nicht auf die leichte Schulter nehmen. Darum werde ich sie jetzt auch in Ruhe lassen, anstatt sie zu ficken, auch wenn mein Schwanz damit überhaupt nicht einverstanden ist und schmerzhaft gegen meine Hose drückt. Aber der Reiz des Spiels liegt für mich nicht nur darin, hart zu ihr zu sein, sondern auch in der Härte zu mir selbst. Ich will sie besitzen, aber nicht, indem ich sie zu schnell zu weit dränge. Sie soll sich mir schenken, jedes noch so kleine Stück von ihr.

Sheryl regt sich wieder, blinzelt mich schüchtern an. Auf ihren Wangen brennt die Scham über das, was geschehen ist.

»Alles in Ordnung?«

Sie nickt verlegen. Das wird sie als Erstes lernen, dass ich auf verbalen Antworten bestehe. Aber gewiss nicht mehr heute.

»Ich möchte dich wiedersehen«, sage ich schnörkellos und die Röte auf ihren Wangen vertieft sich.

»Ich dich auch«, sagt sie sofort, doch dann blitzt so etwas wie Schalk in ihren Augen auf. »Das mit der Unterwerfung habe ich mir aber schlimmer vorgestellt.«

Soso.

Dagegen werde ich allerdings sofort etwas unternehmen müssen. Ich packe sie an den Haaren, zerre sie brutal auf die Knie hoch. Sie keucht erschrocken, wehrt sich aber nicht.

»Dann würde ich vorschlagen, wir beginnen damit, dass du mich während einer Session mit ›Herr‹ ansprichst«, knurre ich dunkel, und ehe sie darauf reagieren kann, presse ich meinen Mund auf ihre Halsbeuge, sauge mich an ihrer zarten Haut fest und grabe meine Zähne in ihr Fleisch, während ich gleichzeitig rigoros und zweifelsohne schmerzhaft für sie ihr Haar um meine Hand wickle. Sie wimmert leise, macht aber keine Anstalten, meiner groben Behandlung auszuweichen. Sehr gut.

Abrupt lasse ich sie los und schwer atmend senkt sie den Kopf.

»Ja, Herr«, flüstert sie und das Hochgefühl, das diese Worte in mir auslösen, ist besser als jeder Orgasmus.

»Außerhalb einer Session darfst du mich weiter Jeff nennen«, sage ich großzügig.

»Aber woher weiß ich …?«

»Ich lasse es dich wissen, Sheryl«, entgegne ich amüsiert. »Ein gutes Indiz ist auf jeden Fall, dass du vor mir auf den Knien liegst. Falls du dir nicht sicher bist, was ich gerade von dir erwarte, frag einfach.«

Dass ihre Ohren schon wieder rot glühen, erkenne ich sogar durch ihr dichtes blondes Haar hindurch. Ich glaube nicht, dass ich jemals genug von ihren Reaktionen bekommen werde. Perfekte kleine süße Sheryl.

»Darf ich denn reden, Herr?«

»Natürlich, Sheryl, ich bitte dich sogar darum. Wir müssen sogar sehr viel reden, um alle Missverständnisse gleich auszuräumen. Solltest du plötzlich anfangen, mir sämtliche Rezepturen eurer Cremes vorzubeten, werde ich mich schon zu wehren wissen.«

Sie kichert leise und ich freue mich, dass sie sich so rasch wieder entspannt.

»Die sind aber nicht sehr anregend, Herr.«

»Hm, dann müssen wir wohl ein anderes Thema finden.« Ich greife wieder in ihr wunderbares Haar, ziehe sie diesmal ganz vorsichtig zu mir und liebkose sanft die geschundene Stelle an ihrem Hals. »Was sind deine geheimen Fantasien, Sheryl? Gibt es etwas, was du schon immer ausprobieren wolltest, aber noch nie getan hast, weil du es nicht gewagt hast, darum zu bitten? Erzähl es mir.«

Ihre Brust hebt und senkt sich heftig – ob wegen meiner Liebkosung oder wegen meiner Frage, kann ich unmöglich sagen.

»Jetzt?«, flüstert sie.

»Warum nicht?«

Doch sie zögert. Windet sich zwischen meinen Beinen.

»Ich möchte verstehen, was du brauchst, Sheryl«, raune ich. »Und was kann schon schlimmer sein als *meine* Wünsche? Ein Großteil der Bevölkerung wäre wahrscheinlich der Ansicht, dass man mir die Eier abschneiden sollte, wenn sie hören würden, dass ich es für ein gelungenes Vorspiel halte, meine Partnerin vor Schmerzen schreien zu lassen.«

Sie keucht auf, doch auch jetzt wendet sie sich nicht voller Entsetzen ab.

»Ich hatte vor einiger Zeit einen Traum …«, beginnt sie vorsichtig.

Ich muss mir ein Lächeln verkneifen. Das höre ich nicht zum ersten Mal. Für seine Träume kann man schließlich nicht verantwortlich gemacht werden. Doch im Augenblick werde ich ihr alles gestatten, was ihr hilft, sich zu öffnen.

Dass ihr Traum auf einer Burg spielt, ist angesichts der Umstände, unter denen wir uns kennengelernt haben, keine große Überraschung. Dass der Burgherr sie recht rücksichtslos erobert, auch nicht. Dass er einen seiner Ritter dabei zusehen lässt, schon.

An diesem Punkt gerät die Erzählung ins Stocken.

»Wäre ich dieser junge Ritter gewesen, hätte ich mich nicht damit begnügt, deine Hand zu halten«, sage ich.

»Hat er auch nicht«, antwortet sie spontan.

Das ist dann leider auch der Moment, an dem sie sich offensichtlich wünscht, dass sie gar nichts gesagt hätte. Sie dreht den Kopf zur Seite, blickt verschämt zu Boden. Ich brauche einen Moment, bis ich mir sicher bin, meine Stimme wieder unter Kontrolle zu haben. Oh Sheryl, was versteckt sich noch hinter deiner süßen Fassade? Darf ich wirklich der Glückliche sein, der all das zutage fördern wird?

Sanft drehe ich ihren Kopf wieder zu mir.

»Was für ein toller Traum!«, murmle ich.

»Du findest das nicht …?«

»Nein, finde ich nicht. Ich finde das ziemlich heiß.« Erneut küsse ich den inzwischen unübersehbaren Bluterguss an ihrem Hals. Wie gut, dass es Winter ist und sich niemand darum scheren wird, wenn sie die nächsten Tage einen Schal trägt! »Wenn du willst, werde ich deinen Traum eines Tages wahr werden lassen.«

»Was? Du würdest es zulassen, dass ein anderer Mann ...?«

»Um eines klarzustellen: Ich hätte durchaus was dagegen einzuwenden, wenn du jetzt hier hinausspazieren und mit einem anderen Kerl herummachen würdest. Zufällig ist mein größter Wunsch nämlich gerade, dass du ganz mir gehörst. Aber einen anderen zusehen zu lassen, wie ich dich um den Verstand bringe, wohl wissend, dass es ihn ebenso verrückt machen wird ... das fände ich großartig!«

Sheryl gibt wieder dieses kleine, quietschende Geräusch von sich. Außerdem zittert sie ein wenig. Ich breite meine Arme aus und sofort stürzt sie sich hinein, klammert sich an mich. Beruhigend streichle ich ihren Rücken.

»Oh Jeff ... Ach, entschuldige!«

»Schon gut«, murmle ich. »Für heute ist es wirklich genug.«

Ich sollte wirklich dringend einen Gang zurückschalten, wenn ich Sheryl nicht völlig überfordern will. Aber etwas muss ich noch sagen, und dass sie es begreift, ist wichtiger als alles, was heute schon passiert ist.

»Sheryl, während einer Session kannst du ganz du selbst sein. Deswegen habe ich gesagt, dass du das nicht lernen kannst. Menschen mit unserer Neigung nennen eine Session oft ein Spiel, doch in Wahrheit spielen wir nicht, sondern schaffen uns einen Raum, in dem wir genau so sein dürfen, wie wir wirklich sind. Dir muss nichts peinlich sein, du musst nichts verstecken und vor allem nichts tun, was dir widerstrebt. Ich verlange Offenheit und Ehrlichkeit von dir. Du wirst mich nicht enttäuschen, wenn dir etwas nicht gefällt oder dir Angst macht. Wünsche können sich ändern, Grenzen können sich verschieben. Aber das ist in der Regel ein langsamer Prozess. Während einer Session gilt das, was im Moment da ist. Das möchte ich mit dir ausleben, nur so werden wir beide zufrieden sein.« Ich schiebe sie ein Stück von mir weg. »Verstehst du das?«

Sie sieht mich mit diesen wunderbaren großen Augen an und dann werde ich mit einem Ausdruck in ihrem Gesicht belohnt, den ich hoffentlich noch sehr, sehr oft sehen werde: Sie strahlt. Von innen heraus.

»Ja, Jeff«, sagt sie voller Vertrauen.

Ich lächle. Ihr Vertrauen bedeutet mir mehr als alles andere. Obwohl ich heute ihre Grenzen erweitert habe, sie habe erkennen lassen, was ich bin und was sie ist, vertraut sie mir. Ich fühle mich zutiefst geehrt – ich weiß, was für ein großes Geschenk sie mir damit gemacht hat, auch wenn sie es vielleicht nicht einmal ahnt. Mir ist es mehr als bewusst.

»Möchtest du dich ein wenig frisch machen? Dann zeige ich dir die Waschräume. Wenn du magst, können wir noch ein Stück spazieren gehen – ich glaube, etwas Bewegung täte uns gut. Wir könnten ein paar ganz profane Dinge besprechen. Unsere Arbeitszeiten, wann wir uns sehen können, Telefonnummern austauschen, so was.«

Sie lacht befreit.

»Sehr gerne, Jeff!«

Ich stehe auf, reiche ihr die Hand, und als sie vor mir steht, nehme ich sie noch einmal in den Arm.

»Ich bin ein sehr glücklicher Mann, Sheryl«, flüstere ich ihr ins Ohr.

Himmel, sieht ganz so aus, als würde Sheryl ganz unbe-
kannte Seiten von mir zum Vorschein bringen!

Kapitel 5

VICO

13. Dezember 2005, München-Au

»Ich kann nicht mehr, Vico!«

Keuchend lässt Kai das Schwert sinken.

»Wenn du gerade nicht in Form bist, warum verausgabst du dich dann mit Angriffen, die derartig viel Energie kosten? Lass mich doch kommen und konzentrier dich auf die Konter«, schlage ich vor. »Ich bin auch nicht der geduldigste Mensch der Welt, irgendwann wird mir das zu blöd, dich nur anzustarren.«

»Dir vielleicht«, grummelt Kai. »Jeff bringt es fertig, stundenlang dazustehen und nicht mal zu blinzeln.«

»Weil er weiß, dass du das keine zwei Minuten aushältst«, sage ich, stelle mich neben Kai und demonstriere zwei Angriffe, die weit weniger kräftezehrend sind als das, was er gerade treibt. »So vielleicht?«

Kai grinst schief. »Hast ja recht. Warum muss Jeff mich eigentlich ausgerechnet auf der Bühne so vorführen?«

»Das fragst du jetzt aber nicht im Ernst, oder?«, sage ich und nehme meine Position wieder ein. »Mensch, Kai, du kennst Jeff doch. Die Schule ist sein Leben. Er kann es nicht haben, wenn die Leute, die er zu den Auftritten mitnimmt, sich da nicht voll reinhängen. Was meinst du, was Sir Malcolm mit dir angestellt hätte, wenn der spitzgekriegt hätte, wie selten du im Training warst, obwohl *du* darum gebeten hast, ins Team für die Auftritte zu kommen, hm? Was denkst du wohl, wer dafür gesorgt hat, dass er nichts davon ahnt? Ich sicher nicht!«

»Shit!«, sagt Kai und ich nutze es aus, dass er abgelenkt ist, und unterlaufe seine Deckung. Treffer. »Shit!«, sagt er erneut und ich zwinkere ihm zu.

»Aber ich habe auch noch ein Leben außerhalb der Schule«, brummelt er.

»Im Augenblick sind andere Sachen vielleicht wichtiger«, korrigiere ich. »Aber du kommst seit Jahren zweimal die Woche her. Alles, was du kannst, hat Jeff dir beigebracht. Erzähl mir nicht, dass das Training dir nichts mehr bedeutet.« Ich greife an. Kai pariert. Geht doch.

»Hast ja recht«, sagt er, ein wenig atemlos. »Ich rede mit Linda. Das Training fehlt mir ja auch. Vielleicht mag sie auch wieder mehr mit ihren Freundinnen machen, jetzt, da wir zusammenwohnen.«

»In zwei Monaten bist du wahrscheinlich froh, wenn du mal zu Hause rauskommst«, orakle ich.

»Oh, ganz herzlichen Dank! Spricht da der Beziehungsexperte, der es noch keine ganze Woche mit ein und derselben Frau ausgehalten hat?«

»Warum sollte ich? Ich bin noch viel zu jung, um mich zu binden, alter Mann!«

»Ich geb' dir gleich einen alten Mann!«, knurrt Kai, der ganze drei Jahre älter ist als ich, und wir heben erneut die Schwerter.

Nachdem er sich meine Tipps tatsächlich zu Herzen nimmt, wird es doch noch ein guter Kampf. Generös biete ich an, allein aufzuräumen, damit er heim zu Linda eilen kann. Ich schüttle den Kopf. Ich kann wirklich nicht verstehen, warum er sich so verhält. Ich könnte das nicht. Die Frau, von der ich mein ganzes Leben bestimmen lasse, muss erst noch erfunden werden.

Ich beginne damit, unsere Schutzausrüstung ordentlich in die dafür vorgesehene Truhe zu stapeln, und summe dabei ziemlich schräg *Küss mich* von *In Extremo*, bis mir plötzlich klar wird, dass ich nicht länger allein bin.

»Warum sagst du nicht einfach, dass bald alle zu verweichlicht sind, um überhaupt noch hier trainieren zu dürfen? Dann haben wir es hinter uns.«

Kai ist längst abgedampft. Aber in den letzten Jahren habe ich eine Art siebten Sinn dafür entwickelt, wann Jeff gleich unvermittelt irgendwo auftauchen wird.

»Da du es schon weißt, kann ich mir den Atem ja sparen«, kommt es prompt zurück.

Ich drehe mich um, und als hätte er sich soeben dort materialisiert, lehnt Jeff lässig an der gegenüberliegenden Wand. Wie macht er das bloß? Womöglich war einer seiner Ahnen ja ein Ninja, auch wenn Jeff eher wie ein Wikinger aussieht.

»Hättest wenigstens für dich behalten können, dass ich den Schlamper auch noch gedeckt habe«, knurrt er.

»Ich würde ja zu gerne auch mal den Bad Cop geben«, entgegne ich grinsend, »aber da hast scheinbar du ein Abo drauf.«

Jeffs Mundwinkel zucken, aber er bemüht sich, sein grimmiges Gesicht beizubehalten. »Kai könnte zumindest das Aufräumen übernehmen, wenn du dir schon so eine Mühe damit gibst, sein Ego wieder aufzupäppeln«, grummelt er.

»Ach, komm, Kai macht eine schwierige Zeit durch. Was wissen wir beide denn schon davon, wie es ist, mit einer Frau zusammenzuziehen?«

Meine Mutter ist tot, mein Dad ist schwul. Jeff ist in Sir Malcolms Haushalt aufgewachsen. Wenn es zwei Leute gibt, die keinen Plan von diesem Pärchenkram haben, dann sind das Jeff und ich. Ich klappe die Truhe zu und mache mich daran, die Übungspuppe, die wir zum Aufwärmen benutzt haben, an ihren Platz zu schieben.

»Danke, Vico!«

Wie bitte? Ich drehe mich verblüfft um und entdecke, dass die dreihundert Euro, um die Jeff mich vor Kurzem gebeten hat, plötzlich mitten auf der Truhe liegen.

»Der Tag hat sich etwas unvorhergesehen entwickelt, ich hab' die Kohle doch nicht gebraucht. Trotzdem danke!«

»Das war ein Geschenk. Warum behältst du das Geld nicht?«

»Kommt nicht infrage«, sagt er knapp.

Normalerweise würde ich da nicht weiter drauf rumreiten. Was Geld angeht, ist Jeff wahnsinnig empfindlich. Aber irgendwas an der Art, wie er in den letzten Tagen drauf ist, verleitet mich dazu, es mal wieder zu versuchen. »Es würde mich freuen, wenn ich es dir schenken dürfte. Ich tue schließlich einen Scheiß dafür, dass mein Dad mir jeden Monat mehr Kohle zuschiebt, als ich je ausgeben kann, während du dir Tag für Tag hier den Arsch aufreißt und nicht mal ein anständiges Gehalt bekommst.«

»Wofür Sir Malcolm einen sehr guten Grund hat, wie du weißt.«

Ja, und ich bin unangemessen stolz drauf, dass ich der Einzige bin, dem Jeff diesen Grund anvertraut hat. Aber er ist noch nicht fertig.

»Dein Dad weiß genau, dass du verantwortungsvoll mit eurem Reichtum umgehst. Anstatt dich auf die faule Haut zu legen, studierst du Jura. Und zeig mir mal einen reichen Knaben, der sich nicht mal ein eigenes Auto kauft. Wenn du mich fragst, ist dein Vater zu Recht froh, dass du sein Sohn bist.«

Ich schlucke. Ein Lob aus Jeffs Mund ist so selten wie weiße Weihnachten in München. Fast verliere ich den Faden. Aber Jeff ist selten so zugänglich – das muss ich ausnutzen.

»Ja, und wem habe ich es wohl zu verdanken, dass ich mein Leben auf die Reihe bekommen habe, hm? Mensch, das bisschen Geld ist nichts dagegen.«

Er kommt zu mir rüber und sieht mir fest in die Augen. »Scheiße, Vico, du warst mein erster Schüler und ich habe es dir schwerer gemacht als allen anderen Jungs zusammen. Trotzdem stehst du jeden Tag hier auf der Matte. Meinst du, das bedeutet mir gar nichts?«

Es gab eine Zeit in meinem Leben, da waren Jeffs Freundschaft und sein Unterricht im Schwertkampf das Einzige, was diese Dunkelheit in meinem Kopf davon abhielt, mich endgültig zu verschlingen. Selbst heute gibt es noch Tage, an denen ich mir nicht sicher bin, wie ich sie überstehen würde, wenn ich nicht hierherkommen und mir von Jeff anhören dürfte, dass ich mich zu konzentrieren habe, falls ich meine Waffe nicht direkt weglegen und zwei Stunden Konditionstraining machen will.

Jeff weiß das natürlich. Aber vielleicht sollte ich es mal wieder erwähnen? Doch er kommt mir zuvor.

»Bevor wir uns hier endgültig in vorweihnachtlicher Gefühlsduselei verlieren: Warum steckst du dein Geld nicht wieder ein und wir vergessen die Sache?«

»Warum nimmst du es nicht und kaufst deinem Mädel ein Geschenk? Sag ihr von mir aus, wir alle sind sehr dankbar für deine anhaltend gute Laune.«

Was Jeff so unter guter Laune versteht. Bei ihm heißt das, dass er uns seit Tagen im Training nicht komplett fertigmacht. Misstrauisch kneift er die Augen zusammen, doch dann grinst er.

»Wenn du versuchst, mich mit so einem billigen Trick zu einem intimen Geständnis zu bewegen, dann vergiss es.«

Aber er nimmt das Geld! Ich wusste es, da steckt eine Frau dahinter! Bloß nicht grinsen, bloß nicht grinsen! Ich tue so, als wäre nix, und räume endlich die Puppe weg, während Jeff beginnt, über unseren nächsten Auftritt zu reden.

»Komm mir bloß nicht mit so einem energiesparenden Angriff daher, das ist doch Kinderkram!«

»Die einfachsten Dinge sind oft die besten. Mein Lehrer predigt mir andauernd, ich solle meine Gegner überraschen. Wär' das nix?«

Lachend verstecke ich mich hinter der Puppe, als einer meiner Handschuhe in meine Richtung fliegt. Wir albern noch ein wenig herum, wodurch sich das Aufräumen noch mehr in die Länge zieht, dann zieht Jeff ab.

»Ach, übrigens«, meint er noch, als er schon fast zur Tür hinaus ist, »der Raum wird heute nicht mehr benötigt. Das heißt, du bist wohl mit Durchwischen dran.«

Ich verdrehe hinter seinem Rücken die Augen. Wäre ja auch zu schön gewesen, wenn er mich hätte davonkommen lassen, ohne mir vor Augen zu führen, wer das Sagen hat, solange wir uns in der Schule befinden. Blödmann! Aber hey, wenigstens ist ihm nicht urplötzlich eingefallen, dass irgendwer mal die Fenster putzen sollte. So wie damals, als ich ihn davon überzeugen wollte, dass mein Vater der Schule bestimmt jederzeit eine Reinigungskraft spendieren würde. Also besser nicht jammern – schlimmer kann Jeff immer.

Kapitel 6

SHERYL

15. Dezember 2005, München-Schwabing

Wie eine Urgewalt ist Jeff über mein Leben hereingebrochen und beherrscht seither jede Sekunde des Tages meine Gedanken. Es ist wirklich ein Wunder, dass ich meine Arbeit noch erledigen kann. Aber jetzt kommt mir zugute, dass ich schon als Kind von Omas Laden fasziniert war. Das Sortiment kenne ich auswendig und ich könnte einem Kunden noch im Schlaf die gewünschten Produkte aus den Regalen heraussuchen. So fällt zum Glück nicht groß auf, dass ich mit den Gedanken ständig woanders bin.

Eigentlich bin ich davon ausgegangen, dass Jeff mir einen neuen Treffpunkt nennen würde – irgendeinen finsteren Keller vielleicht –, mich fesseln und mich lehren würde, was ich wissen muss, um seine Sub sein zu dürfen.

Stattdessen scheint er es sich in den Kopf gesetzt zu haben, jede noch so kleine Kleinigkeit über mich zu erfahren. Dabei haben wir kaum Zeit füreinander, da Jeff in der Adventszeit ständig Auftritte für die Schwertkampfschule bestreitet und in Omas Laden vor Weihnachten natürlich die Hölle los ist. Deshalb kommt er jeden Tag während meiner Mittagspause in Schwabing vorbei. Wir gehen spazieren oder einen Kaffee trinken. Und jedes Mal rast mein Herz, wenn er mir in die Augen sieht oder wir uns zufällig berühren.

Ich bin keines dieser Mädchen, die immer im Mittelpunkt stehen. Die ständig etwas zu erzählen haben, die andere zum Staunen oder zum Lachen bringen können. Was passiert bei mir auch schon? Abenteuer erlebe ich nur in meinen Träumen oder zwischen den Buchdeckeln meiner Liebesromane! Doch das lässt Jeff nicht gelten.

»Ich bin mitten in der Stadt aufgewachsen. Ich würde gerne hören, wie es ist, auf dem Land groß zu werden«, bittet er mich ganz freundlich und ich wage es nicht, ihm diesen Wunsch abzuschlagen.

Also beginne ich stammelnd davon zu erzählen, wie ich mich mit zwölf mit einem Buch in einem Apfelbaum versteckt habe, prompt runterfiel und mir den Arm gebrochen habe. Jeff sieht mich unverwandt an und schafft es irgendwie, mir, ohne ein Wort zu sagen, das Gefühl zu geben, als gäbe es für ihn nichts Wichtigeres auf der Welt, als zu hören, wie Oma *keep calm and eat an apple* auf den Gips geschrieben hat.

Wenn seine ungeteilte Aufmerksamkeit nicht reicht, um mich zu beruhigen, dann gelingt es ihm immer, indem er mit einer seiner großen Hände mein Handgelenk umschließt – Fessel und Halt zugleich. Und ich rede und rede. Über meine Lieblingsbücher, über Omas Laden, und schließlich auch über meinen Ex-Verlobten Theo.

»Als Kinder spielten wir zusammen. Wir waren Ritter, Piraten, Drachentöter. Doch während die anderen Mädels aus dem Dorf immer darauf bestanden, dass sie auch Piratenkapitän oder Magiermeister sein konnten, war ich immer gern die Prinzessin, die von Theo gerettet wurde. Schon in der Grundschule stand fest, dass wir später heiraten würden. Auch als Teenie wollte ich das noch. Ich wollte Theo, den Drachentöter. Doch Theo interessierte sich nicht mehr für Drachen, sondern dafür, nach der Schule die Ausbildung durchzuziehen, um möglichst bald den Sanitärbetrieb seiner Eltern zu übernehmen. Theos Frau sollte im Büro mitarbeiten und Kinder kriegen, wie schon seine Mutter. Pflichtschuldig schlief ich nach unserer Verlobung einmal die Woche mit ihm, während er jedes Wochenende mit seinen Kumpeln durch die Kneipen zog. Dass es sich dabei vor allem um Bordelle handelte, flog erst auf, nachdem er sich einen Tripper eingefangen und ihn auch mir angehängt hatte. Statt sich zu entschuldigen, sagte er, dass es meine Schuld sei, weil es eben im Bett sterbenslangweilig mit mir sei.«

Beschämt sehe ich zu Boden. Warum erzähle ich das? Was macht Jeff mit mir, dass ich solch intime Dinge preisgebe? Denn wenn all meine öden Kindheitserinnerungen nicht ausgereicht haben, um ihn zu vertreiben, dann ist es nun ganz sicher so weit: Jetzt werde ich mittags vergeblich nach ihm Ausschau halten. Was will ein Mann wie Jeff schon mit mir? Wenn schon Theo mich langweilig fand, wo doch sein Leben viel weniger aufregend war als Jeffs, wie sollte ich ihn dann …?

»Sheryl!« Sein strenger Ton holt mich zurück in die Wirklichkeit.

»Ich hätte mir mehr Mühe geben müssen«, meine ich verlegen. Eigentlich will ich sagen, dass ich mir für ihn mehr Mühe geben werde, traue mich aber nicht.

»Humbug! Wenn sich einer mehr Mühe hätte geben sollen, dann dieser Kasper. Du hättest ihn zum Teufel jagen sollen. So, wie du es mit mir machen wirst, wenn es mir nicht gelingt, dich zu befriedigen. Ich bestehe darauf.«

Ich spüre, wie die Hitze mal wieder in mein Gesicht steigt. Darum muss Jeff sich sicher keine Sorgen machen! Er hatte es schließlich bei unserem ersten Date geschafft, mir einen unvergleichlichen Höhenflug zu schenken, ohne ein einziges Mal meine Pussy zu berühren.

Andererseits wird es in Zukunft vielleicht ganz anders sein zwischen uns. Und da wird es doch vor allem darum gehen, dass ich für sein Vergnügen zur Verfügung stehe. Oder? Was, wenn ich es nicht schaffe, das zu sein, was er will – was er braucht?

»Jeff ... du hast gesagt, du bist ein Dom ... Ich habe im Internet nach *SM* gesucht ... Da war so ein Bild mit Frauen, die in Käfigen saßen ... wie in einem Versuchslabor ... Ich wäre so gerne deine Sub ... aber ... es sah scheußlich aus!«

»Du wirst nie wieder diesen oder einen ähnlichen Suchbegriff eingeben!«, befiehlt er knapp.

Es ist das erste Mal seit dem Treffen bei Mr. Sung, dass Jeff meinen Gehorsam einfordert, und mein Herz macht einen erschrockenen Satz.

»Du kannst mich jederzeit alles fragen«, fährt er ruhig fort, »und es ist mir sehr wichtig, dass du das auch tust. Es steht auch niemandem zu, über die Vorlieben anderer Leute zu urteilen. Aber aus irgendwelchen Bildern, die womöglich nur gestellt sind, Schlüsse zu ziehen, ist Unsinn. Im Moment will ich einfach nur, dass du offen für neue Erfahrungen bist und mir ehrlich sagst, was du dabei empfindest. Das wird schwierig, wenn du mit kruden Erwartungen an die Dinge herangehst.«

Das verstehe ich. »Ich verspreche es, Jeff«, sage ich ernst. »Aber ich wüsste so gerne, wie ich dir auch eine Freude machen könnte.« Gespannt sehe ich ihn an.

»Noch mehr Freude, als damit, bei diesem eisigen Wind deine ganze Mittagspause mit mir durch die Straßen zu schlendern?« Jetzt lächelt er wieder. »Was mich wirklich freuen würde, wäre, wenn du mir den Laden deiner Oma zeigst.«

»Natürlich«, sage ich verblüfft. »Komm!«

Aber warum überrascht es mich, dass er den Laden sehen will, in dem ich den Großteil des Tages verbringe? Er will ja wirklich alles wissen! Hand in Hand betreten wir Omas Geschäft, und weil gerade keine Kunden da sind, ziehe ich ihn als Erstes zu meiner Großmutter.

»Oma, das ist Jeff«, sage ich strahlend.

In dem Moment wird mir klar, dass Jeff sich womöglich weniger für den Laden als dafür interessiert hat, ob ich ihn meiner Familie vorstellen würde. Als ob man Jeff verstecken müsste! Trotzdem werde ich sofort nervös. Nach einer höflichen Begrüßung mustert Oma ihn unverhohlen. Jeff lässt es, ohne mit der Wimper zu zucken, über sich ergehen. Einzig sein Daumen streicht beruhigend über meinen Handrücken.

»Sie scheinen ja recht viel Freizeit zu haben, wenn Sie Sheryl jeden Mittag besuchen können«, meint sie schließlich.

Oma!, denke ich entsetzt, aber Jeff bleibt ganz cool.

»Ich unterrichte europäischen Schwertkampf. Die meisten meiner Schüler trainieren nach der Arbeit.«

Oma nickt.

»Dann können Sie sicher gut auf meine Enkelin aufpassen.«

»Das werde ich«, verspricht Jeff.

»Hat das denn Zukunft? Wollen Sie den Rest Ihres Lebens Trainer bleiben?«

Oma!!

»Ich hoffe, eines Tages die Schule übernehmen zu können.«

»Na, dann werden Sie es ja mit dem Heiraten nicht so eilig haben.«

Oma!!!

»Da müssen Sie mir jetzt aber helfen, damit ich nicht ins Fettnäpfchen tappe«, entgegnet Jeff gelassen. »Aber ich habe weder vor, Ihre Enkelin überhastet vor den Traualtar zu schleppen, noch, sie im Stich zu lassen, wenn sie in Schwierigkeiten gerät.«

»Am liebsten wäre es mir, sie käme gar nicht erst in Schwierigkeiten«, schießt Oma zurück.

Jeff grinst. »Das sollte sich machen lassen.«

Ich sterbe inzwischen tausend Tode, aber dann kommt glücklicherweise ein Kunde und setzt der Inquisition ein Ende. Wahrscheinlich hätte ich mir eher Gedanken machen sollen, wie meine Oma bei Jeff ankommt, als umgekehrt. Doch während sie mit dem Kunden zum Teeregal geht, schnappt Jeff sich meine Hände und haucht einen Kuss darauf.

»Danke, Sheryl!«, sagt er und seine Augen funkeln belustigt. »Bleibt es bei Sonntagvormittag?«

Ich nicke erleichtert und bringe Jeff noch zur Tür. Obwohl Omas Laden wirklich vollgestopft ist bis ins letzte Eck, könnte ich schwören, dass er nicht mal das riesige Büschel aus getrocknetem Farn streift, an dem so gut wie jeder Besucher unseres Ladens hängen bleibt.

Mit klopfendem Herzen sehe ich ihm nach, wie er lässig die Straße hinunterspaziert.

»Irgendwas stimmt mit ihm nicht.« Oma steht plötzlich neben mir und folgt meinem Blick.

»Oma! Was erwartest du denn, wenn du Jeff derartig in Verlegenheit bringst!«, entgegne ich ärgerlich. Außerdem habe ich langsam die Nase voll davon, dass sie an jedem meiner Freunde was zu mäkeln hat. Na ja, eigentlich war da ja nur Theo. Und da hatte Oma auch noch recht. Trotzdem! Jeff ist toll.

»Das meine ich nicht«, sagt Oma.

Na gut, Jeff ist anders als alle Männer, die ich kenne. Wie streng er vorhin war, als er mir befohlen hat, nicht mehr im Internet herumzustöbern! Wie unnachgiebig er auf dem Weihnachtsmarkt mit seinem faulen Schüler war! Aber ... er tut mir so gut. Wie kann ich Oma das nur erklären?

»Jeff ist ein guter Mann«, fährt sie jedoch zu meiner Überraschung fort. »Aber da ist etwas ... Möglicherweise hat er eine schwere Zeit durchgemacht. Stell dich darauf ein, ihm darüber hinweghelfen zu müssen.«

Ich gebe ein quietschendes Geräusch von mir. *Ich ihm* helfen? Was für ein Blödsinn! Ein Mann wie Jeff braucht doch nicht ausgerechnet Hilfe von mir! Doch Oma nickt bekräftigend.

»Du musst auch etwas für ihn tun, sonst wird es nicht funktionieren. Was schade wäre, nicht wahr?« Dann schlurft sie wieder hinter den Tresen.

Ach, Oma! Ich würde wirklich gerne etwas für Jeff tun – ach Quatsch, ich würde wahrscheinlich so ziemlich alles für ihn tun –, nur ist das sicher nichts, was ich mit meiner Großmutter besprechen möchte ...

Kapitel 7

SHERYL

15. Dezember 2005, München-Au

Am Sonntag treffen wir uns in der Nähe der Schwertkampf-schule. Jeff hat ein Café vorgeschlagen, das ein tolles Sonntagsfrühstück anbieten soll.

Wie immer lächelt er, sobald er mich sieht, und heute gibt er mir sogar seine Hand. Wir müssen aussehen wie ein ganz normales Pärchen, wie wir so durch die Straßen schlendern. Fühlt sich auch irgendwie nach Pärchen an. Ist das hier nur ein verrückter Traum von mir oder habe ich mir im Gegenteil die Sache mit dem Shibari-Seminar nur eingebildet?

Jeff scheint nichts von meinen wirren Gedanken zu ahnen. Unbekümmert erzählt er mir von ihrem Auftritt am Abend zuvor und dann will er natürlich auch wissen, wie ich den gestrigen Tag verbracht habe.

»Nach der Arbeit bin ich früh ins Bett«, sage ich.

»Wo du so lange gelesen hast, bis du mit dem Buch in der Hand eingeschlafen bist«, rät er und zwinkert mir zu.

»Nein«, gebe ich etwas verschämt zu. »Ich habe an dich gedacht.«

Jeff kneift die Augen zusammen und betrachtet mich misstrauisch. »Ich hoffe, diese entzückende Röte auf deinen Wangen bedeutet nicht, dass du dich selbst befriedigt hast?«

»Doch«, gestehe ich spontan. Ihn anzulügen käme mir sowieso nie in den Sinn.

Ehe ich überhaupt weiß, wie mir geschieht, hat Jeff meine Hand losgelassen und wirbelt mich herum. Ich pralle heftig mit dem Rücken an die nächste Hauswand und ringe nach Luft, während Jeff seine Hände rechts und links neben meinem Kopf an der Wand abstützt. Er berührt mich nicht, dennoch könnte er mich nicht wirkungsvoller festnageln.

Wozu zum Teufel braucht der Mann ein Schwert? Sein ganzer Körper ist eine Waffe!

»Sieh an«, grollt er düster. »Habe ich mich undeutlich ausgedrückt? Sagte ich nicht, dass ich wünsche, dass du mir gehörst?«

Ich wimmere leise. Zu gerne würde ich seinem bohrenden Blick ausweichen, aber es geht nicht.

»Sheryl, ich werde dir nicht vorschreiben, wie du dein Leben zu leben hast. Ich bin auch keiner der Typen, die sich gemütlich irgendwo hinfläzen und ihre Freundin losschicken, um Bier zu holen. Natürlich erwarte ich Respekt von dir, aber den darfst du auch von mir erwarten.« Ein düsteres Gewitter tobt in seiner Stimme. »Aber wenn du mit mir zusammen sein willst, bestehe ich darauf, dass ich allein über deine Lust gebiete.«

Ich gebe einen erstickten Laut von mir und versuche, mich irgendwie an der Wand hinter mir festzuhalten. Meine Knie sind so weich, dass sie mich gleich nicht mehr tragen werden.

»Denkst du, mir fällt es leicht zu warten?« Unvermittelt presst er seine Hüften an mich und selbst durch meinen Mantel hindurch spüre ich seine Erektion. »Glaubst du, es ist einfach, *so* Schlaf zu finden?«

Wahrscheinlich sollte ich etwas sagen, aber ich schaffe es gerade so, den Kopf zu schütteln.

»Aber weißt du, was ich mir dann sage, Sheryl? Dass ich sicher nicht in irgendein olles Handtuch wichsen werde, wenn es nur noch eine Frage der Zeit ist, bis mein Schwanz tief in deinem Mund steckt und du brav jeden Tropfen meines Samens schlucken wirst.«

Oh. Mein. Gott.

»Es tut mir leid, Jeff«, flüstere ich.

Ach, verdammt, wäre das nicht der richtige Moment, ihn *Herr* zu nennen? Doch er lässt es mir durchgehen, weicht ein Stück zurück und gibt mich wieder frei.

»Schon gut. Mein Fehler, Sheryl. Ich hätte daran denken sollen, wie unerfahren du in diesen Dingen bist, und meine Wünsche unmissverständlich formulieren sollen.« Das Grollen ist aus seiner Stimme verschwunden, doch immer noch streng fügt er hinzu: »Aber nachdem wir das nun geklärt haben, darf ich wohl davon ausgehen, dass so etwas nicht mehr vorkommt?«

Ich nicke kläglich.

»Sag es.«

Seltsamerweise liegt der Satz, den Jeff hören will, schon auf meiner Zunge. *Meine Lust gehört nur dir.* Aber ich sage es nicht. Es reicht nicht. Es reicht *mir* nicht. Auf der Suche nach

Halt presse ich mich noch fester an die Wand. *Ganze Sätze,* mahne ich mich selbst, *sprich in ganzen Sätzen!* Ich kann das!

»Hätte ich nur einen Moment nachgedacht, wäre mir klar gewesen, dass es dir nicht recht wäre«, sage ich leise. »Ich hätte dich fragen können. Wie du es mir ständig anbietest. Aber das hätte ja bedeutet, dass ich damit aufhören muss.«

Wieder verengen sich seine Augen ein wenig und er rückt erneut näher. »Sieh an. Was tun sich denn hier für Abgründe auf? Das bedeutet wohl, dass es sich hier nicht um einen einmaligen Ausrutscher handelt, wie?«

Ich verzichte darauf, das Offensichtliche zuzugeben. »Darf ich es wiedergutmachen? Dir deinen Wunsch erfüllen? Nur für dich.« Ich schlucke. »Bitte, Herr!«

Sein Blick wird noch intensiver. Ich bin überzeugt, dass er direkt in mich hineinsehen kann. Aber was gibt es denn da zu sehen? Wie sehr ich innerlich zittere? Wird er mich zurückweisen?

Doch Jeff nickt. »Also gut. Komm!«

Damit dreht er sich einfach um und geht zielstrebig die Straße hinunter. Ich stolpere hastig hinterher, bis mir auffällt, dass ich nicht hetzen muss. Er schlägt genau das Tempo an, in dem ich auch allein unterwegs wäre.

Meine Gedanken eilen um einiges schneller durch meinen Kopf. Wohin gehen wir? Was wird dort passieren? Soll ich ihm wirklich …? Seltsam, dass ich bei dieser Sache mit dem Gehorsam noch gar nicht daran gedacht habe, welche Folgen es haben könnte, wenn ich nicht tue, was Jeff verlangt. Weil ich überhaupt nicht auf den Gedanken gekommen bin, dass ich jemals gegen seine Gebote verstoßen könnte.

Bloß, was tue ich dann da nachts allein in meinem Bett? Als gälte nicht, was man im Dunkeln unter der Bettdecke tut. Als hätte ich nicht geahnt, dass Jeff das nicht gutheißen würde. Aber er erlaubt mir ja, das in Ordnung zu bringen. So gesehen ist es ja gut, dass es nun heraus ist.

Wir erreichen ein trutziges graues Haus. Auf einem großen, bogenförmigen Tor prangt ein mittelalterliches Wappen. Das muss die Schule sein, in der Jeff unterrichtet. Er zieht einen Schlüssel heraus und sperrt auf. Mir ist recht mulmig zumute, zumal Jeff immer noch schweigt, doch vor allem fürchte ich mich davor, erneut etwas falsch zu machen. Ich zittere, dennoch folge ich ihm bereitwillig in eine weite Eingangshalle, von der aus wir eine breite Holztreppe nach oben betreten. Im ersten Stock angekommen höre ich von irgendwoher, wie zwei Schwerter klirrend aufeinandertreffen. Jeff sagt nichts dazu und ich frage auch nicht. Er hat mich hierhergebracht, er wird wissen, was er tut.

Wir steigen bis in den dritten Stock hinauf, was mich reichlich außer Atem bringt, im Gegensatz zu Jeff natürlich. Er öffnet eine massive Holztür und wir betreten einen großen Raum, der direkt unter dem Dach liegen muss. An den Seiten sind die Wände leicht schräg, durch zwei Dachgauben fällt Licht auf einen massiven Holzboden. An den Wänden stehen Truhen und ich entdecke zwei lebensgroße Strohpuppen.

Jeff schließt die Tür hinter mir und sperrt ab. Ich schlucke hart.

»Der Schlüssel steckt, Sheryl«, sagt er ernst, die ersten Worte, die seit der Szene auf der Straße fallen. »Ich würde dich niemals einsperren.«

»Ich bin genau da, wo ich sein möchte«, entgegne ich nachdrücklich.

Er nickt, schlüpft aus seiner Jacke und den Boots. Ich tue es ihm nach und mühe mich mit zitternden Händen mit den schicken Schnürstiefeln ab, sodass Jeff längst vor einer der Dachgauben steht, als ich sie endlich abstreife. Scheinbar gedankenverloren blickt er nach draußen.

»Ich möchte dich vor mir auf den Knien haben«, sagt er ruhig. »Nackt, bitte.«

Ich zucke zusammen. Aber was habe ich erwartet? Wir sind nicht hier, damit er mir die Aussicht zeigen kann. Meine Finger haben auch bereits damit begonnen, mein Kleid aufzuknöpfen. Ich bin schließlich mitgekommen, um zu tun, was Jeff will. Mein Körper hat das vor meinem Kopf verstanden, wie es scheint.

Ich lege mein Kleid und meine Strümpfe neben die anderen Sachen auf den Boden. Jeff sieht mich nicht an. Ob er darauf verzichtet, weil er es mir leichter machen will oder weil er einzig an dem Ergebnis interessiert ist, kann ich nicht sagen. Vielleicht hat es auch einen ganzen anderen Grund? Flüchtig streift die Frage, ob ich ihm wohl gefalle, meine Gedanken. Aber an meinem Körper lässt sich im Augenblick schwerlich etwas ändern, also konzentriere ich mich lieber darauf, zu tun, was er wünscht. Immerhin etwas, oder? Jetzt muss ich Jeff nur noch irgendwie beweisen, dass es mir wirklich leidtut und dass er seine Zeit nicht mit mir verschwendet.

Als ich schlussendlich meine Unterwäsche auf den Kleiderstapel lege, muss ich feststellen, dass Jeff nun unversehens in der Mitte des Raumes steht und mich gelassen ansieht.

Sicher hat Jeff schon sehr viel schönere Frauen als mich gesehen, trotzdem fühle ich mich nicht unwohl. Immerhin bin ich ganz nett anzusehen, so viel verrät mir mein Spiegel. Auch nett genug, um meine Unerfahrenheit wettzumachen? Das scheint mir allerdings eher fraglich. Nun gut. Noch ist meine Aufgabe nicht erledigt. Mein Herz schlägt mir bis zum Hals, aber ich gehe zu ihm. Mich hinzuknien ist sowieso eine gute Idee, bevor meine Beine einfach unter mir nachgeben.

Hunderte von Fantasyromanen muss ich gelesen haben, mit Königen und siegreichen Helden, die eine solche Huldigung wohlwollend entgegennahmen. In meiner Vorstellung immer ein bewegender und eleganter Vorgang, an dem alle Beteiligten ihre Freude hatten. Schwierig stellte ich mir das jedenfalls nicht vor. Doch in Wahrheit komme ich mir ziemlich unbeholfen und ungelenk vor, als ich vor Jeff auf die Knie gehe. Verlegen senke ich den Kopf.

Nun ist es so still, dass ich glaube, mein Herz klopfen zu hören. Ich nehme nicht an, dass er erwartet, dass ich irgendwas tue. Oder? Oh Mist! Er hat mein Angebot, mein lasterhaftes Benehmen wiedergutzumachen, angenommen, hoffentlich sagt er mir, wie er sich das vorstellt. Ich habe das noch nie gemacht. Theo fand Oralsex eklig und außer ihm gab es niemanden. Verdammt, vielleicht hätte ich Lilith fragen sollen? Die weiß so was bestimmt! Ach herrje, wahrscheinlich bin ich die schlechteste Sub, die Jeff je hatte.

Ich wage es jedenfalls nicht, mich zu rühren, starre hilflos auf Jeffs nackte Füße.

Die kurz darauf aus meinem Blickfeld verschwinden. Jeff umrundet mich. Meine Anspannung steigt. Soll ich ...? Wird er ...? Sogar meine Gedanken kullern schon durcheinander.

Außer Jeffs nackten Füßen auf dem Holzboden ist nichts zu hören, nichts zu sehen. Hinter mir bleibt er schlussendlich stehen.

»Ich würde deine Position gerne ein wenig verändern, Sheryl.«

»Natürlich, Herr«, flüstere ich.

Das auch noch. Wie dumm von mir! Warum habe ich nicht daran gedacht, dass ich früher oder später in genau diese Situation geraten würde? Ich hätte vor dem Spiegel üben können. Ich bin enttäuscht, weil ich es nicht mal schaffe, so vor ihm zu knien, dass er Gefallen daran findet. Niemals werde ich so eine Sub, wie Jeff sie sich wünscht ...

Er bewegt sich hinter mir und unwillkürlich spanne ich mich an, erwarte, dass Jeff mich nun mit seinen großen Händen nachdrücklich in die Haltung bringt, die er sehen möchte. Doch stattdessen hockt er sich hinter mich. Ich kann seinen warmen Atem auf der nackten Haut meiner Schulter, an meinem rechten Ohr spüren. Als würde er mich streicheln. Das Gefühl verursacht eine Gänsehaut an meinem ganzen Körper.

»Deine Bitte hat mich überrascht«, raunt er. »Und wie schön du sie formuliert hast! Du fürchtest dich ein wenig, aber das ist nur natürlich und gut so. Aber dennoch bist du mir tapfer gefolgt. Auf dem ganzen Weg hierher ist dein Schritt kein einziges Mal ins Stocken geraten.«

Es wundert mich ein wenig, dass die Erde nicht bebt, so groß ist der Stein, der von meinem Herzen fällt. Nicht nur, weil Jeff mich lobt, sondern ich freue mich auch, weil seine Aufmerksamkeit offenbar die ganze Zeit über bei mir war.

»Es war bezaubernd zu sehen, wie du, ohne zu zögern, getan hast, was ich verlangt habe.« Er verlagert sein Gewicht ein wenig, flüstert nun in mein linkes Ohr: »Fühlst du dich wohl damit, mir zu gehorchen? Bist du immer noch genau da, wo du sein möchtest?«

»Ja, Herr«, sage ich sofort. Er hat recht! Nun, da er mir die Unsicherheit genommen hat, fühlt sich alles ganz richtig an.

Jeff steht auf, tritt wieder vor mich. »Sieh mich bitte einen Moment an, Sheryl.« Ich hebe den Blick. »Ich bin sehr stolz auf dich und das solltest du auch sein. Das darf man ruhig sehen.«

Erst jetzt wird mir bewusst, dass *ich selbst* meine Haltung geändert habe. Unmerklich habe ich mich aufgerichtet, die Schultern ein wenig zurückgenommen, meinen Kopf gehoben. Jeff lächelt. »Wie schön du bist!«

Jetzt erinnere ich mich auch daran, dass ich jederzeit etwas sagen darf.

»Ich würde es so gern richtig machen. Hilfst du mir? Bitte, Herr!«

Sein Lächeln vertieft sich und nun hockt er sich vor mich, sodass wir einander direkt in die Augen sehen können.

»Natürlich, Sheryl. Aber ich werde noch einen Schritt weitergehen.« Sanft streicht er mir eine verirrte Strähne aus dem Gesicht, was einen wohligen Schauer über meinen Rücken jagt. »Ganz sicher habe ich nicht geplant, heute hier zu landen. Aber dich zurückzuweisen wäre eine Aufgabe für einen Mann, der stärker ist, als ich es bin. Würden wir uns besser kennen, würde ich darauf bestehen, dass du auch tust, was du angeboten hast. Aber heute hast du die Erlaubnis, jederzeit abzubrechen.«

Er legt den Kopf ein wenig schief und mustert mich. »Jetzt sofort, wenn du möchtest.«

»Aber … ich habe doch noch gar nichts gemacht«, sage ich verblüfft.

»*Nichts* sieht ein bisschen anders aus, Sheryl.« Seine Mundwinkel zucken amüsiert. »Aber ich meine das ernst. Ich habe bereits mehr bekommen, als ich erwarten durfte.«

Ich schüttle den Kopf. Auf gar keinen Fall!

Jeff nickt, wendet sich ab und geht zu einer der Truhen, kramt darin herum. Ich sehe wieder zu Boden. Jetzt, da ich weiß, dass er zufrieden mit mir ist, bin auch ich zufrieden. Was immer er will, er wird es mir sagen.

Kapitel 8

JEFF

18. Dezember 2005, München-Au

Ich gehe zurück zu ihr, sehe sie einfach nur an. Sheryl sieht großartig aus, besonders jetzt, da sie in sich selbst ruht. Wie wenig doch nötig ist, um ihre ständigen Selbstzweifel zu vertreiben!

Ohne ihre Kleidung wirkt sie mehr denn je wie eine Fee – groß und schmal und mit makelloser, alabasterweißer Haut. Ich müsste lügen, würde ich behaupten, dass mir ihre runden, festen Brüste nicht direkt ins Auge stechen, werden diese doch nur unzureichend von ihrem blonden Haar bedeckt, das wie ein zarter Schleier über ihre Schultern fällt.

Einzig ein Tattoo auf ihrem linken Schulterblatt, ein keltischer Lebensbaum, weist darauf hin, dass in Sheryl weit mehr steckt als ein hübscher Bücherwurm. Wobei hübsch nicht ausreicht, sie ist einfach nur schön, nicht nur äußerlich, sondern vor allem in ihrer wunderbaren Hingabe, die sie mir zeigt. Meine perfekte süße kleine Sheryl.

Sie besser kennenzulernen, war eine geniale Idee. Obwohl ich in Wahrheit einfach keinen Plan hatte, wie wir beginnen sollten. Ich kann Sheryl nicht wie üblich nach ihren Limits fragen, denn woher soll sie ihre Grenzen kennen? Wie soll sie wissen, welche Praktiken sie bevorzugt, wenn sie noch keine einzige ausprobiert hat? Sollte ich alles aufzählen, was für mich infrage käme? Eine bessere Möglichkeit, sie zu verschrecken, könnte ich mir wahrscheinlich nicht ausdenken.

Also begann ich sie auszuhorchen, und mit jeder Stunde, die ich die letzten Tage mit Sheryl verbracht habe, gefiel sie mir noch ein bisschen besser. Und nun sind wir hier, als wäre es das Natürlichste der Welt, und genau so habe ich es mir für sie gewünscht.

»Sheryl.« Ich zeige ihr das Seil, mit dem ich sie schon bei Mr. Sung gefesselt habe, und sie lächelt. »Du hast um Hilfe gebeten und ich werde sie dir gewähren. Gib mir deine Hände.«

Vertrauensvoll reicht sie sie mir und ich schlinge das Seil schnörkellos um ihre Handgelenke.

»Das Seil wird dir Halt und Stütze sein, doch wenn nötig, werde ich es jederzeit lösen«, erkläre ich. »Erinnerst du dich noch an das Abbruchsignal?«

»Ich sage ›Mayday‹«, antwortet sie, ohne zu zögern.

»Sehr gut«, lobe ich und erkläre ihr, dass sie an mein Bein klopfen soll, wenn sie abbrechen will, aber gerade nicht reden kann. Die feine Röte, die Sheryls Wangen überzieht, als ihr klar wird, was sie in diesem Moment im Mund haben wird, ist wirklich entzückend.

»Zeig mir, dass du deine Hände weit genug bewegen kannst!«, befehle ich und sie gehorcht sofort.

»Gut. Du kannst dich darauf verlassen, dass ich jederzeit die Kontrolle behalte. Ich verlasse mich darauf, dass du es mich wissen lässt, wenn irgendwas nicht in Ordnung ist.«

»Versprochen, Herr«, sagt sie ernsthaft.

Ich schlucke. Ich habe ihr mein Wort gegeben und das wird mir zweifellos einiges abverlangen. Doch noch kann ich nicht sicher sagen, wie weit Wunsch und Wirklichkeit bei Sheryl auseinanderliegen, und wenn ich eines ganz sicher nicht will, dann dieses wunderbare Wesen zu verletzen.

Ganz langsam öffne ich den Reißverschluss meiner Hose. Sie beißt sich auf die Unterlippe. Ihr Blick wandert zwischen meinem Gesicht und meinem Schritt hin und her. Den Kopf hält sie jetzt hocherhoben, was mir einen großartigen Blick auf ihre vorwitzigen, festen Nippel ermöglicht.

Ich befreie meinen Schwanz und Sheryls Augen werden größer. Sie wimmert leise, als ich eine Hand um meinen Schaft lege und sie langsam auf und ab bewege. Nicht, dass es nötig wäre – hart genug bin ich längst –, aber ich genieße diese Mischung aus Bewunderung und Angst, mit der sie mich ansieht. Ergötze mich daran, wie sie ihre Augen nicht mehr von meinem Penis nehmen kann. Immer wieder erscheint die Spitze ihrer rosa Zunge zwischen ihren Lippen, huscht nervös von einer Seite zur anderen. Doch Sheryl ist klug genug, sich nicht zu bewegen und um nichts zu bitten. Gott, sie ist einfach einmalig!

»Sheryl.«

Mit einem Nicken gebe ich ihr schließlich die Erlaubnis, etwas zu tun. Immer noch gefesselt und auf den Knien bleibt ihr nichts anderes übrig, als sich nach vorne zu neigen, wenn sie mich mit ihrem Mund verwöhnen will. Natürlich genau das, was ich sehen will. Schließlich ist sie es, die etwas gutzumachen hat, nicht ich.

Sheryl küsst die Spitze meines Schwanzes, leckt zärtlich über meine Eichel, umkreist sie mit ihrer Zunge. Ein Schauer läuft über meinen Rücken, als sie mit ihrer Zunge schließlich die ganze Länge meines Schaftes ableckt und den Lusttropfen an seiner Spitze mit ihren weichen Lippen auffängt. Sie küsst mich erneut, ehe sie meinen Penis vorsichtig in den Mund nimmt, während sie langsam zu saugen beginnt. Mit weit aufgerissenen Augen sieht sie zu mir hoch.

»Perfekt, Sheryl!«, raune ich und schaffe es kaum, meine Stimme ruhig zu halten.

Sie macht das wirklich gut, bearbeitet meinen Schaft mit ihrer Zunge, nimmt ihn immer wieder in den Mund, saugt und leckt hingebungsvoll. Ob sie mir unbedingt eine Freude machen will oder einfach einen Mann gern mit ihrem Mund verwöhnt, kläre ich ein anderes Mal. Ich stütze die Hände in die Hüften. Bemühe mich, nicht zu schwanken.

Es ist geil. Anders kann man es nicht sagen. Ich lege den Kopf in den Nacken, gönne ihr und mir ein kehliges Stöhnen. Was sie dazu ermutigt, ihre Bemühungen zu intensivieren, meinen Schwanz noch weiter in ihren Mund aufzunehmen. Wer hätte gedacht, dass mich ein geradezu unschuldiger Blowjob fast um den Verstand bringen könnte? Ein bisschen mehr Tempo und Sheryl könnte die Sache hier recht schnell zu Ende bringen.

Doch ich denke gar nicht daran, etwas Derartiges vorzuschlagen. Ich habe nicht vergessen, dass sie sich unerlaubt selbst befriedigt und recht unverblümt um Konsequenzen für dieses Verhalten gebeten hat. So einfach kommt sie mir also nicht davon.

»Sheryl!«, sage ich streng und sie hält sofort inne. »Kannst du dich daran erinnern, was du tun sollst, wenn du abbrechen willst?«

Sie lässt meinen Schwanz vorsichtig aus ihrem Mund gleiten. »Ja, Herr. Aber ich will nicht …«

Weiter kommt sie nicht. Ich packe ihr Haar, ziehe rücksichtslos daran, bevor ich eine dicke Strähne um meine Hand wickle.

»Es reicht, wenn du meine Frage beantwortest«, knurre ich. Mit einem heftigen Ruck zwinge ich sie dazu, ihren Kopf in den Nacken zu legen. »… und tust, was ich sage. Mund auf!«

Sheryl gehorcht sofort und mein Puls schnellt in die Höhe. Nun bin ich es, der den Takt vorgibt. Schluss mit den Liebkosungen! Ich drücke meinen Schwanz zwischen ihre Lippen, schiebe ihn immer weiter in ihren Mund hinein. Ihre Augen werden noch größer. Sie versucht, sich zu entspannen, kann ein Würgen jedoch nicht unterdrücken, als ich mit einem kräftigen Stoß bis in ihre Kehle vordringe. Ich ziehe mich kurz zurück, lasse sie nach Luft schnappen, ehe ich mit einem heftigen Ruck an ihrem Haar ihren Nacken weiter überstrecke und meinen Schwanz erneut in ihren Hals stoße. Sie lässt es geschehen. Mehr noch: Sie tut das einzig Richtige, lässt völlig los, ergibt sich meinem Schwanz, der nun erbarmungslos ihren Mund fickt.

Oh Sheryl!

Schon ihre Zärtlichkeit hat mich fast um den Verstand gebracht, aber sie so zu nehmen, übersteigt meine kühnsten Fantasien. Spucke läuft über ihr Kinn und kleine Tränen kullern über ihr Gesicht, doch immer noch zeigt sie nicht die geringste Gegenwehr, obwohl ich meinen Schwanz nun roh, geradezu brutal in ihre feuchte Mundhöhle bis tief in ihren Rachen ramme. Das schmatzende Geräusch, wenn ich mich ein wenig zurückziehe, bevor ich mich wieder tief in sie hineinschiebe, und mein heftiger Atem sind alles, was zu hören ist.

Ihren Würgereflex kann sie nicht ganz unterdrücken, sodass ihre Kehle sich immer wieder um meinen Schwanz zusammenzieht, mich massiert und damit komplett wahnsinnig macht.

»Sheryl …«

Eine krächzende Warnung. Ein heftiges Prickeln entlang meiner Wirbelsäule kündigt den Punkt ohne Wiederkehr an. Jetzt kann ich das laute Keuchen nicht mehr unterdrücken, als ich so tief in sie vordringe, dass meine Eier an ihr Kinn klatschen. Meine Hand krallt sich in ihr Haar, mein Schwanz zuckt, pulsiert in ihrem Mund, dann schießt mein Sperma auch schon tief in ihren Hals.

Ich ziehe mich ein Stück zurück – und sie schluckt!

»Sheryl!«, keuche ich und eine weitere Ladung Sperma landet in ihrem Mund, während sie saugt und schluckt, als wäre es nichts, als hätte ich sie nicht soeben grob und hart bis in ihren Hals hinein gefickt.

Meine Hand krallt sich immer noch in ihr Haar. Es muss wehtun, aber noch kann ich mir nicht vorstellen, sie jemals wieder loszulassen. Benötige den Halt ebenso sehr wie sie. Wann hatte ich das letzte Mal das Gefühl, mein Körper reagiere derartig außerhalb meiner Kontrolle? Oh Mann, war das gut! Mehr als das! Phänomenal!

Mein Glied gleitet aus ihrem Mund. Sheryl ringt nach Luft, braucht einen Moment, ein, zwei tiefe Atemzüge, doch dann leckt sie meinen Schwanz hingebungsvoll ab. *Verdammt!* Wie war das mit Disziplin und Beherrschung? Ich würde meine Hand nicht dafür ins Feuer legen, dass ich wirklich in der Lage gewesen wäre abzubrechen. Nicht, nachdem ich einmal tief in ihren Hals vorgedrungen war und sie mir erlaubt hat, ihre Angst ebenso zu sehen wie ihren Wunsch, mir zu dienen.

Irgendwie schaffe ich es, meine Finger aus ihrem Haar zu lösen und meine Hose zu richten. Dann sinke ich ebenfalls auf die Knie, löse das Seil, das dünne rote Male auf ihren Handgelenken zurückgelassen hat, küsse ihre Lippen, die sich rau und ein wenig wund anfühlen, streiche mit meiner Zunge darüber, schmecke ihren Schweiß und mein Sperma.

Ganz deutlich kann ich nun auch den Moschusduft riechen, der von ihr ausgeht. Kann das wahr sein? Erregt es sie, so benutzt zu werden? Es würde mich weniger überraschen, wenn sie sich von jetzt auf gleich in Luft auflösen würde. Womit habe ich nur dieses unerhörte Glück verdient, diese Frau zu finden?

Sheryls Haut glänzt feucht und ich ziehe mein Hemd über den Kopf und lege es um ihre Schultern. Sie verschwindet fast darin. Ich ziehe sie an mich, wärme sie mit meinem Körper. Sie zu ficken, bis ihr Hals wund ist, ist das eine. Aber ganz sicher werde ich nicht zulassen, dass sie sich erkältet. Sofort schlingt sie ihre Arme um meine Schultern.

»Oh Jeff«, flüstert sie und klingt dabei ein wenig so, als hätte sie ein Reibeisen verschluckt, »das werde ich nie wieder tun. Meine Lust gehört nur dir!«

»So schlimm?«, frage ich und bin froh, dass sich nicht nur mein Puls langsam beruhigt, sondern meine Stimme auch einigermaßen gefasst klingt.

»Nein, das nicht«, murmelt sie verlegen, zappelt ein bisschen herum, reibt ihre Oberschenkel aneinander. »Aber ich …«

»Verstehe … Tja, Süße, du wirst heute nicht kommen. Und ich fürchte, morgen und übermorgen auch nicht.«

Sie seufzt abgrundtief und ich verstecke mein freches Grinsen hinter einem zärtlichen Kuss auf ihre Schläfe.

»Ja, Herr«, sagt sie jedoch ergeben, kuschelt sich an mich und schließt ganz entspannt die Augen.

Wen, verdammt noch mal, habe ich eigentlich gerade bestraft?

Kapitel 9

JEFF

24. Dezember 2005, München-Bogenhausen

Ich bin das erste Mal Heiligabend bei den D'Vergys. Eigentlich sollte ich mich nicht darüber wundern, dass das Fest, das in dem weitläufigen Bungalow stattfindet, weit mehr an eine Orgie als an einen besinnlichen Abend oder gar eine Heilige Nacht erinnert. Schließlich kenne ich nicht nur Vicos Dad, sondern auch dessen besten Freund Franz schon eine Weile. Franz, der ein Travestietheater leitet und den Abend mal wieder als Francine, angetan mit einer schillernden Robe und mörderischen High Heels, bestreitet.

Das ganze Ensemble des Theaters ist ebenfalls da und hat die Macht über den CD-Player erobert, sodass statt Weihnachtsliedern nun Schlager durch die Räume hallen, bis mir die Ohren bluten – was niemanden zu interessieren scheint. Überall wimmelt es von illustren Gästen, die sich am reichlich vorhandenen Rotwein, dem Champagner und den italienischen Köstlichkeiten gütlich tun, von denen Vico immer neue anschleppt. Mittendrin: *Conte* Fernando D'Vergy, der trotz seiner Leibesfülle elegant wie immer aussieht und lächelnd Geschenke verteilt. Er ist der wahrscheinlich netteste Mensch

101

der Welt, noch nie habe ich ihn irgendetwas Gemeines oder Verletzendes sagen hören.

Mir hat er wie jedes Jahr einen dicken Umschlag mit Geld zugesteckt und Vicos Dad ist der Einzige, bei dem es mir leichtfällt, es anzunehmen. Vielleicht, weil der *Conte* trotz seines Reichtums und des Adelstitels jedem das Gefühl gibt, er begegne ihm auf Augenhöhe.

Ich war nicht viel mehr als ein dummer Teenager, als wir uns das erste Mal unterhielten. Trotzdem sprach Fernando D'Vergy mit mir wie mit einem Erwachsenen und gab unumwunden zu, dass Vico wahnsinnig von meinem Unterricht profitiere – und er selbst mehr als irritiert darüber sei, dass ein Training, das auf Disziplin und klaren Hierarchien aufbaut, seinem Sohn etwas geben könne, wozu er selbst scheinbar nicht in der Lage sei.

Mir war das ziemlich peinlich, denn ich wusste nur zu gut, wie Vico sich fühlte, wenn die Wut ihn im Griff hatte. Aus leidiger Erfahrung. Weswegen ich mehr oder weniger nachmachte, was ich von Sir Malcolm gelernt hatte. Auch als sich schnell herausstellte, dass dieser verrückte Spinner, der auf dem Mittelaltermarkt auf mich losgegangen war, in Wahrheit ein recht umgänglicher Zeitgenosse war. Was man von mir nicht unbedingt behaupten konnte.

Inzwischen ist mir schon klar, was da los war. Der *Conte* diskutiert jede Kleinigkeit am liebsten endlos aus. In der Schwertkampfschule wird überhaupt nicht diskutiert. Da ist Sir Malcolms Wort Gesetz und die Schüler haben den Schwertmeistern zu gehorchen. Logisch, dass Vicos Vater das ziemlich befremdlich findet.

Das Geld kann ich allerdings gut brauchen, weil mir Sir Malcolm gerade mal ein winziges Taschengeld zahlt. Was völlig in Ordnung ist, denn ich schulde ihm weit mehr als das. Außerdem braucht er jeden Cent, den wir verdienen. Seine Familie in Schottland ist seit Jahren in eine juristische Auseinandersetzung mit ihren Nachbarn verstrickt, deren Kosten langsam, aber sicher die Existenz des Familiensitzes bedrohen würden, wenn Sir Malcolm seine Schwester nicht finanziell unterstützen würde. Aber das ist nichts, worüber ich mir heute Abend den Kopf zerbrechen möchte.

Mit einiger Mühe entdecke ich ein paar Bier zwischen all den hochwertigen Erzeugnissen des Weinguts der D'Vergys. Ich schnappe mir schnell eines und proste Vico, der seinem Dad gerade sein Geschenk überreicht, quer durch den Raum zu und ernte ein verlegenes Achselzucken. Klar, um die antike schwarze Pfeife mit Silberbeschlägen abzuholen, die der *Conte* nun erfreut auspackt, hätte Vico sich unseren Transporter wirklich nicht ausleihen müssen. Den wir natürlich vollgetankt und mit funktionierender Heizung zurückbekommen haben.

Typisch Vico, aber an Weihnachten kann ich ihm das schon durchgehen lassen. Was mir mehr Sorgen macht, sind die dunklen Schatten unter seinen Augen. Diese beschissenen Träume mal wieder? *Fuck!* Wenn ich den Arsch jemals erwischen sollte, der für den ganzen Mist in Vicos Leben verantwortlich ist, kann der sich aber warm anziehen!

Mir hingegen gehts gerade echt gut. Erst hat mich Sir Malcolm *gebeten*, auf die Weihnachtsferien in Schottland zu verzichten, um den Trainingsbetrieb direkt nach den

Feiertagen wieder aufnehmen zu können, als hätte ich irgendein Recht darauf, ihn zu begleiten. Als wäre ich nicht froh,
wenn ich was für ihn tun kann. Dann kommt auch noch Kai
angekrochen und fragt verlegen, ob ich seine Termine schon
anderweitig vergeben hätte. Er würde gerne wieder regelmäßig bei mir trainieren.

Aber das Beste war natürlich das Treffen mit Sheryl heute
Vormittag. Ich nehme einen großen Schluck von meinem Bier
und lasse meine Gedanken ein paar Stunden zurückwandern
...

24. Dezember 2005, München-Au

Ich habe Sheryl nicht mehr angerührt, seit wir uns das letzte
Mal auf dem Dachboden getroffen haben. Ein kleiner Kuss,
ihre Hand in meiner, mehr ist nicht gelaufen, obwohl wir uns
jeden Tag gesehen haben. Und bei jedem einzelnen Treffen
schien die Spannung zwischen uns noch ein bisschen mehr zu
wachsen, verstärkte sich das Knistern zwischen ihr und mir
ein wenig mehr. Allein dieser Blick aus ihren klaren blauen
Augen, die in ihrem Gesicht so riesengroß wirkten, während
sie mich sehnsüchtig ansah und gar nicht zu merken schien,
wie sie an ihrer Unterlippe knabberte. Herrlich!

Aber sie war brav, hat nicht gedrängelt oder gebettelt, ob
ich sie nicht bald einmal mit zu mir nehmen möchte, sondern
hat genau die wunderbare Zurückhaltung an den Tag gelegt,
wie ich sie mir bei einer Sub wünsche. Sie hat angenommen,
was ich zu geben bereit war. Und auch meine Fragen nach
ihrem abendlichen Zeitvertreib brachte nur harmlose
Beschäftigungen zutage, wie einen gemütlichen

Fernsehabend mit ihrer Oma. Eine Belohnung hat Sheryl sich definitiv verdient und auch ich bin wenig erpicht darauf zu warten, bis sie den Weihnachtsbesuch bei ihrer Familie hinter sich gebracht hat.

Leider sieht sie alles andere als glücklich aus, als sie endlich aus der Tram klettert. Sofort verschwindet das Gefühl von gespannter Erwartung, das mich bis eben noch fest im Griff hatte. Meiner Sub geht es nicht gut. Das kann und das darf nicht so bleiben! Ihr Wohlergehen ist meine Aufgabe und die nehme ich, verflucht noch mal, sehr ernst – besonders bei Sheryl.

»Hey!«, sage ich betont lässig und drücke ihr einen Kuss auf die Schläfe. »Du musst doch nicht jetzt schon traurig sein, weil wir uns die Feiertage über nicht sehen – die sind schneller rum, als du denkst! Und den ganzen Vormittag haben wir noch für uns, oder?«

»Ja«, sagt sie.

Ja?! So nicht, Süße!

»Sheryl«, sage ich streng und umschließe ihr Handgelenk mit meinen Fingern. Fest genug, dass es ein bisschen wehtun muss. »Wenn dich etwas bedrückt, muss ich das wissen!«

»Es ist nur … wegen Weihnachten …«

»Du kannst Weihnachten nicht ausstehen?« Sofort macht sich ein ungutes Gefühl in mir breit. Schließlich ist Vico auch so ein Kandidat, der immer mit einem Weihnachtsblues zu kämpfen hat. Sheryl wird doch nicht etwa ein ähnlich schlimmes Trauma mit sich rumschleppen?

»Sags mir. Bitte!« Nur wenn ich weiß, was los ist, kann ich ihr helfen.

»Ach, nichts …«

»Sheryl!« Eine leise Drohung klingt in meiner Stimme mit.

»Es ist so albern … aber meine Eltern … sie sind einfach enttäuscht, weil sie dachten, Theo und ich … die Hochzeit … und Enkelkinder … und dann habe ich …«

Ich bin so verdammt erleichtert, dass ich am liebsten laut loslachen würde. Aber zum Glück bin ich es gewohnt, Gefühlsausbrüche zu unterdrücken. Denn auch wenn es einem Außenstehenden nicht sonderlich schlimm vorkommen mag, den Erwartungen der Eltern nicht gerecht zu werden, so bin ich mir doch ziemlich sicher, dass Sheryl darunter genauso leidet wie Vico unter dem Tod seiner Mutter. Wahrscheinlich macht sie sich sogar Vorwürfe, weil sie ihre Eltern enttäuscht hat. Als wären deren Wünsche wichtiger als ihr Wohlergehen!

»Sheryl«, sage ich fest und ziehe sie an mich, »du bist genau so richtig, wie du bist. Lass dir von niemandem etwas anderes einreden. Theo hat dich verletzt und es war eine richtige und mutige Entscheidung, woanders neu anzufangen. Weil dir der Abstand sicher guttut – und außerdem hätten wir uns sonst nie getroffen.« Ich gebe ihr einen kleinen Kuss. »Soll ich dir zeigen, wie viel mir das bedeutet?«

Mit riesengroßen Augen sieht sie mich an. Nickt zaghaft, aber hoffnungsvoll.

»Ich habe Sir Malcolm heute in aller Früh zum Flughafen gefahren«, raune ich möglichst verführerisch. »Die ganze Schule steht leer. Was denkst du, wollen wir es uns unter dem Dach ein bisschen gemütlich machen?«

»Oh Jeff! Ja, sehr gerne.«

Endlich lächelt sie, von Herzen diesmal. Ich hauche einen kleinen Kuss auf ihre Schläfe. »Ich will dich. Heute.«

Sie sieht mich an, ihre Lippen zittern ein bisschen, doch sie nickt. Mehr gibt es eigentlich auch nicht mehr zu sagen. Eng umschlungen machen wir uns auf den Weg. Es fühlt sich so richtig an, meinen Arm um ihre Schultern zu legen. Sie vor aller Augen als die meine zu beanspruchen. Ein Anspruch, den ich gleich auch in die Tat umsetzen werde!

Seit Tagen denke ich kaum an etwas anderes. Ein besonderes Erlebnis habe ich mir für sie gewünscht, für ihre erste Session. Nicht zu heftig, aber doch eine Erfahrung, die sie niemals vergessen soll. Doch nun, da sie endlich hier ist und sie so sehr spüren muss, wie wunderbar sie ist, habe ich ja mal gerade gar keine Lust auf Fesseln, Augenbinden und was mir sonst noch so in den Sinn gekommen ist. Jetzt im Moment will ich nur sie, will jeden Millimeter ihrer Haut erkunden, will wissen, wo ich sie berühren muss, damit sie lustvoll stöhnt und Schauer der Erregung sie zittern lassen. Vielleicht hatte Vico ja doch recht und die simpelsten Dinge sind manchmal die besten.

Kaum dass wir den Dachboden betreten haben, sehe ich Sheryl tief in die Augen. »Ich werde heute kein Seil benutzen, Sheryl. Heute soll es einfach nur meine Stimme sein, die dich fesselt. Kannst du das, Sheryl? Willst du tun, was ich sage?«

Ihre Lippen beben, doch dann flüstert sie: »Ja, Herr.«

Zwei simple Worte, die sämtliche Blutzufuhr ins Gehirn von einer Sekunde auf die andere zu unterbinden scheinen. Im Gegensatz zu meinem Schwanz, der sich jedenfalls keine

Gedanken um mangelnde Blutzufuhr machen muss. Schon ist es definitiv zu eng in meiner Hose.

Was hat sie nur an sich, dass es ihr mit solcher Leichtigkeit gelingt, mich aus dem Konzept zu bringen?

»Halt still!«, befehle ich und dann beginne ich damit, sie aus ihrer Kleidung herauszuschälen. Mantel, Mütze und Schal werfe ich rasch beiseite, erst bei ihrem Kleid nehme ich mir mehr Zeit. Streife es behutsam über ihre Schultern, knabbere ein wenig an ihrem Hals, genieße ihren wunderbaren Geruch nach Kräutern und Tannenzweigen, der ein wenig an den Laden ihrer Oma erinnert und doch unverwechselbar Sheryl ist.

Sie riecht so gut und es fühlt sich so gut an, sie mit meiner Zunge, mit meinen Lippen zu erkunden. Ich merke erst, dass sie unruhig wird, als sie von einem Fuß auf den anderen tritt. Ich lache leise. »Wem gehört deine Lust?«, provoziere ich sie ein wenig.

»Dir, Herr. Nur dir.«

»Dann wirst du wohl warten müssen. Je ungeduldiger du wirst, umso mehr Zeit werde ich mir lassen.«

»Darf ich dich auch anfassen?«

»Später … vielleicht.«

Sie wimmert leise, verschränkt jedoch die Arme hinter dem Rücken, umfasst ihre Handgelenke und sieht mich fragend an. Doch ich nicke. Wenn es ihr hilft, stillzuhalten, soll es mir recht sein. Vor allem, weil sie mir so ihre entzückenden Brüste auf ganz wunderbare Weise präsentiert, nachdem das Kleid endlich zu Boden gesegelt ist.

Sheryls Atem geht immer schneller, während ich meine Hände über ihren zarten Körper wandern lasse. Der Kontrast meiner großen, rauen Hände zu ihrer hellen, wunderschönen zarten Haut ist phänomenal, dennoch genießt sie meine Berührungen offensichtlich. Ihre Augen sind inzwischen halb geschlossen, dafür wird ihr Atem immer schwerer. Stundenlang könnte ich mit ihren zarten Nippeln spielen, die sich mir vorwitzig entgegenrecken, doch heute will ich nichts riskieren – ich will in ihr sein, wenn sie kommt.

Langsam streife ich ihr den Slip ab, gehe dazu in die Hocke, vergrabe mein Gesicht einen Moment in ihrem Schoß, inhaliere den wunderbaren Moschusduft, während Sheryl leise stöhnt. Braves Mädchen!

»Bist du schon feucht für mich?«

Die Antwort ist alles Mögliche, aber sicher kein zusammenhängender Satz. Egal. Allein das Wissen, dass diese unschuldigen Berührungen sie ebenso sehr um den Verstand bringen wie mich, beflügelt mich schon ohne Ende. Es war genau richtig, mich einfach nur auf uns zu konzentrieren. Für Spielzeuge ist ein anderes Mal noch genug Zeit. Wer braucht schon mehr als seinen Schwanz, um eine willige Sub zu unterwerfen?

Ich dränge diese wunderschöne nackte Frau an die nächste Wand. Genieße noch einen Moment den Anblick, den sie mir bietet.

»Halte dich an meinen Schultern fest!«, befehle ich dann. Sie wird den Halt brauchen. Gleich.

Gleich nachdem ich ihren Mund erobert habe. Sie gibt sofort nach, als meine Zunge Einlass begehrt, ihren Mund plündert. Ich habe das Gefühl, dass selbst der Kuss nach ihrer Erregung schmeckt.

Als ich sie freigebe, sind wir beide außer Atem. Jetzt liegen ihre Hände nicht mehr zärtlich auf meinen Schultern, nun klammert sie sich daran fest. Sehr gut. Ich sehe ihr tief in die Augen und öffne ganz langsam den Reißverschluss meiner Hose. Ich will, dass sie mir dabei zusieht, wie ich das Kondom überstreife – aber darüber hätte ich mir keine Gedanken machen müssen. Sheryl kann den Blick nicht von meinem Schwanz nehmen.

Noch einmal erkunde ich mit meinen Händen ihre Flanken, dann hebe ich ihr linkes Bein an. Sie versteht sofort und schlingt es um meine Hüfte. Schon wandern meine Finger durch ihre Spalte, teilen ihre Schamlippen, dringen ein winziges Stück in sie ein. Sie ist so heiß, so eng! Stöhnend wölbt Sheryl sich mir entgegen.

»Kein Orgasmus, bevor ich es dir erlaube!«, keuche ich.

»Oh Jeff ... Herr ... wie soll denn das gehen?«

Keine Ahnung. Im Augenblick habe ich auch genug mit mir selbst zu tun. Hauptsache, ich kann diese Mischung aus Lust und Verzweiflung, die sich in ihrer Miene widerspiegelt, noch ein wenig länger genießen.

Ich gönne ihr eine kurze Pause, nehme meine Finger von ihrer Pussy und knabbere stattdessen an ihrem Ohrläppchen. Sheryl zittert. Wimmert leise. Doch bevor sie wieder ganz zu Atem kommen kann, findet mein Daumen ihre Perle und reizt sie sanft. Sheryl stößt einen spitzen, kleinen Schrei aus.

Es würde mir nicht schwerfallen, ihr einen unerlaubten Höhepunkt zu entlocken, aber nach irgendwelchen Spielchen steht mir im Augenblick nicht der Sinn. Später vielleicht. Ich werde sie heute nicht nur ein Mal nehmen, so viel steht fest. Ich will endlich in ihr sein. Ich positioniere meinen Schwanz vor ihrer heißen, geschwollenen Mitte.

»Bitte!«, schluchzt sie, aber ein kleiner Rest Selbstbeherrschung ist noch übrig. Ich dringe ein winziges Stück in sie ein, koste die Enge, die Hitze ihres zuckenden Fleisches voll aus. Halte sie, zögere es immer noch ein wenig weiter hinaus.

»Jeff! Oh Gott!«

Irgendwann ist auch die größte Willenskraft aufgebraucht. Mit einem harten Stoß dringe ich ganz in sie ein, genieße ihren halb erstickten Schrei und nagle sie an der Wand fest. Ich packe auch ihr zweites Bein und wie von selbst schlingt sie es um meine Hüften, klammert sich an mir fest. Hilflos zwischen der Wand und mir ist Sheryl nun eingeklemmt, wunderschön und bebend vor Lust.

»Komm für mich.« Die verführerischen Worte kommen mehr wie ein Krächzen heraus. Egal, sie fühlt sich so gut an. Immer wieder stoße ich heftig zu, spüre, wie sich ihre Pussy um meinen Schwanz zusammenzieht. Immer wieder ruft sie meinen Namen, während ich noch schneller, noch heftiger in sie eindringe. Längst stöhne auch ich, laut und lustvoll, und als ich spüre, wie sie mit einem heftigen Beben kommt, ist es auch um mich geschehen. Ich stoße ein letztes Mal in diese wunderbare Enge, werfe den Kopf zurück und komme wie schon ewig nicht mehr.

Mein. Sheryl ist mein.

Aus irgendeinem Winkel meines Bewusstseins meldet sich der vernünftige Gedanke, dass ich Sheryl zerquetschen werde, wenn ich jetzt und hier einfach zusammenbreche. Dabei brauche auch ich im Augenblick dringend eine Stütze, während Sheryl sich immer noch an mich klammert, als hinge ihr Leben davon ab.

Langsam ziehe ich mich aus ihr heraus. Sie zuckt kurz zusammen und schon schlinge ich einen Arm um ihre Hüfte, damit sie nicht einfach umfällt. Denn das Letzte, was ich jetzt will, ist, dass Sheryl sich irgendwo den Kopf anschlägt.

»Wir sind noch nicht fertig, Süße«, locke und warne ich sie zugleich. Oh ja, sie wird während der Feiertage an mich denken – ganz bestimmt!

Kapitel 10

24. Dezember 2005, München-Bogenhausen

Wahrscheinlich stehe ich gerade mit einem total dämlichen Grinsen im Gesicht da. Denn mein Treffen mit Sheryl war keinesfalls vorbei, als ich damit fertig war, sie fast um den Verstand zu vögeln. Denn ich hatte Vicos Rat beherzigt und ihr ein Geschenk gekauft. Ich hasse es wirklich, es zugeben zu müssen, aber der Sack hatte auch damit recht gehabt.

Strahlend öffnete sie die Schachtel. Wir lachten beide über den schicken Seidenschal, der natürlich eine Anspielung auf unser erstes Treffen war. Aber darunter lag noch etwas – ein schmaler, silberner Gürtel, gefertigt aus lauter filigranen, aneinandergereihten Blättern.

»Wow!«, sagte sie nur.

Ich hatte erst an einen Ring oder gar ein Halsband gedacht, aber der Gürtel symbolisiert viel besser, was unsere Beziehung mir bedeutet: Er schmückt und fesselt sie zugleich.

»Du kannst ihn über oder unter der Kleidung tragen«, erklärte ich ihr.

»Oh Jeff, er ist wunderschön!«

Natürlich hat sie ihn gleich angelegt. Und obwohl sie verschwitzt und erschöpft vor mir saß, strahlte sie dann wieder. Von innen heraus. Ich kriege einfach nicht genug davon.

Konnte es noch besser kommen? Konnte es tatsächlich. Denn auch Sheryl hatte ein Geschenk dabei. Um ein hübsches Cremedöschen herum war ein Gutschein gewickelt.

»Ein Shibari-Seminar bei Mr. Sung?«

Damit hatte ich echt nicht gerechnet.

»Ich habe ihm versprochen, dass wir diesmal ganz bestimmt mitmachen«, sagte sie schüchtern.

Der Kuss, den ich ihr daraufhin geschenkt habe, würde wohl immer noch andauern, wenn sie sich nicht irgendwann auf den Weg zum Bahnhof hätte machen müssen.

Zum Glück sind alle mit sich beschäftigt. Wer nicht isst oder trinkt, grölt laut: »*Ich bin der Anton aus Tirol.*« Keiner merkt, dass ich mich gerade wie ein verliebter Trottel aufführe.

Ich halte nach Vico Ausschau. Der ist schon wieder dabei, das Buffet aufzufüllen. Allerdings hat er einen Assistenten gefunden – ein junges Kerlchen mit schwarz umrandeten Augen, der ein Praktikum als Maskenbildner in Francines Theater macht, wenn ich das richtig in Erinnerung habe. Ich nehme einen großen Schluck von meinem Bier und beobachte einigermaßen amüsiert, wie mein Freund die Bewunderung des schmächtigen Burschen huldvoll entgegennimmt.

Jetzt schnappt sich Vico eine der Weinflaschen, auf deren Etikett eine Zeichnung des Weinguts der D'Vergys prangt, und erklärt mit weit ausholenden Gesten die Örtlichkeiten, ehe er dem Kleinen ein Glas einschenkt.

Dem bleibt schon der Mund offen stehen und es bedarf Vicos Aufmunterung, bis er es wagt, einen Schluck zu nehmen. Eine Welle neuer Besucher spült mich näher an das Buffet heran, sodass ich nun auch der Unterhaltung der beiden folgen kann.

»Ihr seid also richtige Grafen?«, fragt der Junge gerade ehrfürchtig. »Dann kann ich dich doch nicht einfach Vico nennen!«

»*Signore Conte* wäre in Italien durchaus üblich, auch wenn der Adelsstand dort ebenso abgeschafft wurde wie in Deutschland. Aber *Vico* reicht völlig«, entgegnet mein Freund generös.

Ich verdrehe heimlich die Augen. Wenn er seinen Schwanz irgendwo unterbringen will, lässt Vico ja wirklich nichts aus. Aber er sieht besser aus als vorher. Soll mir also recht sein.

»Dann ... sprichst du auch Italienisch? Ich finde, Italienisch hört sich so toll an.«

»*Voglio che tu succhiarmi il cazzo*«, sagt Vico grinsend.

Im Gegensatz zu meinem besten Freund bin ich nun überhaupt kein Sprachgenie, aber ich kenne ihn lange genug, um zu wissen, dass er den Kleinen gerade recht unverblümt aufgefordert hat, ihm einen zu blasen. Freak!

Leider entdeckt mich in diesem Augenblick Francine, und wie sie so mit feucht schimmernden Augen auf mich zusegelt, wird mir schnell klar, dass sie mal wieder jemanden sucht, dem sie ihr Leid bezüglich Vicos Dad klagen kann. Ich wappne mich und versuche, Francine mit den Sprüchen zu beruhigen, die ich mir bei Vico abgeschaut habe: dass sie immerhin seit Jahren aus dem Haushalt der D'Vergys nicht wegzudenken ist, dass Vico und sein Dad ihre Freundschaft sehr schätzen und ob das alles nicht mehr wert sei als eine flüchtige Affäre mit Fernando D'Vergy. Ich gebe mir wirklich Mühe, obwohl ich finde, dass sie es nach all den Jahren echt mal aufgeben könnte. Fernandos Bettgefährten hatten noch nie auch nur die geringste Ähnlichkeit mit dem schrillen Franz.

Zum Glück fasst Francine sich tatsächlich wieder und richtet ihre Aufmerksamkeit auf die schwindenden Champagnervorräte. Großzügig biete ich an, noch ein paar Kartons aus dem Keller zu holen, hauptsächlich, um ihren Fängen zu entkommen. Vico und der Knabe sind inzwischen eh verschwunden. Francine strahlt mich an und nennt mich einen *Schatz* – nichts wie weg! Vielleicht sollte ich vorsorglich lieber reichlich Kartons anschleppen, in der Hoffnung, dass sie meine Existenz vergisst.

Der weitläufige Bungalow der D'Vergys ist komplett unterkellert, und als Fernando D'Vergy vor Jahren mit seinem Sohn nach München zog, hat er den ganzen Keller renovieren lassen, um Lagermöglichkeiten für die Weine der D'Vergys zu schaffen. Aber ich kenne mich ja aus und weiß, wo ich mich jederzeit bedienen darf.

Dass jemand die Örtlichkeiten zu ganz anderen Zwecken nutzt, muss ich feststellen, als ich an der Waschküche vorbeikomme. Die Tür steht halb offen, sodass ich gar nicht anders kann, als einen Blick auf die Szene zu werfen, die sich drinnen abspielt.

Vico lehnt an der riesigen Waschmaschine, den Kopf in den Nacken gelegt. Mit einer Hand stützt er sich an der Maschine ab, mit der anderen hält er den Kopf des vor ihm kauernden Burschen. Der überaus eifrig dabei ist, Vicos Schwanz zu lutschen.

Sie haben sich keine Mühe gegeben, sich zu verstecken. Dass hier jederzeit jemand auf der Suche nach Getränkenachschub herumstolpern kann, dürfte Vico klar sein. Trotzdem hat er den Kleinen nicht mit in sein Zimmer genommen, in dem sie ungestört wären. Und es bequemer hätten. Sieht auch irgendwie nicht so aus, als hätte Vico vor, den Gefallen zu erwidern, den der Knabe ihm da erweist.

Was die nächsten Worte meines Freundes bestätigen: »Würdest du etwas für mich tun, Jasper?«

Der Bursche nuschelt etwas, das sich verdächtig nach »Alles, *Signore Conte*!« anhört.

»Fass dich an!«, sagt Vico atemlos. »Ich will sehen, wie du kommst!«

Na, ich allerdings nicht. Ich sehe zu, dass ich wegkomme. Obwohl mir die ganze Szene echt zu denken gibt, beeile ich mich, mich außer Hörweite zu begeben. Mir gegenüber und auch gegenüber unseren Freunden ist Vico alles andere als hochnäsig. Auf dem Kampfboden versteht es sich von selbst, dass er als mein Schüler meinen Anweisungen Folge zu leisten hat. Aber seine ständig wechselnden Eroberungen behandelt er ganz anders, das fällt mir ja heute nicht zum ersten Mal auf. Könnte es sein, dass da etwas in Vico schlummert, das mir bisher entgangen ist?

Ich räume den Champagner in einen gläsernen Kühlschrank und hoffe, dass ich nicht erneut den Seelentröster
spielen muss, denn da nimmt so langsam eine Idee in meinem
Kopf Gestalt an.

Gerade habe ich mir ein weiteres Bier organisiert, da taucht
Vico wieder auf, den Kleinen im Schlepptau. Er flüstert dem
Jungen irgendwas ins Ohr und eifrig eilt der Bursche davon.
Sofort steuert Vico mich an.

»Sorry, Mann! Alles klar bei dir?«

»Wer sich auf einer eurer Feten langweilt, ist selber
schuld«, sage ich lässig.

»Ich hätte dich aus Francines Klauen befreien sollen«, sagt
er trotzdem reumütig.

»Kein Problem. Ihr D'Vergys seid halt unwiderstehlich«,
witzle ich.

Vico lacht.

»Apropos unwiderstehlich, Markus hat sich doch echt
Giselle geangelt«, erzählt er. »Weißt schon: die, die auf Burg
Aichstein mit der Harfe aufgetreten ist.« Und ganz automatisch sind wir sofort wieder bei unseren Auftritten und ein
bisschen auch am Lästern über unsere Kumpel.

Der Kleine kommt wieder zurück, bleibt schüchtern ein
Stück entfernt von uns stehen. Doch Vico winkt ihn heran und
legt ungeniert einen Arm um ihn.

»Jasper, das ist mein bester Freund Jeff. Jeff – Jasper.«

Wir nicken einander zu und Vico und ich nehmen unsere
Unterhaltung wieder auf. Jasper scheint es egal zu sein,
solange er sich an Vico schmiegen darf.

Wie die beiden miteinander umgehen, interessiert mich sofort mehr als die Story von Giselle, obwohl die ein ziemlich heißer Feger ist. Sowohl das fügsame Benehmen des Kerlchens als auch die Art, wie Vico das als selbstverständlich hinnimmt, sprechen ja wirklich Bände.

Noch ist es ein wenig früh, um die Idee, die immer konkretere Formen in meinem Kopf annimmt, in die Tat umzusetzen. Aber ich habe Sheryls *Traum* keinesfalls vergessen.

Und ein Mitspieler, der zwar ebenso unerfahren ist wie meine Sub, auf den ich mich dafür aber zu hundert Prozent verlassen kann, könnte genau der Richtige sein, um Sheryls Wunsch zu erfüllen.

Kapitel 11

SHERYL

6. Januar 2006, München-Au

Noch drei Haltestellen, bis die Tram auf der Museumsinsel anhält. Wo Jeff sicher bereits auf mich wartet. Mein Herz klopft ein wenig schneller. Den ganzen Vormittag haben wir füreinander Zeit und schon jetzt weiß ich, dass er nur einen Satz sagen muss, um mich dahinschmelzen zu lassen.

Ob er mich fesselt? Ich liebe das! Jetzt erst merke ich, was für ein Krampf der Sex mit Theo war. Ständig habe ich mir überlegt, was ich nur tun könnte, damit es Theo gefällt, während sein Schwanz unsensibel in mir herumstocherte. In Jeffs Fesseln kann ich mich fallen lassen, dann bin ich nicht gezwungen, irgendwie sein zu müssen. Im Gegenteil, ich kann genießen, was er tut. Und was er alles mit mir anstellt! Bei jedem Treffen scheint das Vertrauen, das ich in Jeff habe, noch weiter bis ins Unendliche zu wachsen.

Auch wenn er nie sagt, dass er mich liebt, während ich ihm längst mit Haut und Haaren verfallen bin. Wahrscheinlich gehört es sich sowieso nicht für einen Dom, sich zu verlieben. Ich werde mich damit zufriedengeben, dass er zumindest genug Gefallen an mir findet, um so viel Zeit mit mir zu verbringen.

Dabei bin ich wie selbstverständlich davon ausgegangen, dass Jeff erwartet, dass ich auch bereitstehe, wenn er Zeit für mich hat. Aber er ist eben immer für eine Überraschung gut. »Natürlich gehst du dahin«, hat er richtig grantig gesagt, als ich ihm von Liliths Mädelsabend erzählt habe. »So was musst du doch nicht fragen, Sheryl. Was soll das für ein Unfug sein? Ich habe dir doch gesagt, dass ich dir nicht vorschreibe, wie du dein Leben zu leben hast.«

Puh! Das hat mir wieder einmal bewusst gemacht, dass diese Beziehung so ganz anders ist als das, was ich mir vorgestellt habe, als ich den Flyer von Mr. Sung das erste Mal aufgeschlagen habe. Ganz anders als das, was ich nach unserem ersten Gespräch erwartet habe.

Aber eine Sache drängt sich seit ein paar Tagen immer wieder ungebeten in meine Gedanken. Da war doch etwas mit Schmerzen. Er mag es, wenn Frauen vor Schmerzen schreien? Jeff geht nicht gerade sanft mit mir um und die ein oder andere Blessur habe ich bei unseren Treffen schon davongetragen. Aber weder ist mir das zuwider, noch schreie ich. Es sei denn, vor Lust. Aber das kann er nicht gemeint haben.

Ich habe mich an Jeffs Befehl gehalten und nicht wieder im Internet nach *SM* gesucht, aber es ist ja nicht so, dass mir der Begriff nicht zuvor schon untergekommen wäre. In Büchern, Filmen oder Zeitschriften. Dummerweise dachte ich da noch, das hätte überhaupt nichts mit mir zu tun. Aber war da nicht einmal was in einem *Tatort*? Da hatte der Dom mehrere Subs. Was, wenn das ganz normal für Jeff wäre? Was, wenn er mich deshalb nicht schreien lässt, weil eine andere das besser kann?

Nein. Das ist Unsinn. Wann soll er denn die Zeit dafür haben? Wenn er nicht unterrichtet oder selbst trainiert, hat er noch schrecklich viele Dinge für seinen Chef zu erledigen, und wenn er frei hat, trifft er sich mit seinem besten Freund, meistens aber mit mir.

Aber es trainieren ja auch Frauen in der Kampfschule. Jeff hat mir erzählt, dass sich die Mädels vor ein paar Jahren noch eher fürs Bogenschießen interessierten, doch jetzt wollen auch immer mehr lernen, wie man ein Schwert führt. Was, wenn einer seiner Schüler nicht nur eine Schülerin, sondern auch eine Sub ist? Wenn die sein Missfallen erregt, wird er sie bestrafen. Indem er sie vor Schmerzen schreien lässt? Und sie dann in den Arm nimmt?

Oh nein! Jetzt fällt es mir wieder ein. Jeff hat gesagt, er hielte es für ein gelungenes Vorspiel, wenn eine Frau vor Schmerzen schreit. Verflixt und zugenäht! Dann ist ja klar, was danach passiert.

Ich dränge die Tränen zurück. Jeff hat mir nichts versprochen. Auch nicht, dass er mir treu ist. Trotzdem tut die Vorstellung weh.

Die Tram ruckelt. »Nächster Halt: Deutsches Museum«, kommt es scheppernd aus dem Lautsprecher. Ich springe auf und spähe nach draußen.

Jeff ist da. Völlig ungerührt vom vorbeibrausenden Verkehr steht er mit verschränkten Armen wie ein Fels in der Brandung auf der Haltestelleninsel inmitten der Straße. Mal wieder scheint es mir undenkbar, dass dieser Mann ausgerechnet mich will. Und dann weiß ich plötzlich, was ich tun muss. Quietschend hält die Straßenbahn an und ich klettere hinaus. Es gibt nur eine Lösung.

Jeff gibt mir seine Hand, was mich ein wenig beruhigt, aber ansonsten ist er recht schweigsam, während wir in Richtung Au zu der Kampfschule laufen. Was mir heute sehr entgegenkommt. Wie immer gehen wir in den Raum unter dem Dach, in dem wir laut Jeff völlig ungestört sind. Wie er schlüpfe ich aus meinen Schuhen, doch als ich mein Kleid ausziehen will, schüttelt er nur den Kopf.

»Komm.«

Mit einem flauen Gefühl folge ich ihm, denn normalerweise mag er es, wenn ich nackt bin. Jeff setzt sich auf eine Truhe und stützt die Arme auf den Schenkeln ab. Ein wenig unschlüssig bleibe ich ein Stück entfernt von ihm stehen.

»Nun? Wirst du mir heute sagen, was los ist?«

Ich schlucke, dabei hätte mir klar sein müssen, dass Jeff nichts entgeht. Ein Glück, dass ich mir schon überlegt habe, wie ich es angehen will.

»Willst du mich heute bestrafen?«, frage ich zurück.

»Wofür?«, fragt er, klingt aber zum Glück eher interessiert als verärgert.

Leider bringt mich schon diese Frage aus dem Konzept. Wie, *wofür*?

»Aber … du bist der Dom.«

»Aha?«

»Da gehört es sich doch so.«

»Hast du wieder komische Suchbegriffe eingegeben? Ist es das?«

»Nein, Herr!«, sage ich entrüstet.

»Was dann?« In seiner Stimme ist ein dunkles Grollen.

»Nichts, aber … du hast gesagt, du magst es, wenn deine Sub vor Schmerzen schreit … Dann musst du mich doch bestrafen …«, sage ich und wringe nervös meine Hände.

Jeff seufzt.

»Komm her«, sagt er, wieder ganz sanft. »Setz dich.«

Erleichtert eile ich zu ihm, lasse mich vor ihm auf dem Boden nieder und freue mich, dass er mir erlaubt, mich an ihn zu kuscheln. Jeff legt seine Finger locker um eines meiner Handgelenke und mir wird wieder etwas mulmig, da er offenbar der Ansicht ist, ich bräuchte diesen Halt.

»Du hast da ein bisschen was durcheinandergebracht, Sheryl«, sagt er ernst. »Du weißt doch, dass du jederzeit alles ansprechen kannst, hm? Wir tasten uns an die Dinge heran. Vielleicht stelle ich ja die falschen Fragen, aber ich will auch nicht jede Kleinigkeit zerreden. Ich würde mich ein wenig leichtertun, wenn du es mir sagst, wenn dich ein bestimmtes Thema umtreibt.«

Ich spüre, wie meine Wangen brennen. Er hat ja recht. Aber ich habe immer Angst, dass dabei nur herauskommt, dass ich gar nicht die Sub bin, die er haben will. »Tut mir leid, Herr«, flüstere ich.

Er nickt, fährt fort: »Strafen also. Ich bevorzuge ja den Begriff ›Konsequenzen‹, da das Wort ›Strafe‹ bei den meisten Menschen negative Assoziationen hervorruft, aber das sind letztendlich nur Wortklaubereien. Als Dom stelle ich gewisse Regeln auf, und wenn du dich nicht daran hältst, hat das natürlich Konsequenzen – sonst könnte ich mir das ja sparen.«

Sein Daumen streichelt sanft über die empfindliche Stelle an meinem Handgelenk, unter der der Puls heftig pocht, und ich traue mich zu sagen: »Ich gehorche dir gern.«

»Ich weiß, Sheryl. Ich genieße das Geschenk deiner Hingabe und deine Bereitschaft, dich meiner Führung anzuvertrauen, sehr.« Er lächelt leicht. »Deswegen muss ich auch kein großes Bohei um eine Strafe oder so etwas machen. Ich bilde mir ja schon ein, dass ich dich gegebenenfalls auf deinen Platz als Sub verweisen kann, sollte ich das für nötig erachten.«

Ich knabbere an meiner Unterlippe. Denke daran, wie Jeff seine Zähne darin vergräbt, bis ich blute. Wie er sich auf mich legt und meine Arme erbarmungslos mit seinen Händen auf dem Boden festnagelt. Wie er seinen Schwanz in meinen Mund steckt und ihn fickt, so tief, dass ich Angst habe zu ersticken. Manchmal fühle ich mich, als wäre Jeff ein Tsunami, der mit seiner ganzen Kraft auf mich trifft, mich mitreißt und reichlich ramponiert wieder ausspuckt. Aber eben nicht nur ramponiert, sondern auch höchst erregt oder unendlich befriedigt. Dann ist das doch keine Strafe!

»Sheryl«, knurrt er, »ich kann nicht in deinen Kopf hineinsehen. Nimm mich mit!«

Ich zucke zusammen. »Ich … Mir gefällt das«, sage ich kleinlaut.

»Natürlich«, sagt Jeff, als wäre das die normalste Sache der Welt.

»Aber …« Ich verstumme, weiß schon wieder nicht mehr weiter.

»Sagte ich nicht schon einmal, dass ich nur Dinge tun möchte, die meine Partnerin ebenso erfüllen wie mich? Dein Wunsch, meine Dominanz zu spüren, ist eine Veranlagung, derer du dich wirklich nicht schämen musst. Das könnte übrigens auch auf die Schmerzen zutreffen, die du so zu fürchten scheinst. Ich würde mir wünschen, dass Schmerzen dich dazu bringen, deine Lust noch intensiver zu erleben. Möglicherweise ist das so. Solange ich mir in dieser Sache aber nicht sicherer bin, will ich nichts versuchen. Eine Fessel lässt sich schnell lösen, die Male, die ein Seil hinterlässt, sind rasch vergessen. Aber Peitsche oder Rohrstock verursachen Spuren, die ich nicht mal eben wieder heilen kann – und dann solltest du auch etwas davon haben.«

Ich schlucke. Noch nie hat Jeff auch nur angedeutet, dass er sich einer Sache nicht ganz sicher sein könnte. Allerdings bin ich mir in diesem Fall sehr sicher. Schmerzen gefallen mir definitiv nicht. Aber ich würde sie ertragen. Für ihn.

»Es ist ja auch nicht eilig«, fährt Jeff fort. »Denn selbst wenn wir außer den Dingen, die wir offensichtlich beide sehr genießen, nichts mehr finden, das uns in gleicher Weise befriedigt, kann ich mir nicht vorstellen, dass uns jemals langweilig wird.«

Das ist ja fast so gut wie eine Liebeserklärung! Ach was, das ist besser!

Was bedeutet es schon, wenn ich keinen Gefallen an der Peitsche oder dem Rohrstock finde, wenn Jeff es tut! Er hat mir schon so viele wunderbare Momente geschenkt, da werde ich es doch wohl ertragen, wenn er diese Dinge an mir benutzt. Hauptsache, es macht ihn glücklich.

»Es macht mir gar nichts aus, wenn es einfach nur schmerzhaft ist und sonst nichts«, sage ich eifrig. »Wir können es ausprobieren, Jeff … Herr. Hm … die Peitsche vielleicht? Gleich jetzt!«

»Kommt nicht infrage!«

Energisch zieht er mich hoch auf die Knie, sodass er mir direkt in die Augen sehen kann. »*Jetzt*, Sheryl, verlange ich zu wissen, warum du unbedingt etwas tun willst, das dir so offensichtlich Unbehagen bereitet. Wenn du mir nur eine Freude machen willst, sollte dir doch etwas einfallen, vor dem du weniger Angst hast.«

»Na ja, ich dachte nur … wenn du das gerne machst, kannst du es doch mit mir tun und musst nicht mit einer anderen … also … einer anderen Sub …«

»Aha«, knurrt Jeff und seine Augen funkeln. »Und wenn ich nun Lust bekomme, eine dralle Rothaarige zu ficken, wie stellst du das dann an?«

Ich wünschte, er hätte mich geschlagen. Das würde weniger wehtun. Ich merke, wie meine Augen feucht werden.

»Das will ich nicht«, sage ich heftig, ohne darüber nachzudenken.

Sofort wird seine Miene weicher. Er nimmt meinen Kopf zwischen seine Hände, fängt eine Träne mit seinem Daumen auf. »Ach, Sheryl. Du musst mir so etwas sagen, wirklich. Aber …«

Ich wimmere und noch mehr Tränen kullern über meine Wangen. »… ich habe kein Recht, so etwas zu verlangen«, beende ich schniefend seinen Satz.

»*Das* habe ich nicht gesagt«, knurrt er, hält mich aber weiter zärtlich fest. »Ich habe noch gar nicht darüber nachgedacht – wieso sollte ich? Einer Sub würde ich diesen Wunsch auch rundweg abschlagen. Es hat sie nicht zu interessieren, wenn ich ficke oder nicht. Aber du bist doch nicht irgendeine Sub für mich! Mit einer Sub gehe ich nicht Kaffee trinken oder stundenlang spazieren. Sheryl, ich würde auch nicht alles daransetzen, irgendeine Sub glücklich zu machen, so wie ich dich gern glücklich machen will. Nur weiß ich nicht recht, wie ich das anstellen soll, wenn ich dich erst dazu bringen muss, in Tränen auszubrechen, bevor du offen zu mir bist.«

»Aber … woher soll ich das denn wissen?«, schluchze ich.

»Ja, woher sollst du das bloß wissen?«, grummelt er und dann sagen wir beide wie aus einem Mund: »Fragen!«

Ich lächle vorsichtig und meine Tränen versiegen langsam.

»Na ja, nachdem wir dem Problem nun wenigstens auf den Grund gegangen sind, können wir uns ja jetzt um einen Kompromiss bemühen, hm?«, sagt er.

Ein Kompromiss? Wie soll denn bei der Sache ein Kompromiss aussehen? Entweder er macht mit anderen Frauen rum oder eben nicht!

Jeff sieht mich nur an und zieht die Augenbrauen hoch, und dann nehme ich all meinen Mut zusammen und sage genau das.

»Ich will dir nichts versprechen, was ich möglicherweise nicht halten kann«, gibt er unumwunden zu. »Außerdem

kann ich mich recht gut an einen gewissen Traum erinnern ...
Findest du es nicht ein wenig unfair, dir selbst einen Mitspieler zu wünschen und mir das Vergnügen zu verbieten,
mich von zwei Subs gleichzeitig verwöhnen zu lassen?«

Ich merke, wie ich mal wieder rot anlaufe.

»Es dürfte ein wenig schwierig sein, eine andere Sub zu
finden, die einen ähnlich talentierten Mund hat«, fährt er verführerisch fort, »aber allein die Vorstellung, wie meine Hände
auf deinen Brüsten liegen und ich meine Zunge in deinen
Mund schiebe, während eine weitere Sub hingebungsvoll
meine Eier leckt ...«

Mir wird noch heißer. Auf gar keinen Fall werde ich zugeben, dass mich das Bild, das Jeff da soeben in meinen Kopf
gezaubert hat, total anmacht. Dass ich unruhig herumrutsche
und mich zudem recht ungeniert an ihn dränge, merke ich
erst, als er seinen Blick süffisant grinsend nach unten wandern lässt.

»Das meinte ich doch nicht«, sage ich und schiebe beleidigt
meine Unterlippe vor – normalerweise eine Geste, die Jeff
sofort dazu veranlasst, seine Zähne genau dorthinein zu
graben, doch heute bleiben die Konsequenzen aus.

»Ich wollte nur mal festhalten, dass es wohl doch einen
Unterschied zwischen rummachen und *rummachen* gibt«,
spottet er.

Hm.

»Spaß beiseite«, sagt er, wieder ernst. »Was ich dir tatsächlich versprechen kann: Ich hatte nie vor, hinter deinem
Rücken woanders Befriedigung zu suchen, egal ob beim Sex
oder in einer Session. Was immer es ist, du kannst dich darauf

verlassen, dass ich offen anspreche, was ich tue oder auch nur tun möchte. Da dir die Vorstellung, dass ich mich woanders vergnüge, scheinbar sehr zusetzt, will ich sogar noch weiter gehen: Ich gestatte dir, mich bei jedem unserer Treffen *ein Mal* zu fragen, ob ich in der Zwischenzeit eine andere Frau auch nur angesehen habe. Frage auch, Sheryl, wenn es dich beschäftigt, ich werde dir nicht böse sein. Aber diesen Schritt musst du schon allein machen. Ich werde mich nicht standardmäßig jedes Mal erklären, schon gar nicht, wenn dazu nicht der geringste Anlass besteht.«

Ich schlucke. Das ist weniger, als ich mir von einer Beziehung erwarten würde, und viel mehr, als ich je gehofft habe, von Jeff zu bekommen.

Er hat weder gesagt, dass er mich liebt, noch, dass er mir treu sein will. Aber eine von vielen bin ich auch nicht, sondern etwas Besonderes! Die ungeschminkte Wahrheit tut weh, aber sie bedeutet mir auch unendlich viel. Denn auch, wenn ich mir vielleicht etwas anderes wünschen würde, ist sie doch mehr wert als die verlogenen Versprechen, die mir mein Ex-Verlobter immer aufgetischt hat. Jetzt muss ich mir nicht mehr heimlich ausmalen, ob etwas vor sich gehen könnte, von dem ich nichts weiß. Wenn Jeff sagt, er wird mir alles erzählen, dann tut er das auch, da bin ich mir sicher.

Ich wollte mutig sein und die Schmerzen ertragen, aber womöglich ist es viel wichtiger, dass ich in einer ganz anderen Beziehung Mut beweise. Ich hole tief Luft.

»Hast du eine andere gehabt in letzter Zeit?«, frage ich atemlos.

Seine Augen funkeln. »Tut mir leid, wenn ich dich enttäuschen muss, Sheryl, aber ich bin nicht Superman. Meine Tage stellen tatsächlich gewisse körperliche Anforderungen, und wenn ich mich dann noch mit dir oder Vico treffe, falle ich danach nur noch ins Bett. Also: nein. Und es hat mir auch nicht gefehlt.«

Ich fürchte, ich strahle ihn ziemlich albern an.

»Danke, Herr! Auch für deine Geduld mit mir.«

Ich lehne mich zurück auf meine Fersen, doch Jeff verlässt seine Truhe und setzt sich neben mir auf den Boden, zieht mich an sich und dann küsst er mich. Nicht wild und fordernd wie sonst. Es ist keiner dieser Küsse, die mich mit geschwollenen Lippen, weichen Knien und höchst erregt zurücklassen, sondern einer, der mich direkt in den siebten Himmel befördert, zärtlich und besitzergreifend zugleich. Seine Lippen schmiegen sich an meine, seine Zunge wagt sich beherzt vor, neckt kurz meine Zungenspitze, erobert meinen Mund. Aber gleichzeitig hält er mich so sanft im Arm, dass ich sofort dahinschmelze.

»Soll … ich mich ausziehen?«, frage ich atemlos, als er meinen Mund wieder freigibt.

»Nein, Sheryl, heute nicht. Ich möchte noch ein wenig so dasitzen. Und dann würde ich gern meine Freundin Sir Malcolm vorstellen. Denn er wird es mir nie verzeihen, wenn Vico dich zuerst zu Gesicht bekommt. Aber ich denke, es ist an der Zeit, dass du meinen besten Freund kennenlernst.«

Kapitel 12

Vico

8. Januar 2006, München-Au

»Na, so was, bin ich zu spät?«

Ich betrete gerade die Eingangshalle, da kommt Kai mir entgegen, seine Sporttasche geschultert und offenbar gerade dabei, die Schule zu verlassen. Allerdings hatten wir uns eigentlich für einen lockeren Übungskampf verabredet.

»Nein«, beruhigt er mich, fügt jedoch mit einem fiesen Grinsen hinzu: »Unser aller Herr und Meister Jeff verlangt, dass du dich schleunigst im Trainingsraum unter dem Dach blicken lässt.«

»Aha?«, sage ich verblüfft.

Kai klopft mir aufmunternd auf die Schulter.

»Nachdem Jeff mich gestern herumgescheucht hat wie einen Hund, der das Apportieren lernen soll, habe ich sowieso einen elenden Muskelkater. Macht mir gar nichts, wenn wir den Kampf heute ausfallen lassen«, erklärt er und zieht ab.

Ich eile in die Umkleide und schelte mich dabei selbst einen Idioten, weil sich ein leichtes Grummeln in meinem Magen breitmacht. Ich bin doch kein kleiner Junge mehr, der um die Anerkennung seines drei Jahre älteren Freundes bangt.

Wahrscheinlich hat Jeffs gute Laune einfach ein Ende gefunden, irgendwann musste es ja so weit sein. Sähe ihm ähnlich, als Erstes Kai vor Augen zu führen, dass er immer noch nicht in Form ist, und mir mal wieder klarzumachen, dass auch der Sohn eines waschechten *Conte* hier keine Sonderbehandlung erwarten darf.

Ich sprinte die Stufen hoch. Warum Jeff mich wohl ausgerechnet dahin beordert hat? Seit der ehemalige Lagerraum im Erdgeschoss zum Trainingsraum umgebaut wurde, wird das Zimmer unter dem Dach nicht mehr fürs Training benutzt, weil die schrägen Wände die Bewegungsfreiheit doch sehr einschränken.

Als ich den Raum schließlich betrete, glaube ich dennoch, in eine von Jeffs Unterrichtsstunden geplatzt zu sein. Angetan mit einem schwarzen Waffenrock, das blonde Haar am Hinterkopf mit einem Lederband zusammengefasst, steht mein Freund in bester Wikingermanier hoch aufgerichtet mitten im Raum, vor ihm kniet eine Frau. Eine Situation, die ich nur allzu gut kenne, denn peinlicherweise ist es auch nach all den Jahren immer noch so, dass Jeff mir mit Leichtigkeit seine Überlegenheit demonstrieren kann, und das tut er nun mal am liebsten, indem er seine Schüler am Ende einer Übungseinheit entwaffnet, zu Boden zwingt und sie ihre Niederlage eingestehen lässt.

An sich also kein ungewöhnliches Bild, das ich vor mir habe. Bis mir klar wird, dass das, was die Frau da trägt, kein Umhang ist, sondern ihr blondes Haar, das sich weit über ihren Rücken auffächert. Ansonsten ist sie nackt. Einen

Moment ist es völlig still im Raum. Meine Gedanken rasen. Und mein Schwanz meldet sich. Fuck!

Ich würde ja sofort gehen. Bestimmt. Aber die Atmosphäre hier ist der Hammer. Als wäre die Luft elektrisch geladen. Außerdem bin ich nirgends reingeplatzt, sondern ich wurde eingeladen! Jetzt abzuhauen, wäre wirklich ziemlich unhöflich.

Weil mir nichts anderes einfällt, verschränke ich die Hände hinter meinem Rücken und bleibe hoch aufgerichtet stehen, bis mein Lehrer hoffentlich geruht, mir mitzuteilen, was hier abgeht.

»Komm her, Vico. Ich möchte dir jemanden vorstellen.«

Echt jetzt, Jeff? Aber ich zögere keine Sekunde. Jahrelange Gewohnheiten legt man nicht mal eben ab, auch wenn die Situation mehr als bizarr ist. Außerdem will ich, verdammt noch mal, wissen, wer die Frau ist.

»Das ist meine Freundin Sheryl. Sheryl, ich habe dir von Vico erzählt«, meint Jeff, als wäre es kein bisschen ungewöhnlich, dass seine Freundin nackt vor ihm – und irgendwie nun auch vor mir – kniet.

»Sheryl hat einen Wunsch geäußert. Ich gedenke, ihn zu erfüllen, und dir, Vico, gleichzeitig einen Gefallen zu tun.«

Ich verstehe kein Wort von dem, was Jeff da labert, aber das liegt vermutlich auch daran, dass dieses wunderschöne Wesen vor mir, das den Kopf immer noch brav gesenkt hält, sämtliche Kapazitäten meines Gehirns für sich beansprucht. Es ist, als wäre sie nicht von dieser Welt.

»Sheryl wünscht, einen weiteren Meister zu unserem Spiel hinzuzunehmen. Nun, was sagt ihr zwei dazu?«, fragt Jeff.

Die Frau legt ihren Kopf in den Nacken und betrachtet mich. Mit Augen so blau wie der Himmel und so funkelnd wie zwei Edelsteine. *Sheryl*, denke ich. Niemals habe ich eine schönere Frau gesehen und niemals zuvor hat mich jemand so angesehen. Mein Mund ist trocken und mein Hals wie zugeschnürt.

Als sie den Blick von mir nimmt und ihren Kopf zu Jeff dreht, bekomme ich zumindest eine Idee davon, dass ich mich vielleicht irgendwann wieder aus dieser Starre, die mich erfasst hat, lösen könnte.

»Danke, Herr!«, sagt sie leise zu meinem Freund.

Mir ist schwindlig, aber ich merke auch, dass ich mich nicht einfach in etwas hineinstürzen kann, von dem ich keine Ahnung habe.

»Ich fühle mich nicht in der Lage, Sheryls Wünschen gerecht zu werden«, sage ich und bin ganz schön erleichtert, weil meine Stimme nicht zittert.

Jeff sieht erst mich und dann sie an und ein feines Lächeln umspielt seine Mundwinkel. Ganz offensichtlich ist er mit beiden Antworten mehr als zufrieden.

»Vico, in der Truhe ist ein Seil. Hol es her.«

Nun gut, das ist nicht weiter schwer, also tue ich wie geheißen und bin erstaunt, dass das schwarze Seil sich nicht nur weich und angenehm anfühlt, sondern dass es sich auch um etliche Meter handelt. Ich bringe es Jeff, der mich kaum ansieht, als er es mir abnimmt. Seine ganze Aufmerksamkeit ist auf Sheryl gerichtet.

»Setz dich«, sagt er knapp zu mir und ich gehe ein paar Schritte zur Seite und lasse mich im Schneidersitz auf dem

Fußboden nieder. Nun bin ich auf gleicher Höhe wie Jeffs Freundin, erkenne jede Regung in ihrem wunderschönen Gesicht.

»Gib mir deine Hände«, raunt Jeff ganz sanft und Sheryl verschränkt die Finger ineinander und hält sie ein Stück vor ihrem Körper hoch. Ihre Lippen beben und sie blinzelt ein paarmal hektisch. Fasziniert beobachte ich, wie geschickt Jeff beginnt, das Seil um Finger, Handgelenke und Arme zu schlingen, kleine Knoten zu knüpfen und so Sheryls Hände und Arme in ein kleines Kunstwerk aus schwarzem Seil und weißer Haut zu verwandeln.

Es sieht toll aus.

Doch vor allem fasziniert mich die Veränderung, die ich an Sheryl beobachten kann. Schien sie zu Beginn noch aufgeregt und ein wenig ängstlich zu sein, steigert sich das nicht etwa, während Jeff sie immer mehr fesselt – ganz im Gegenteil: Sie wird ruhiger, ihr Atem geht langsamer, ihr Blick ruht vertrauensvoll auf Jeffs Gesicht. Und als der hinter sie tritt, um die verschnürten Hände und Arme an ihren Körper zu fesseln, sieht sie auch mich so an.

Jeder Muskel in meinem Körper scheint vor Anspannung zu vibrieren, wohingegen Jeff und Sheryl sich immer mehr in ihrem Tun verlieren. Jeffs Fingerspitzen spüren dem komplizierten Flechtwerk auf ihrem Körper nach, zärtlich und liebevoll. Eine Berührung, die nichts ist, was ich jemals mit Sex in Verbindung gebracht hätte, und dennoch habe ich nie etwas Sinnlicheres gesehen.

Mir stockt der Atem, als Jeff mit den Fußgelenken weitermacht, ihre Knöchel verschnürt und das Seil dann mit den

Strängen um den Oberkörper verbindet. Sheryl ist nun zur Bewegungslosigkeit verdammt, doch nicht nur das, sie scheint völlig weggetreten zu sein. Mit einem Ausdruck der Glückseligkeit auf ihrem Gesicht sinkt sie zur Seite und wird von Jeffs starken Armen aufgefangen. Sanft bettet er sie auf den Boden.

Eine einzelne Träne kullert über ihr Gesicht und Jeff beugt sich über sie und küsst sie fort.

Dass ich den Atem angehalten habe, merke ich erst, als Jeff mich ansieht.

»Vico.« Kaum mehr als eine Bewegung seiner Lippen, ein fast unmerklicher Ruck seines Kopfes zur Tür. Ich verstehe. Stehe auf. Verbeuge mich leicht und verschwinde.

Es ist schon dunkel und ich eile wie in Trance nach Hause. Mehr aus Gewohnheit als aus einem triftigen Grund steuere ich zuerst die Küche an. Dort treffe ich auf meinen Vater, der gerade in ein Gespräch mit dem zierlichen ukrainischen Poeten vertieft ist, welcher seit ein paar Tagen das Bett mit ihm teilt. Sie sprechen russisch miteinander und ich bin ganz froh, dass ich die Sprache nur schlecht beherrsche, denn um was auch immer es geht, es hört sich nach dem Beginn einer Tragödie an.

Mein Vater wirft mir einen kurzen Blick zu und zuckt entschuldigend mit den Achseln. Ich grinse nur und verschwinde in mein Zimmer. Hunger habe ich eh keinen, also lümmle ich mich einfach auf mein Bett und warte auf Jeffs Anruf. Bestimmt wird er noch heute mit mir reden wollen.

Dass ihm das nicht reicht, hätte ich mir denken können. Zwei Stunden später kreuzt mein Freund bei uns auf.

»Vico, was sagst du? Wie hat dir die Session gefallen?«

Zwar bin ich heilfroh, dass er nicht fragt, wie mir Sheryl gefällt – denn dann hätte ich zugeben müssen, dass ich mich sofort unsterblich in sie verliebt habe und nie wieder eine andere Frau lieben werde –, aber auch für das, was da auf dem Dachboden passiert ist, habe ich in den vergangenen zwei Stunden noch nicht die passenden Worte gefunden. Sprache scheint generell nicht geeignet zu sein, um das zu beschreiben, was ich empfunden habe. Lust. Ehrfurcht. Verlangen. Und noch so viel mehr, für das ich keine Begriffe kenne, in keiner der zahlreichen Sprachen, die ich beherrsche.

»Danke, Mann!«, sage ich deshalb nur.

Wie meist versteht Jeff mich auch so. Er plumpst in den riesigen Sitzsack gegenüber meinem Bett.

»Sag mal, ist dir noch nie der Gedanke gekommen, dass du dominant sein könntest?«, fragt er.

»Wie …? Wovon redest du denn da?«

»Ich rede in erster Linie über Sex«, sagt Jeff und grinst frech. »Auch wenn da um einiges mehr dahintersteckt. Aber seit ich dich an Weihnachten mit diesem Twink, Jasper, gesehen habe, frage ich mich, ob du vielleicht deshalb jeden in dein Bett lockst, der nicht bei drei auf den Bäumen ist, weil deine wahren Bedürfnisse einfach nicht befriedigt werden.«

»Hey, ich bin zwanzig, ich darf meine Sexualität ausprobieren!«, grummle ich.

»Von mir aus«, sagt Jeff ungerührt. »Aber verrate mir doch mal, ob du auch vor Jasper auf die Knie gegangen bist und seinen Schwanz gelutscht hast, hm? Oder hast du dich sogar von ihm in den Arsch ficken lassen?«

»Nö.«

Jetzt bin ich es, der feixt. Was ich alles mit Jasper gemacht habe, bevor der nach Hause nach Köln gefahren ist, behalte ich allerdings für mich. Ein Gentleman genießt und schweigt und ein D'Vergy sowieso. Außerdem habe ich keinen Bock, mich darüber auszulassen, wie scheiße ich Weihnachten immer noch finde. Ich bin erwachsen, ich komme klar. Auch wenn ich keinen Plan habe, ob ich ohne diesen süßen Praktikanten nicht mal wieder abgestürzt wäre. Aber damit muss ich ja Jeff nicht belästigen.

»Siehste«, sagt der. »Ich könnte mir vorstellen, dass Dominanz und Unterwerfung was für dich ist. Sheryl hat dich akzeptiert und ich kann mir keinen anderen Mann vorstellen, den ich sie anfassen lassen würde. Also, bist du wieder dabei?«

Der Gedanke, Sheryl zu berühren, lässt mich sofort hart werden. Ich weiß nicht, ob Jeff es sieht oder mich einfach zu gut kennt, jedenfalls sagt er: »Ich bin der Einzige, der sie fickt, klar so weit? Du wirst niemals etwas tun, was ich dir nicht ausdrücklich gestattet habe.«

Mir kommt der Verdacht, dass es wohl eher Jeff ist, der einen Zuschauer oder Mitspieler wünscht – oder wie immer man das nennen mag – und nicht Sheryl. Ich sollte danach fragen, doch ich will nicht riskieren, dass mein Freund mich wieder auslädt.

»Selbstverständlich«, sage ich deshalb nur.

»Ich tue natürlich auch niemals etwas ohne Sheryls Einverständnis«, sagt er und ich bin einigermaßen erleichtert.

»Vico, ich glaube, dass dies ebenso deiner Natur entsprechen könnte, wie es bei mir der Fall ist. Wenn du dich ausprobieren willst, bin ich bereit, dich in diese Szene einzuführen, und Sheryl ist es auch. Aber vorher musst du mir eines versprechen: Als Master wirst du niemals das Vertrauen, das eine oder ein Sub in dich setzt, missbrauchen. Du wirst niemals deine körperliche Überlegenheit ausspielen, um deinen Willen durchzusetzen. Das Wohl der Sub, in diesem Fall Sheryls, steht immer an erster Stelle. Schwöre es!«

Bisher habe ich kaum den Hauch einer Ahnung von dem, was Jeff mir da in Aussicht stellt. Doch das, was ich heute gesehen habe, und Jeffs eindringliche Worte lassen mich bereits jetzt darauf hoffen, dass ich hier auf etwas gestoßen sein könnte, was endlich Abhilfe gegen dieses schale Gefühl der Ernüchterung nach dem Sex schaffen könnte.

Ich stehe auf. So einen Schwur leistet man nicht, während man auf dem Bett herumlümmelt.

»Ich werde niemals meine Wünsche über die Sheryls oder einer anderen Sub stellen«, sage ich eindringlich und sehe Jeff fest in die Augen. »Ich schwöre es.«

Noch nie war mir irgendwas so ernst. Mein Freund nickt zufrieden und wieder umspielt dieses kleine Lächeln seine Mundwinkel.

»Willkommen in meiner Welt, Vico!«

Kapitel 13

SHERYL

13. Januar 2005, München-Neuhausen

Ist es nicht verrückt, dass der Mann, den Jeff ausgewählt hat, nicht nur seit Jahren sein bester Freund, sondern auch der gut aussehende Kämpfer ist, der neben Jeff und Sir Malcolm auf dem Plakat über meinem Bett hängt?

Vico.

Der Einzige auf dem Bild, der den Betrachter verschmitzt anlächelt. Als er mich gesehen hat, hat er nicht gelächelt, während ich vor Angst fast gestorben bin. Ich habe nicht gewagt zu widersprechen, als Jeff mir erklärt hat, dass er seinen Freund überraschen wolle, um seine unverfälschte Reaktion sehen zu können. Aber was ist denn das für eine Art, seinen Freund in so eine Situation zu bringen? Was, wenn Vico es abstoßend gefunden hätte, mich so zu sehen? Was, wenn er *mich* abstoßend gefunden hätte?

Doch ich kann nicht ständig behaupten, alles tun zu wollen, was Jeff eine Freude machen könnte, und dann kneifen, wenn es schwierig wird. Also habe ich gehorcht, war froh, wenigstens knien zu dürfen, und hoffte, dass niemand bemerken würde, wie mir am ganzen Körper der Schweiß ausbrach und mein Herz wie verrückt hämmerte, während meine Lungen mal wieder ihre Arbeit einstellen wollten, als Vico den Raum betrat.

Den Raum, den Jeffs unerschütterliche Geduld und seine ruhige Überlegenheit zu dem Ort auf der Welt gemacht haben, an dem ich mich absolut sicher fühle. Es ist ein Gefühl der Geborgenheit, das sich selbst dann nicht verflüchtigt, wenn Jeff mich mit seinem riesigen Schwanz geradezu brutal an meine Grenzen treibt, indem er mich unnachgiebig fickt oder ihn tief in meinen Hals schiebt. Weil ich hier die sein kann, die ich wirklich bin. Eine Frau, die ihre Befriedigung genau darin findet.

Nichts von diesem Gefühl verschwand mit Vicos Erscheinen und ich schluckte das Wort »Mayday«, das ich schon sicherheitshalber auf meine Zunge gelegt hatte, rasch wieder herunter. Als ich Vico dann ansehen durfte, in seinen dunklen Augen diese Mischung aus Verwunderung und Bewunderung zu lesen glaubte und merkte, dass Jeff natürlich wie immer genau wusste, was er tat, brach ich vor Freude und Erleichterung fast in Tränen aus.

Ich freute mich schon auf den Moment, an dem mein Herr mir sagen würde, dass Vico wieder bei einem unserer Treffen auf dem Dachboden dabei sein würde. Doch wieder einmal hat Jeff mich überrascht, indem er mich stattdessen fragte, ob ich die beiden nicht zu einem Auftritt der Harfenspielerin Giselle, die mit einem von Jeffs Schülern zusammen ist, begleiten wolle.

»Vico und ich machen eine kleine Showeinlage, wenn die Band Pause macht. Vielleicht hast du Lust, dir das anzusehen.«

Und ob! Auch wenn es mir ein bisschen Angst macht, schon wieder jemanden aus Jeffs Umfeld kennenzulernen. Denn Sir Malcolm ist in natura noch furchteinflößender als auf dem Plakat, und als ich Vico das erste Mal traf, lag ich nackt auf den Knien. Was wird diesmal passieren?

Es passiert nichts, natürlich. Markus und Giselle schütteln mir freundlich die Hand, zeigen mir meinen Platz im Publikum und kümmern sich dann um das Equipment der Band. Begeistert lausche ich dem Mix aus irischem Folk und Rock, als der Auftritt beginnt. In der Pause ist es so weit – Jeff und Vico sind an der Reihe.

Ich weiß bereits, dass sie immer eine kleine Geschichte erzählen, bevor der Kampf beginnt. Diesmal spielt Vico einen reichen Kaufmann und Jeff eine Art Robin Hood, der den Pfeffersack um seine Münzen erleichtern will.

Vico trägt passend zu seiner Rolle einen silbern schimmernden Waffenrock, während Jeff wie üblich in Schwarz gekleidet ist. Das Geplänkel gibt mir die Gelegenheit, die beiden von meinem Platz im Publikum aus ausgiebig zu bewundern. Vico scheint in allem das Gegenteil von Jeff zu sein. Zwar tragen beide Männer ihr Haar in schönster Rittermanier schulterlang, doch damit enden die Gemeinsamkeiten auch schon. Vicos Mähne ist dunkel, Jeffs blond, Vicos Augen haben die Farbe von gerösteten Haselnüssen, Jeffs strahlen in hellem Blau. Auch Vico ist stark, aber eher der drahtige Typ und zudem ein wenig kleiner als mein Herr.

Wieder meine ich, um Vicos Mundwinkel ein spöttisches Lächeln zu entdecken, während Jeff konzentriert und grimmig dreinblickt. Donnernd verkündet Jeff: »Nun denn, wenn Ihr Euch nicht freiwillig von Eurem schnöden Mammon trennen wollt, werde ich Euch wohl dazu zwingen müssen!«, klappt das Visier seiner Schutzmaske herunter und zieht sein Schwert, während Vico siegesgewiss verkündet: »Macht Euch bereit, Eurem Schöpfer gegenüberzutreten!«

Mit einem lauten Klirren treffen die Schwerter das erste Mal aufeinander und das ganze Publikum scheint einhellig den Atem anzuhalten.

Selbst ich kann den Unterschied zu dem Auftritt auf dem Weihnachtsmarkt erkennen, obwohl ich keine Ahnung von Schwertkämpfen habe. Vico ist um einiges schneller und bewegt sich viel geschmeidiger als Jeffs damaliger Gegner. Heute erinnert mich der Auftritt eher an einen gefährlichen Tanz als an einen brutalen Kampf. Die Luft scheint zu vibrieren, wenn die Klingen sie zerschneiden, und die Angriffe und Ausweichmanöver folgen so rasch aufeinander, dass man unmöglich erahnen kann, was als Nächstes passieren wird.

Obwohl Jeff nicht müde wird, seinen Gegenspieler als »verweichlichten Halsabschneider« und »Hundsfott« zu beschimpfen, ist irgendwas anders. Kommt es mir nur so vor oder muss Jeff sich um einiges mehr Mühe geben als auf dem Weihnachtsmarkt, um sich seinen Kontrahenten vom Hals zu halten? Oder rede ich mir das nur ein, weil Vico mir vom ersten Augenblick an sympathisch war und ich mir wünsche, dass Jeff ihn für einen ernst zu nehmenden Gegner hält?

Auf jeden Fall sind Vicos präzise, energische Bewegungen ebenso beeindruckend wie Jeffs Kraft und Ausdauer. Doch auch sein ganzes Können bewahrt den angeblichen

Kaufmann nicht davor, auf eine Finte seines Gegners hereinzufallen. Kurz gerät Vico aus dem Takt und das reicht schon. Jeff wirbelt herum, und ehe irgendjemand versteht, wie das passieren konnte, hat mein Herr Vicos Deckung unterlaufen und sein Schwert zielt auf die Brust des Freundes.

»Stirb, du Tunichtgut!«, donnert Jeff.

»Oh, bitte, edler Räuber, verschont mein Leben! Ich habe Frau und Kinder!«, jammert Vico theatralisch und lässt seine Waffe zu Boden gleiten. Dann überreicht er Jeff mit einer tiefen Verbeugung den Geldsäckel, den mein Herr huldvoll entgegennimmt, ehe er seinem Freund die Hand reicht. Dann ziehen die beiden die Schutzmasken vom Gesicht und verneigen sich Seite an Seite vor dem begeisterten Publikum. Wieder glaube ich, einen amüsierten Ausdruck auf Vicos Gesicht zu entdecken, während Jeff immer noch ernst dreinblickt. Und dann passiert es. Vico sieht mich direkt an. Jetzt lächelt er eindeutig und dann zwinkert er mir zu, ehe die beiden die Bühne verlassen.

Mein Herz hämmert und ich spüre, wie die Hitze in mein Gesicht steigt. Denn während Markus und ein paar weitere junge Männer die Instrumente wieder auf die Bühne tragen, stehe ich plötzlich im Mittelpunkt der Aufmerksamkeit einiger Konzertbesucherinnen, die mich mit neidischen Blicken bedenken und mit ihren Freundinnen tuscheln, während sie in meine Richtung schielen.

Wenn die wüssten! Nicht ich persönlich bin es ja, die Vico interessiert, sondern diese neue Welt von Dominanz und Unterwerfung, die Jeff ihm zeigen will.

Dennoch: Abstoßend findet Jeffs Freund mich definitiv nicht. Jetzt bin ich mir sicher, dass auch er mich will. Als Sub natürlich nur, aber das macht nichts, denn inzwischen habe ich akzeptiert, dass die Sub ein wesentlicher Teil von mir ist.

Nach Jeff gibt es also noch einen Mann, der sich für mich interessiert. Noch einen Mann, von dem ich normalerweise nie erwartet hätte, dass er mich auch nur eines zweiten Blickes würdigt. Ich könnte nicht glücklicher sein.

Kapitel 14

VICO

26. Januar 2006, München-Schwabing

»Echt cool, dass ihr mit zu Franz kommt. Kurz vor einer Premiere ist er kaum zu ertragen«, sage ich.

»Hmpf, passt schon«, entgegnet Jeff wortkarg und steuert zielsicher den Ausgang Schellingstraße an, während sich die Masse der Studenten auf dem U-Bahn-Steig vor ihm teilt wie einst das Meer vor Moses.

Ich grinse vor mich hin. Der Kontrast zwischen meinem Leben zu Hause und der Zeit, die ich mit Jeff verbringe, amüsiert mich stets aufs Neue. Während es bei Jeff immer schon um Kontrolle ging, verliert bei uns daheim alle naselang jemand selbige, in der Regel Francine. Während Jeff jegliche Gefühlsregung als sentimentalen Quatsch abtut, kochen in unserem Bungalow die Emotionen ständig über. Wobei ich mir inzwischen allerdings so gut wie sicher bin, dass Francine die Dramen, die sie regelmäßig vom Zaun bricht, insgeheim genießt.

Umso verwunderlicher, dass es ausgerechnet mein bester Freund ist, der dafür sorgt, dass ich seit Tagen wie in einem Rausch lebe. Seit ich so gut wie jede freie Minute mit Jeff und Sheryl verbringen darf. Irgendwann wird mein Dad oder einer meiner Dozenten noch darauf bestehen, dass ich einen Drogentest mache. Aber was soll ich machen? Ich kriege dieses blöde Dauergrinsen einfach nicht mehr aus meinem Gesicht. Und ganz ehrlich: Das, was Jeff mir zeigt, ist besser als alle bunten Pillen dieser Welt zusammen.

Ich lerne. Niemals war ich ein begierigerer Schüler, nicht einmal in dem Moment, als ich als Bub mit offenem Mund das erste Mal in einem der Übungsräume stand, Jeff sein Schwert hervorholte und mir mit seinen unvergleichlich präzisen Bewegungen zeigte, was er mir beibringen konnte. Genauso konzentriert und beherrscht geht er während einer Session vor, lässt keine Sekunde lang Sheryls Wohlergehen aus den Augen und weiß immer genau, was er von ihr fordern kann.

Es ist unbeschreiblich. Dass Sheryl Jeffs Freundin ist und er minutiös festlegt, was ich tun darf und was nicht, stört mich wenig. Zu groß ist meine Sorge, dass ich sie durch einen Fehler womöglich verletzen könnte. Zu begierig bin ich darauf, alles in mich aufzunehmen, was Jeff mich lehrt. Und zu sehr genieße ich jede Sekunde mit ihr, jedes bisschen Kontakt, jedes bisschen Kontrolle und Dominanz. Jeder ihrer Seufzer brennt sich in meine Seele ein und lässt mich ihr noch mehr verfallen.

Wir biegen in eine schmale Querstraße ein und dann stehen wir auch schon vor einem Schaufenster, das mit allerlei Porzellan, Vasen und unendlich vielen getrockneten Kräutern dekoriert ist.

»Benimm dich gefälligst!«, brummt Jeff, bevor er die schmale Glastür aufdrückt.

Ich verdrehe hinter seinem Rücken die Augen. Als hätte ich vorgehabt, Sheryl vor ihrer Großmutter in Verlegenheit zu bringen, indem ich sie mit dem wilden Zungenkuss begrüße, der inzwischen zu einem Ritual zwischen ihr und mir geworden ist, wenn wir uns auf dem Dachboden der Schule treffen. Mensch, Jeff, ich bin kein kompletter Idiot!

Der Laden ist klein, geradezu winzig, und vollgestellt bis ins letzte Eck. An den Wänden drängen sich Regale, jedes Fach ist bis zum Anschlag gefüllt mit allerlei Töpfchen, Tiegeln und Teedosen, auf Holztischen werden Flaschen, Gläser und Geschenkkörbe präsentiert, zwischen den Tischen stehen große Leinensäcke, gefüllt mit Tannenzapfen und getrockneten Beeren. Sogar von der Decke hängen zahlreiche Kräuterbüschel herunter und sorgen dafür, dass es in dem kleinen Geschäft riecht wie auf einem türkischen Basar. Staunend folge ich Jeff. Der Holzboden unter meinen Füßen knarrt warnend, doch zu spät – ich renne fast in ein riesiges Bündel verstaubten Farns hinein.

»Entschuldige!« Sheryl taucht hinter einem Teeregal auf und der melodische Klang ihrer Stimme lässt mein Herz ein wenig schneller schlagen. »Ich weiß gar nicht … Ständig ist das im Weg … aber Oma …«

Wie immer legt sich ihre Aufregung, als Jeff hinter sie tritt und beruhigend ihren Arm drückt. Schade, dass er mir ums Verrecken nicht verrät, wie er das macht.

»Meine Oma will sich einfach nicht von dem Büschel trennen, dabei ist es allen Besuchern des Ladens im Weg«, erklärt Sheryl.

»Der Farn wartet. Irgendwann wird der richtige Kunde für ihn kommen.«

Die Stimme gehört einer Frau, die hinter einer altmodischen Registrierkasse steht. Sie ist ein wenig kleiner als Sheryl, wirkt aber trotz ihres Alters genauso anmutig wie ihre Enkelin. Ihr Haar ist schlohweiß und ihr Gesicht von so vielen Lachfältchen verziert, dass man sie einfach anlächeln muss.

»Da haben Sie völlig recht«, sage ich galant, ohne groß darüber nachzudenken. »Ich glaube, heute ist genau dieser Tag!«

»Du willst dir doch keinen Farn in dein Zimmer stellen«, stöhnt Jeff, während Sheryls Oma misstrauisch die strahlend blauen Augen zusammenkneift, die ebenfalls fatal an ihre Enkelin erinnern.

»Sei nicht albern«, gebe ich gelassen zurück, »dort würde der Farn überhaupt nicht richtig zur Geltung kommen. So ein Objekt braucht einen weitläufigen, offenen Raum, um seine ganze Wirkung entfalten zu können!«

Jeff verdreht die Augen, aber Sheryls Oma lächelt mich entzückt an und auch Sheryl sieht glücklich aus.

»Möglicherweise ist der Farn ja doch etwas für Sie, junger Mann«, sagt die Großmutter gnädig.

»Ganz sicher!«, bekräftige ich. »Die geschickte Platzierung von Dekorationsobjekten sorgt dafür, dass auch große, hohe Räumlichkeiten gemütlich wirken, und lockert zudem starre Grundmuster auf.«

So etwas in der Art hat jedenfalls Dad gesagt, als wir das erste Mal unseren Bungalow betraten und er sofort beschloss, dass die Einrichtung, die aus den Fünfzigerjahren stammen musste, ausnahmslos rausfliegen würde, auch wenn sein Großvater die Möbel ausgesucht hatte. Dann legte er den Kopf schief und sah mich fragend an, als wollte er sich vergewissern, dass mir klar war, dass wir unverschämtes Glück hatten, so ein Haus zu besitzen und es nach unserem Geschmack einrichten zu können.

Das weiß ich natürlich. Ebenso wie ich weiß, dass Menschen mit unserem Glück auch etwas zurückgeben sollten, und sei es nur eine Kleinigkeit. Wie zum Beispiel zwei Damen von einem staubigen Objekt zu befreien, das sie offenbar loswerden, aber nicht wegwerfen wollen.

»Ich weiß schon genau, wo wir es hinstellen«, behaupte ich.

»Wahrscheinlich in die Waschküche – als Sichtschutz«, murmelt Jeff in meinem Rücken und ich verschlucke mich fast an meinen nächsten Worten.

Himmel, wenn ich einen guten Eindruck machen soll, sollte Jeff die Witze lassen – vor allem *solche* Witze! Aber irgendwie schaffe ich es dann doch noch, mit Sheryls Großmutter die Lieferung zu verabreden. Schließlich will ich nicht mit einem riesigen Büschel Farn in Francines Garderobe auftauchen.

Wohin wir uns nun, zusammen mit Sheryl, zum Glück auf den Weg machen, bevor noch jemand auf die Idee kommt, mich zu fragen, wo genau ich die verdorrten Gräser aufstellen möchte. Ich hoffe, Dad fällt was dazu ein. Stattdessen erzähle ich Sheryl lieber von Francine, während wir zu dritt in Richtung Münchner Freiheit laufen – wobei wir sämtliche Gehwege blockieren, schließlich halten sowohl Jeff als auch ich eine von Sheryls Händen.

»Wir lernten Francine – oder Franz, wie sie mit bürgerlichem Namen heißt – kennen, kurz nachdem wir in München angekommen waren. Ihr Theater stand vor dem Aus, sie war wegen Mietschulden aus ihrer Wohnung geflogen und hauste in ihrer Garderobe. Dad lud sie ein, vorübergehend in eines unserer neuen Gästezimmer zu ziehen, und half auch dem Theater finanziell wieder auf die Beine. Woraufhin Francine sich unsterblich in ihn verliebte«, erzähle ich und seufze. »Da Dad diese Gefühle nie erwiderte, wäre es für beide wahrscheinlich besser gewesen, wenn sie etwas mehr Abstand zueinander gehalten hätten.«

Doch Dad schickte sie nicht fort. Weil Francine es schaffte, das Vertrauen des kleinen Jungen zu erringen, der ich damals noch war. Und bevor ich Jeff traf, war sie die Einzige, mit der ich neben Dad über den Tod meiner Mutter sprechen konnte. Und vor allem die Einzige, mit der ich reden konnte, wenn ich wütend auf Dad war. Ich glaubte, mir stünde es nicht zu, mit ihm zu streiten. Schließlich hatte er mich nicht nur gefunden und bei sich aufgenommen, sondern wir waren auch noch ganz selbstverständlich nach München gezogen, damit ich mit genügend räumlichem Abstand zu den Ereignissen in Italien aufwachsen konnte, die mir noch immer Nacht für Nacht den Schlaf raubten.

»*Sei nicht albern*«, sagte Francine immer, wenn ich mal wieder den Kopf wegen meiner vermeintlichen Undankbarkeit hängen ließ. »*Dein Dad ist nicht Gott, auch wenn er ein wunderbarer Mann ist. Es ist in Ordnung, wenn er dich hin und wieder nervt, und ein kleiner Streit hat noch niemandem geschadet.*

Solange du bereit bist zuzugeben, dass du dich manchmal auch wie ein sturer Depp benimmst, ist alles okay.«

Davon erzähle ich Sheryl allerdings nichts. Schlimm genug, dass sie inzwischen wahrscheinlich gespannt hat, dass ich ebenso wenig Ahnung davon habe, was einen Dom und eine Sub auszeichnet, wie sie. Da muss ich ihr nicht auch noch mein Kindheitstrauma unter die Nase reiben.

»Voilà, wir sind da«, sage ich stattdessen, führe die beiden in den Hinterhof, von dem aus man zu dem Personaleingang des Theaters gelangt, und schließe die Tür auf. Nun muss sogar Jeff über Sheryls enttäuschtes Gesicht grinsen, als sie die langweiligen, funktionalen Flure sieht. Scheinbar hat sie mit etwas mehr Glamour gerechnet.

Glamour gibt es in Francines Garderobe allerdings reichlich. Als Leiterin des Theaters hat sie sich einen eigenen Ankleideraum gesichert und diesen selbstverständlich nach ihrem eigenen Geschmack dekoriert. Die Wände zieren gerahmte Bilder von Rita Hayworth, Elisabeth Taylor, Greta Garbo und Ingrid Bergman. Mehrere Garderobenständer sind nötig, um Francines Kostüme aufzunehmen. Ein ganzes Regal beherbergt Styroporköpfe mit den unterschiedlichsten Perücken. Über allem hängt eine dichte Wolke aus schwerem Parfüm und Talkumpuder.

Francine sitzt an dem perfekt ausgeleuchteten Schminktisch, trägt bereits eine Perücke mit aufwendig toupierten blonden Haaren und ist gerade dabei, ihr Make-up zu vollenden.

»Gott sei Dank, Junge, dich schickt der Himmel! Ich bin ein nervliches Wrack!«, verkündet sie, als ich vorsichtig den Kopf in den Raum stecke.

»Kann ich dir jemanden vorstellen?«, frage ich, ohne darauf einzugehen.

»Wenn es jemand ist, der auch nur den Hauch einer Ahnung davon hat, was Textsicherheit und richtige Einsätze bedeuten, nur herein!«, ruft Francine, um gleich darauf pathetisch in ihren Stuhl zurückzusinken und zu verkünden: »Ach, Junge, was rede ich denn da! Ich brauche keine neuen Schauspieler, ich brauche ein Wunder!«

Dabei presst sie sich exaltiert einen Handrücken an die Stirn. Äußerst vorsichtig allerdings, damit das Make-up keinen Schaden nimmt. Typisches Francine-Drama.

»Ich könnte dir einen Prosecco einschenken«, schlage ich vor und steuere den winzigen Kühlschrank in der Ecke an.

»Ach ja«, sagt Francine schwach.

Dann entdeckt sie Jeff und Sheryl, die ein wenig unschlüssig im Flur stehen.

»Oh, du hast mir jemanden mitgebracht. Sag das doch, Junge! Schön, dich zu sehen, Jeff. Und die Schönheit an deiner Seite ist ...?«

»Das ist Jeffs Freundin, Sheryl«, sage ich und entkorke routiniert die Proseccoflasche.

»Wie wunderbar! Kommt doch rein und trinkt einen Schluck Prosecco mit mir«, zwitschert Francine, doch dann wirft sie mir einen so scharfen Blick zu, dass ich fast etwas verschüttet hätte.

Ich gucke genauso zurück. Schließlich bin nicht ich es, der seit Jahren immer wieder im Gästezimmer des Mannes unterschlüpft, der meine Liebe nicht erwidert, also sollte sie sich besser jeden Kommentar sparen, was die Beziehung zwischen Sheryl, Jeff und mir angeht. Zwischen Sheryl und mir läuft es sicher nicht auf »verliebt, verlobt, verheiratet« hinaus. So what?! Ob ich so was will, weiß ich eh noch nicht. Aber bei einer Sache bin ich mir ganz sicher: Was Jeff und Sheryl mir geben, ist besser als alles, was ich jemals erlebt habe.

Zum Glück ist der komische Moment schnell wieder vorbei. Ausführlich erklärt Francine uns ihr neues Programm und wie immer ist ihre Begeisterung ansteckend, obwohl sie sich ausführlich darüber beschwert, dass offenbar keiner von der Truppe seinen Text kann, alle ständig ihren Einsatz verpassen und der beste Techniker die Grippe hat – alles nur, um Francine in den Wahnsinn zu treiben, wenn man ihr glauben darf.

Was ich nicht tue. Dafür kenne ich sie schon zu lange.

»Der Einzige, auf den ich mich verlassen kann, ist mein Zorro! Aber was soll man sonst von einem Superhelden erwarten, nicht wahr, Hübsche?«, fragt Francine Sheryl und die errötet verlegen.

Zum Glück ertönt ein Gong, bevor wir dieses Thema weiter vertiefen können. Francine springt auf.

»Ach, wie schade – gerade, wo wir so schön plaudern! Ich muss los. Trinkt ihr nur in Ruhe aus und fühlt euch hier wie zu Hause, ja?«, zwitschert sie, zwängt ihre Füße in atemberaubend hohe Pumps und stöckelt winkend davon. »Danke für deinen Besuch, Junge! Ich weiß nicht wieso, aber ich glaube fest daran, dass du mir Glück bringst!«

Ich proste ihr zu, doch da klappt auch schon die Tür hinter Francine zu.

»Puh!«, sagt Sheryl und traut sich, den ersten Schluck aus ihrem Proseccoglas zu nehmen. »Ist es bei euch zu Hause auch so?«

»Schlimmer!«, sage ich und zwinkere ihr zu. »Ich kann mich an keinen Abend in letzter Zeit erinnern, an dem wir weniger als fünf Gäste hatten. Auch wenn nicht alle so exzentrisch waren wie Francine.«

»Was hast du eigentlich damit gemeint, dass Vico den Farn in die Waschküche stellen soll, Jeff?«, will Sheryl als Nächstes wissen. »Machst du das wirklich, Vico?«

Bevor ich das vehement abstreiten kann, sagt Jeff: »Sicher nicht. Unser Freund steht auf den Nervenkitzel, dass er jederzeit beim Vögeln erwischt werden könnte.«

Sheryl errötet ganz entzückend, während mir hoffentlich eine unbewegte Miene gelingt.

»So wie hier. Jeden Moment könnte dieser Zorro hereinkommen und seine Maske suchen«, redet Jeff unbeeindruckt weiter und zeigt auf die Augenbinde, die auf Francines Tisch liegt. »Aber die Vorstellung heizt unserem Freund erst richtig ein, nicht wahr, Vico?«

»Wirklich?«, flüstert Sheryl und sieht mich mit weit aufgerissenen Augen an.

Scheiße! Das wars wohl mit der unbewegten Miene. Falls mein Ständer mich nicht sowieso schon verraten hat.

»Solltest du dich also nicht lieber bei Vico dafür bedanken, dass er euch diese Scheußlichkeit abgekauft hat, anstatt darüber zu sinnieren, was zum Teufel er damit anstellen will?«

Sheryls Lippen beben, bevor sie zögernd nickt. Mein Hals ist wie zugeschnürt und unsicher blicke ich zu Jeff. Von mir aus könnte eine ganze Armee von Zorros hier durchmarschieren, solange mein Schwanz wenigstens in ihre Nähe kommt. Aber ist er es nicht, der mir ständig predigt, ich dürfe nichts tun, was Sheryl zuwider sein könnte?

»Nur zu, mach sie scharf«, sagt er lautlos.

Echt jetzt? Jeff ist einer der wichtigsten Menschen in meinem Leben, als Lehrer ebenso wie als Freund. Jahrelang hat er sich mit mir herumgeplagt, bis er aus dem schmächtigen Knaben nicht nur einen annehmbaren Schwertkämpfer gemacht hat, sondern auch einen Mann, der seine Wutanfälle beherrschen kann. Alles, was er je dafür verlangt hat, war mein Gehorsam, solange ich ein Schwert in der Hand halte – und seit Neuestem auch dann, wenn wir mit Sheryl spielen.

Zu tun, was Jeff verlangt, fiel mir immer leicht, zumal er den strengen Lehrer immer in der Kampfschule zurückließ und mir stets ein echter Freund war, sobald das Training zu Ende war. Doch zum ersten Mal in all den Jahren bin ich mir nicht sicher, ob ich mich nicht lieber widersetzen sollte. Nicht, weil ich nicht will. Aber eine Session in Francines Garderobe? Ist das wirklich Sheryls Ding?

Ich drehe meinen Kopf wieder zu ihr und lasse die Maske des selbstbewussten Doms fallen und sehe ihr tief in die Augen. Ich begehre sie, wie ich es jede Sekunde des Tages tue, seit ich sie das erste Mal gesehen habe. Aber ich werde nichts tun, was sie nicht auch von Herzen will.

Ihre Pupillen weiten sich. Keine Frage, sie erkennt, was in mir vorgeht. Sie kann sehen, wer ich wirklich bin. Jemand, der sich nicht anmaßt zu wissen, was sie braucht. Nehme ich ihr nun die Sicherheit, nach der sie sich sehnt?

Doch sie nickt erneut. Lächelt mich sogar ein klein wenig an. »Komm her, Sheryl!«, sage ich rau.

Anmutig stellt sie ihr Glas weg, kommt zu mir und bleibt direkt vor mir stehen. »Vico?«

»Victorio!«, sage ich streng und sofort senkt sie den Blick.

»Victorio«, flüstert sie und ihr Tonfall jagt mir einen wohligen Schauer über den Rücken. Wenn sie so weitermacht, brauchen wir uns keine Gedanken um Zorros zu machen – denn dann wird das hier verdammt schnell vorbei sein.

Ein letztes Mal kreuzt mein Blick den von Jeff. Er grinst ziemlich süffisant, als hätte auch er meine Unsicherheit bemerkt, dann nickt er mir ebenfalls aufmunternd zu. Mehr Hinweise bekomme ich heute wohl nicht. Verdammt, ich hasse es, unvorbereitet einer Prüfung unterzogen zu werden. Aber dass es mich nicht scharfmacht, kann ich nun wirklich nicht behaupten. Zeit, dafür zu sorgen, dass es auch Sheryl so geht.

Kapitel 15

SHERYL

26. Januar, München-Schwabing

Das Blut rauscht durch meine Adern. Nicht nur, dass wir hier, in der Garderobe von Vicos Freundin – oder muss es Freund heißen? – etwas machen und es mich ebenso erregt wie Vico, dass wir jederzeit überrascht werden könnten. Nein, er hat mir zusätzlich einen Blick auf den Mann hinter dem nonchalanten jungen Kerl geschenkt, für den ich ihn bisher hielt.

Ausgerechnet Vico, der nicht nur klug ist und gut aussieht, sondern auch Geld wie Heu hat und es irgendwie schafft, Dinge, die mit Geld zu regeln sind, auch mit Geld zu regeln, ohne dabei wie ein dämlicher Angeber zu wirken. So wie heute. Als könnte Vico sich keine bessere Deko leisten als einen ollen, staubigen Farn, der zudem dank der diversen Kollisionen mit unseren Kunden schon ein wenig gerupft aussieht.

Aber eben war da ein ganz neuer Ausdruck in seinem Gesicht. Ein unruhiges Flackern in den Augen, ein kaum sichtbares Stirnrunzeln, während er seine Unterlippe ein wenig zwischen die Zähne zog. Ein Hauch von Verlegenheit in seiner Miene, als sei er sich nicht sicher, wie weit er jetzt und hier gehen kann und soll.

Mein Herz fliegt ihm voller Dankbarkeit zu. Dass er mir erlaubt hat, ihn so zu sehen, erschüttert mein Vertrauen in ihn kein bisschen. Im Gegenteil, es zeigt mir nur, dass er es nicht zulassen wird, dass hier irgendetwas passiert, was mich verletzen könnte.

Dabei bin ich mehr als bereit, mich auf dieses gefährliche Spiel einzulassen.

»Es macht dich also an, wenn jeder sehen kann, dass ich mit dir machen darf, was ich will?«, raunt Vico in mein Ohr, während er langsam um mich herumgeht, mich mit seinen Blicken förmlich auszieht.

»Ja, Victorio«, sage ich atemlos.

»Soso«, sagt er, hält hinter mir an und beginnt unendlich langsam, den Reißverschluss meines Kleides zu öffnen. Ein Schauer nach dem anderen läuft mir über den Rücken. Sein Atem in meinem Nacken, seine Finger, die spielerisch über die Haut huschen, dort, wo der lästige Verschluss sie schon freigegeben hat, die Aufregung darüber, dass gleich etwas passieren wird … Doch alles, was passiert, ist, dass Vicos Fingerspitzen zärtlich meinen leider immer noch bekleideten Körper erkunden. Zärtlich und ausdauernd. Ich stehe längst in Flammen, als Vico endlich – endlich! – das Kleid über meine Schultern streift. Es segelt zu Boden und offenbart, dass ich nichts darunter trage. Ich habe die bittersüße Folter, zu der Vico das Ausziehen immer macht, indem er es endlos in die Länge zieht, hinter mir. Ich bin heilfroh darüber – und gleichzeitig doch auch enttäuscht, weil es schon vorbei ist. Von Vico ausgezogen zu werden, ist immer etwas Besonderes, weil er stets den Eindruck erweckt, als packe er ein wunderbares, unerwartetes Geschenk aus. Ich wimmere sehnsüchtig, wünsche mir so, ihn zu berühren, von ihm berührt zu werden, warte begierig auf seine Erlaubnis, ihn wenigstens küssen zu dürfen.

»Sieh an«, murmelt er. »Schon vergessen, dass jederzeit die Tür aufgehen und jemand dich so sehen könnte? Oder hoffst du sogar darauf?«

Meine Ohren glühen. Bloß nicht! Obwohl … Vielleicht … Ich weiß nicht!

»Sheryl!« Schon schlingt Vico seine Arme von hinten um mich, fesselt mich mit seinem Körper an ihn, drückt mir fast die Luft ab und doch gibt er mir so den Halt, den ich brauche, um die Wahrheit zu gestehen: »Ja, Victorio, ich wünschte, es wäre so!«

»Zu spät, unartige, kleine Sub«, raunt er. »Wer dem Dom nicht willig antwortet, wird bestraft, das weißt du doch.«

Ich erschrecke ein wenig, doch dann erinnere ich mich daran, dass mein Herr uns sicher keinen Moment aus den Augen lässt. Doch bevor ich den Gedanken zu Ende führen kann, was Jeff wohl erlauben wird und was nicht, hat Vico mir schon die Zorro-Maske über den Kopf gezogen. Ich stoße einen kleinen, erschrockenen Schrei aus, denn die Maske sitzt nicht etwa so rum, wie der Schauspieler sie wahrscheinlich trägt, ich kann spüren, dass sich die Schlitze für die Augen an meinem Hinterkopf befinden, während ich nun rein gar nichts mehr sehe.

»Tja, kleine Sub, in den bewundernden Blicken werde ich mich nun allein sonnen«, sagt Vico spöttisch, aber ich kann den liebevollen Unterton in seiner Stimme hören. Oh, verdammt, er weiß genau, dass es mich weit mehr anmacht, mir vorzustellen, dass die Blicke von wem auch immer auf mir ruhen, als wenn es tatsächlich so wäre. Nun, es sieht nicht so aus, als wolle Vico mich alsbald aus dieser Lage befreien, sodass ich wahrscheinlich alle Zeit der Welt habe, mir auszumalen, dass das ganze Ensemble dieses Theaters an der Tür steht und sieht, wie ich nackt und erregt hier stehe und wie sehr ich es genieße, so behandelt zu werden.

Ich stöhne leise. »Oh Victorio!« Wie konnte er nur jemals annehmen, er könne mich nicht innerhalb von Sekunden in den Wahnsinn treiben? Ich bebe vor Lust und dem Wunsch, ihn zu küssen, ihn zu berühren, doch natürlich tut er nichts, um meine Sehnsucht zu stillen. Im Gegenteil, im Handumdrehen gelingt es ihm, alles noch schlimmer zu machen. Irgendetwas streicht über meinen Körper, kaum spürbar. Was ist das? Ein Schal?

Immer noch blind kann ich nicht erahnen, wo der Stoff – oder was immer es sein mag – mich als Nächstes berühren wird. In einem Moment kitzelt mich das weiche Objekt am Hals, dann umkreist es meine Brüste, huscht über meine Nippel, die längst steinhart sind und sich nach seinen kräftigen Fingern sehnen. Doch die Tatsache, dass ich nichts sehe, lässt mich diese neckenden, zärtlichen Berührungen auch viel intensiver spüren. Hitze steigt in mir auf, breitet sich in meinem ganzen Körper aus, bis ich glaube zu glühen.

Als der Stoff unvermittelt die Innenseite meiner Oberschenkel streift, knicken mir fast die Beine weg. Victorio merkt es, natürlich tut er das. Seine kräftigen Hände packen mich, heben mich hoch. Ich quietsche höchst undamenhaft auf, als ich auch schon eine glatte Fläche unter meinem Hintern spüre. Der Kühlschrank! Ich sitze auf dem winzigen Kühlschrank. Perfekt zur Schau gestellt für jeden, der hereinkommt. Oder ist längst jemand hereingekommen?

»Spreize deine Beine, kleine Sub!«, raunt Vico. »Lass alle sehen, wie geil du bist!«

Mein Herz klopft wie verrückt. Ich gehorche, schäme mich ein wenig, dass es genau so ist, und genieße das Gefühl dennoch so sehr. Diesmal umkreist das weiche Etwas meine Knöchel, wandert mein Bein hoch und ich bekomme langsam eine Ahnung, was es sein könnte: eine der Federboas, die an den Garderobenständern hingen! Das muss es sein. Nie hätte ich gedacht, dass solch ein Gegenstand süße Qual und wunderbare Erregung zugleich schenken kann.

Vico lässt sich Zeit, spielt mit mir, mit meinem unbändigen Verlangen nach mehr, angeheizt von dem Wunsch und der gleichzeitig existierenden Angst davor, dass irgendjemand hier hereinplatzen könnte.

Dann verschwinden die Federn und ich spüre Vicos Atem auf meiner Haut. Wie die Federboa wandert sein Mund vom Knöchel aus nach oben, ohne dass er mich auch nur flüchtig berührt.

»Oh, bitte!«, stöhne ich. Ich kann mich einfach nicht beherrschen, wohl wissend, dass es mir rein gar nichts helfen wird, im Gegenteil. Ungeduldig wölbe ich meine Hüfte nach vorne, in dem verzweifelten Versuch, eine Berührung zu provozieren, die mir wenigstens ein bisschen Erleichterung verschaffen könnte. Da sich mein Oberkörper dabei nach hinten neigt, spüre ich nun auch, was mein Unterbewusstsein die ganze Zeit schon gewusst haben muss, werde ich doch schon eine geraume Zeit von diesem wunderbaren Geruch nach herbem Aftershave und Leder eingehüllt. Jeff steht direkt hinter mir.

»Herr!«, seufze ich sehnsüchtig.

Doch Jeff tut nichts, lässt es zu, dass Vico weiter mit mir spielt, meine Lust immer weiter schürt und nichts unternimmt, um mich zu erlösen.

»So heiß!«, raunt Vico und pustet zwischen meine Beine, als wäre ich ein Kind, dass sich die Finger verbrannt hat. Doch für die Hitze zwischen meinen Beinen sind einzig diese beiden Männer verantwortlich!

»Bitte!«, versuche ich es erneut.

»Was willst du, Sheryl?«, raunt Jeff in mein Ohr. »Soll ich Vico erlauben, deine Lust zu schmecken?«

»Oh ja«, stöhne ich aufgeregt. »Das will ich!«

Ja, bitte, Vicos Zunge! Oder noch lieber seinen Schwanz – tief in mir!

Ich habe den Gedanken noch nicht zu Ende gedacht, da schäme ich mich bereits dafür. Ist es doch nur Jeff, dem ich ganz gehören will, ist es doch nur Jeff, den ich aus tiefstem Herzen liebe. Ist es das, was er mir zeigen wollte? Dass Lust und Liebe nicht dasselbe sind?

Dass mein Fehler ganz woanders liegt, merke ich, als Jeff seine Zähne brutal in die Haut meiner Schulter gräbt.

»Ich erlaube es *nicht*!«, knurrt er dunkel.

Oh, verdammt! Natürlich. Nicht ich habe zu bestimmen, was passiert, es sei denn, ich will abbrechen. Ansonsten habe ich zu nehmen, was sie gewillt sind, mir zu geben. Genau das ist es, was ich hätte sagen sollen.

»Entschuldige, Herr!«, schluchze ich, doch da beißt er bereits heftig in meine linke Brust. Zwar lässt mich der Schmerz noch lauter schluchzen, doch er fährt mir auch direkt zwischen die Beine, lässt meine Muschi pulsieren.

»Herr! Victorio!«, bettle ich, doch Jeff saugt ungerührt meinen Nippel zwischen seine Zähne und löst damit eine noch heftigere Explosion aus Schmerz und Lust aus. Und Vico umschließt mit seinen kräftigen Händen meine Schenkel, hält sie unnachgiebig gespreizt. Bittersüße Qual und dringend benötigter Halt zugleich.

»Oh … bitte!«

Ich bin mir nicht einmal mehr sicher, um was ich bitte. Eine von Jeffs großen Händen löst die von Vico ab, die meinen rechten Schenkel an Ort und Stelle hält. Immer noch meines Augenlichts beraubt, fühle ich alles viel intensiver, besonders da ich keine Ahnung habe, was die beiden vorhaben.

»Erlaubnis zu kommen«, knurrt Jeff und seine Finger bohren sich kraftvoll in die weiche Haut meines Schenkels.

»Was?«, hauche ich schwach, doch schon klemmen seine Zähne meinen anderen Nippel ein, halten ihn unnachgiebig fest. Der Schmerz, den er damit auslöst, verwandelt meinen Körper in eine gespannte Bogensehne, die kurz vor dem Zerreißen steht. Oder vor einer Explosion? Ich stöhne. »Mehr!«, bettle ich. Was nützt mir die Erlaubnis, so wird das nichts! Oh, bitte … bitte!

Dass Jeffs Bemerkung ebenso Vico wie mir gegolten haben könnte, merke ich in dem Moment, als eine Ladung klebrigen, warmen Spermas auf meinem Bauch landet. Ich biege meinen Rücken noch weiter durch, wimmere lauter. Oh, was für eine Verschwendung! Warum hat er seinen Schwanz nicht wenigstens in meinen Mund geschoben? Mir wenigstens erlaubt, ihn zu schmecken, wenn umgekehrt schon nichts daraus wird? In dem Moment, in dem mir ein enttäuschter Laut entkommt, gibt Jeff meine Brustwarze wieder frei.

Was den Schmerz nicht beendet. Im Gegenteil. Wie ein Blitz fährt ein neuer, unnachgiebiger Stich durch meinen Körper, lässt ihn unkontrolliert zucken. Mein Unterleib bebt, als wäre er ein Vulkan, der nach Jahren ausbrechen will. Ist es Vicos oder Jeffs Mund, der meinen Schrei auffängt?

Jeffs! Es ist Jeffs! Oh ja! Flieg mit mir, Herr!

Kapitel 16

JEFF

26. Januar, München-Schwabing

Obwohl ich der Einzige bin, der nicht mit den Nachwirkungen eines Orgasmus klarkommen muss, so ist es doch Vico, der sich als Erster erholt, während ich immer noch die halb weggetretene Sheryl im Arm halte und nicht glauben kann, welch wunderbares Geschenk sie mir gemacht hat.

Träge sehe ich dabei zu, wie Vico sich mithilfe einer Box Kleenex und einiger Feuchttücher, von denen sich zum Glück einige auf Francines Schminktisch finden, zuerst selbst sauber macht, seine Hose schließt und dann damit beginnt, langsam die Spuren seiner Lust von Sheryls Bauch zu wischen.

»Danke, Mann!«, sagt er dabei rau.

Dabei habe ich ebenso viel Anlass, mich bei ihm zu bedanken. Dank seiner Hilfe habe ich Sheryl in eine Situation gebracht, die ich mir besser nicht hätte ausdenken können. Eigentlich habe ich sie nur gebissen, um sie daran zu erinnern, wo während einer Session ihr Platz ist. Dass sie keine Forderungen zu stellen hat, solange wir spielen.

Doch ihre Reaktion darauf hat mich ebenso überrascht wie Sheryl selbst. Oh ja, meine wunderbare Sub ist empfänglich für Lustschmerz. Ich wollte sie, seit ich das erste Mal ihr wunderhübsches Gesicht gesehen habe, aber wie hätte ich ahnen können, dass sie so perfekt für mich ist? Als hätte das Schicksal sie einzig für mich erschaffen. Ich weiß nicht, wie ich das verdient habe, aber ganz sicher werde ich dieses wunderbare Geschenk nicht einfach zurückweisen.

Vielleicht ist das der Grund, weshalb ich gar kein Bedürfnis habe, mit anderen Subs zu spielen? Zu erobern, zu unterwerfen, was ich erobert hatte, schien mir immer ein wesentlicher Bestandteil meiner Sexualität zu sein. Doch jetzt kommt es mir so vor, als wäre das alles schal und schon tausendmal durchlebt. Eine Session ohne Sheryl? Wo bliebe da der Spaß?

Meine wunderbare Sub regt sich, öffnet die Augen wieder. Ihr Blick fällt auf Vico, der inzwischen dabei ist, Francines Garderobe wieder in den ursprünglichen Zustand zu versetzen. »Oh, Victorio, soll ich dir helfen?«

Als ob ich Lust hätte, Sheryl loszulassen. Vico ahnt das natürlich.

»Vico«, korrigiert er sie sanft, dann grinst er frech. »Keine Sorge, Sheryl, ich bin es gewohnt, dass Jeff mich zum Putzen verdonnert.«

Ich muss neidlos anerkennen, dass er den Aufruhr der Gefühle, der sich nach unserem Spiel ganz deutlich in seinem Gesicht abgezeichnet hat, verdammt gut unter Kontrolle bekommen hat. Er beginnt zu verstehen, was einen Dom ausmacht, was das Wesen dieses Spiels ist. Fesseln können befreien, ebenso wie Schmerz und Lust sich vereinigen und zu einem wahren Rausch der Sinne führen können. In Scharen werden die Subs Vico zu Füßen liegen, wenn ich ihn erst fertig ausgebildet habe.

Allerdings interessiert mich Sheryl im Moment weit mehr. Ich brenne darauf, das, was ich da heute entdeckt habe, weiter zu erforschen. Ein Flogger wäre perfekt für den Anfang. Ich werde ihre Hände fesseln, das Seil um einen der Dachbalken schlingen, sodass sie mit über den Kopf ausgestreckten Armen dastehen wird, hilflos ausgeliefert, während ich ihre wunderbare Haut mit zarten Striemen übersäen werde und sie mit dem Flogger bis zu einem unvergesslichen Höhepunkt treibe. Und diesen Anblick werde nur ich genießen. So gern ich Vico dabeihabe, dieser Moment wird allein Sheryl und mir gehören.

Mein Schwanz wird hart, während ich mir die Szene ausmale, und Sheryl regt sich erneut in meinen Armen.

»Herr ... du bist nicht ... Ich könnte dir ... Ja?« Sie leckt sich über die Lippen.

»Nein«, sage ich ruhig, aber mit eindeutig strengem Unterton in der Stimme. Ich drehe ihren Kopf zu mir, um festzustellen, ob sie mal wieder Angebote macht, nur damit ich mir meine Befriedigung nicht anderswo hole, doch sie sieht mich offen und arglos an. Außer dem Wunsch, mir zu Diensten zu sein, kann ich nichts in ihrem Gesicht lesen. Meine süße perfekte Sheryl.

»Ich lasse es dich wissen, wenn du etwas tun sollst«, füge ich knapp hinzu und küsse sie hart. Auch wenn sie mir nur einen Gefallen erweisen will, ich werde nicht zulassen, dass sie auf ihre sanfte, liebevolle Art anfängt zu bestimmen, was läuft und was nicht.

Sie versteht sofort. »Verzeih.« Sheryl lässt den Kopf hängen, doch ich ziehe sie wieder an mich.

»Schon gut. Ein anderes Mal. Du wirst Schmerzen haben und wenig Lust auf irgendwas, wenn du erst ganz runtergekommen bist.«

Verwirrt sieht sie an sich herab und betrachtet mit weit aufgerissenen Augen die Male, die ich auf ihren Brüsten hinterlassen habe, als sei sie sich nicht sicher, wie sie dahingekommen sein könnten.

Vico lacht leise und wickelt sich die reichlich ramponierte Federboa um den Hals.

»Du siehst toll aus, meine Schöne.« Er gibt Sheryl einen kurzen Kuss auf den Mund, dann zwinkert er mir zu. »Ich glaube, ich quatsche noch ein bisschen mit Francine. Eine halbe Stunde habt ihr bestimmt noch.«

»Blödmann!«, knurre ich. Der Depp weiß genau, dass ich überhaupt nicht darauf stehe, von einem Wildfremden mit heruntergelassener Hose erwischt zu werden – und von Francine möchte ich ebenfalls nicht so angetroffen werden. Doch Vico lässt sich von meiner gespielt grimmigen Miene gar nicht beeindrucken. Nun gut, schließlich hat er ja von mir gelernt, wie man sein Gegenüber durchschaut. Da brauche ich mich jetzt wohl nicht zu beschweren.

»Viel Spaß!«, sagt er fröhlich und zieht ab.

»Nun, wenn unser Freund schon so großherzig ist, sollten wir die Gelegenheit nicht ungenutzt verstreichen lassen«, raune ich in Sheryls Ohr, dann zwinge ich sie auf die Knie.

Wollen wir doch mal sehen, ob sie wirklich so scharf darauf ist, dass ich meinen Schwanz in ihren Rachen schiebe – oder ob sie demnächst nicht lieber doch demütig darauf wartet, bis ich ihr eine Anweisung gebe.

Kapitel 17

Vico

26. Januar 2006, München-Schwabing

Francine sitzt wie einst Michael Douglas in *A Chorus Line* im Zuschauerraum und schaut ebenso grimmig drein wie Zach in dem Film. Der einzige Unterschied – neben der Perücke – ist der Laptop, den sie anstelle von Papieren auf dem improvisierten Tisch vor sich stehen hat.

Ich weiß es besser, als sie in diesem Moment zu stören, nehme ein paar Sitze entfernt von ihr Platz und vergrabe meine Nase in der Federboa. Sheryl. Der Geruch ihrer Erregung hängt immer noch zwischen den zarten Federn. Jeff hat mir davon erzählt, dass Schmerz das Lustempfinden bei manchen Menschen extrem steigert, doch niemals hätte ich gedacht, dass es *so* sein würde.

Für sie. Für mich.

»Dein Einsatz, Queenie!« Im Gegensatz zu ihrem Auftritt in der Garderobe ist Francine ruhig und konzentriert, dennoch vibriert ihre Stimme leicht. Scheinbar neigt sich ihre Geduld mit dem Tänzer langsam dem Ende zu. »Und versuche doch bitte, deine Füße dahin zu setzen, wo sie hingehören, bevor du im hohen Bogen von der Bühne segelst!«

Da ich keine Ahnung habe, wohin Queenies Füße gehören, lasse ich meine Gedanken zurück zur letzten halben Stunde wandern. Deren Höhepunkt keinesfalls der Orgasmus war, wie man annehmen könnte. Da war viel mehr.

Aber was ist das bloß? Hätte man mich vor ein paar Wochen gefragt, was der Dom in so einer Beziehung von der ganzen Sache hat, wäre mir noch sonnenklar gewesen, dass er ja den Ton angibt. Dass es die Macht sein muss, die man bei so einer Session über den anderen hat. Die Befriedigung der Wünsche und Fantasien.

Nun ist es allerdings bei Jeff, Sheryl und mir so, dass ich wohl am wenigsten zu melden habe. Zunächst geht es um Sheryls Wohlbefinden und um ihre Bedürfnisse, so seltsam sich das anhört, da diese nicht immer dasselbe sind wie ihre Wünsche, wie heute eindrucksvoll bewiesen wurde. Ihr den Wunsch abzuschlagen, von mir geleckt zu werden, entsprach viel mehr ihrem Bedürfnis, so viel habe ich inzwischen verstanden. Dann ist es natürlich Jeff, der während einer Session den Ton angibt, und irgendwann komme dann mal ich. Meine Lust an der Machtausübung kann es also nicht sein, was mich so fasziniert. Aber was ist es dann?

»War es so besser?«, fragt Queenie von der Bühne herunter.

»Lass es mich mal so ausdrücken: Wenn du nicht die schönste Stimme hättest, die ich jemals gehört habe, würde ich dich direkt vor die Tür setzen«, entgegnet Francine und seufzt verhalten.

Queenie runzelt die Stirn und scheint sich nicht ganz sicher zu sein, ob sie nun gelobt oder getadelt wurde, und grinsend verstecke ich mein Gesicht wieder in der Federboa, während

Francine elegant auf die Bühne klettert und versucht, ihrem Tänzer die Choreografie näherzubringen.

Ob das unerhörte Glück, das ich bei einer Session empfinde, sich wohl weniger intensiv anfühlen wird, wenn ich der Ursache auf den Grund gekommen bin? Nein. Das kann ich mir nicht vorstellen. Wenn es nach mir ginge, könnte es bis in alle Ewigkeit so weitergehen. Ich brauche keine eigene Sub, selbst wenn Jeff irgendwann unerwartet zu dem Schluss kommen sollte, dass ich bereit dazu sei. Was Jeff und Sheryl mir geben, reicht mir vollkommen. Weswegen es mich auch nicht stört, an letzter Stelle zu stehen. Hauptsache, die beiden werden meiner nicht überdrüssig und laden mich weiterhin ein. Da kann ich es locker akzeptieren, dass sie jetzt bestimmt vögeln, ohne mich. Stört mich nicht. Echt nicht. Okay, fast nicht.

Ich lenke meine Gedanken wieder auf die Frage, wie es kommt, dass mir das Spiel mit Sheryl so viel gibt. Schräge Sexpraktiken sind durchaus ein Thema, das im Hause D'Vergy häufig zur Sprache kommt, aber mal abgesehen davon, dass ich mir immer sicher war, Jungs und Mädels gleichermaßen sexuell attraktiv zu finden, kam ich mir eigentlich nie besonders außergewöhnlich vor. Seltsam.

»Hingabe ist eine Gabe. Eine Gabe und ein ganz besonderes Geschenk für den Empfänger.«

Ich fahre hoch und bin einigermaßen erstaunt, dass die Probe offenbar schon vorbei ist, Francine direkt vor mir steht und mit mir redet. Und nicht nur das. Francine kennt offenbar die Antwort auf meine Frage, die ich gar nicht laut gestellt habe.

»Dir ist aber hoffentlich klar, dass du mit dem Feuer spielst, Junge?«

»Kein Vortrag, bitte!«, sage ich und stöhne gespielt entnervt. Doch Francine schüttelt nur traurig den Kopf.

»Du wirst einen von beiden verlieren«, sagt sie ernst.

»Unsinn! Ich habe das im Griff.«

»Zeig mir einen Mann, der glaubt, die Liebe im Griff zu haben, und ich zeige dir einen einsamen Menschen«, entgegnet Francine.

»Keine Kalenderzitate, sei so gut!«, brumme ich. Was macht denn dieses L-Wort in unserer Unterhaltung? »Wir haben jede Menge Spaß zusammen, sonst nix.«

»Aha«, sagt Francine. »Spaß, der irgendwie mit meiner Federboa zu tun hat?«

Ups!

»Ich kauf' dir eine neue.«

»Geschenkt. Denk lieber daran, dass man mit Geld nicht alles kaufen kann.«

Das weiß ich, verdammt! Wenn das einer weiß, dann ja wohl ich! Und sie sollte wissen, dass ich es weiß.

»Stell dir vor, Dads Vermögen bringt mir weder meine Mutter noch meine Erinnerungen an sie zurück – ist mir schon aufgefallen«, sage ich grantig.

Ach Mann! Wieso bin ich eigentlich plötzlich so sauer? Das war doch ein geiler Nachmittag, oder nicht? Und jetzt schaut mich auch noch Francine an, als wäre ich ein todkranker Welpe.

»Entschuldige, war nicht so gemeint«, nuschle ich. »Ich muss eh gehen. Ich bekomme einen Farn geliefert. Dad kriegt die Krise, wenn er den sieht.«

Stimmt ja. Auf keinen Fall verlasse ich das Theater nun auf dem kürzesten Weg, weil ich wirklich keinen Bock habe, mich mit Francine auseinanderzusetzen. Auf gar keinen Fall! Und dass sie mir ein »Pass auf dich auf, Junge!« hinterherruft, habe ich gar nicht gehört!

Kapitel 18

JEFF

29. Januar 2006, München-Au

Die letzten Sonnenstrahlen des Tages fallen durch die Dachgauben und kitzeln mich in der Nase. Neben mir regt Sheryl sich und sofort öffne ich alarmiert die Augen, mustere sie kritisch. Kommt sie schon zurück aus jener Sphäre, in der Schmerz und Lust kaum noch eine Rolle spielen? Doch ihr Gesichtsausdruck ist immer noch entrückt, unbewusst scheint sie sich nur in eine bequemere Lage gebracht zu haben.

Soweit das eben möglich ist, wenn man auf einem Berg aus Seilen liegt.

Ich lächle zufrieden, betrachte die feinen Male, die der dünne Lederriemen und die Fesseln auf ihrer ansonsten makellosen Haut hinterlassen haben. Sie ist so wunderschön, und zu wissen, dass ich allein für diesen intensiven Rausch der Gefühle verantwortlich bin, den sie gerade erlebt, lässt mein Herz sofort wieder schneller schlagen.

Na ja, ganz allein war ich es heute nicht. Mein Blick wandert weiter zu Vico, der keinen Deut weniger selig lächelt als meine Sub und, alle viere von sich gestreckt, neben ihr liegt. Wir beide haben das Spiel heute mit nacktem Oberkörper begonnen, aber irgendwann hat mein Freund sich auch seiner restlichen Klamotten entledigt. Weil ich den Dachboden eingeheizt habe bis zum Anschlag oder weil die Erektion in der engen Lederhose dann doch zu lästig war?

Ich lege eine Hand auf Sheryls Hüfte, streichle sie sanft, lasse meinen Blick jedoch über den Körper meines Freundes schweifen. Natürlich weiß ich, wie er nackt aussieht. Wir trainieren seit Jahren zusammen, und zwar so, dass im Anschluss durchaus eine Dusche angebracht ist. Außerdem ist es als sein Trainer natürlich meine Aufgabe, die Stärken und Schwächen seines Körpers genau zu kennen.

Aber das hier ist etwas anderes. So wie jetzt habe ich Vico sicher noch nie angesehen – *so* habe ich überhaupt noch keinen Mann angesehen. Im Gegensatz zu Vico war mir immer klar, dass ich auf Frauen stehe. Selbst wenn es nur um eine Session ging, bei der Sex kein Thema war, hatte ich noch nie das Bedürfnis, mit einem Kerl zu spielen. Manche Master schwärmen davon, bei den männlichen Subs härter zuschlagen zu können, aber wozu soll das gut sein? Austoben kann ich mich auf dem Kampfboden. Während einer Session bin ich einzig an der Reaktion der Sub interessiert, an ihrer Unterwerfung, meiner Macht über sie. Wie fest ich dafür zupacken muss, ist irrelevant.

Ich muss zugeben, dass Vico so, wie er da liegt, toll aussieht. Seine Haut schimmert in einem hellen, gleichmäßigen Bronzeton, was seine südländische Herkunft verrät. Ich kann ihn mir gut als Gladiator in einer Arena im alten Rom vorstellen, was auch an den wunderbar definierten Muskeln liegen könnte, an denen ich wohl nicht ganz unschuldig bin.

Abgesehen davon legt Vico ziemlich viel Wert auf ein gepflegtes Äußeres, wozu seiner Meinung nach auch das Entfernen sämtlicher Körperbehaarung gehört. Mich schüttelt es innerlich, wenn ich daran denke, welche Methoden Franz – oder Francine – dafür anwendet. Möglicherweise steckt in Vico auch ein kleiner Masochist?

Aber das Ergebnis kann sich sehen lassen. Kein Wunder, dass die Jungs und Mädels ihm scharenweise hinterherrennen. Und jeder Bildhauer oder Maler würde sich bestimmt die Finger danach ablecken, Vico als Model zu gewinnen.

Ich betrachte seinen Penis. Obwohl wir Sheryl längst aus der komplizierten Fesselung, in der wir sie über unseren Köpfen haben schweben lassen, befreit haben und alle ziemlich erschöpft sein sollten, hat er immer noch einen Ständer. Deutlich kann ich das Pochen der dicken Ader an der Rückseite seines harten Schwanzes erkennen, der schön gerade nach oben zeigt.

Es juckt mich in den Fingern, ihn zu berühren. *Warum eigentlich nicht?* Leise, um die beiden anderen nicht aus ihrer Trance zu reißen, stehe ich auf und hole das Körperöl aus meiner Truhe, verteile schon mal ein wenig davon auf meinen Händen und wärme es an, während ich zu den beiden zurückgehe. Ich setze mich neben Vico, sodass ich auch Sheryl im Auge behalten kann, und beginne zunächst damit, an den Seiten seines Körpers entlangzustreichen, ihn dort einzuölen, und genieße dabei das Gefühl seiner glatten, warmen Haut unter meinen Fingern.

Vico zuckt nicht mal zusammen. Einzig ein leiser, wohliger Seufzer verrät mir, dass er mich überhaupt wahrnimmt. Ich streiche über seine Flanken, dann schütte ich noch ein wenig Öl auf meine Hände. Vico spannt seinen Bauch an, als meine Hände darüberwandern, wobei ich sehr genau darauf achte, seinem steifen Schwanz nicht zu nahe zu kommen. Ich umkreise mit meinen Fingern seinen Nabel, verteile noch mehr Öl auf seinen harten Muskeln. Dann lasse ich meine Berührung nach oben wandern, streiche über seine Schultern, die definierte Brust. Sein Atem wird schneller, als ich beginne, mit seinen Brustwarzen zu spielen.

Die Augen immer noch fest geschlossen, stöhnt er leise, nimmt die Arme über den Kopf und packt eines der Seile, als ahne er, dass ich umgekehrt eine Berührung von ihm nicht akzeptieren würde. Obwohl das Blut auch in meinen Schwanz schießt, als seine Lippen nun ein fast unhörbares »Oh, bitte!« formen.

Sheryl regt sich erneut und ihr verschleierter Blick trifft uns. Sie lächelt sanft, beobachtet neugierig, wie ich unseren Freund verwöhne. Ihr Blick schweift bewundernd über seinen glänzenden Körper und bleibt schließlich an Vicos gewaltiger Erektion hängen. Sie leckt sich die Lippen und schielt fragend zu mir, doch ich schüttle den Kopf. Heute gehört er mir.

Sie versteht sofort, schmiegt sich stattdessen an seine Seite, was Vico erneut einen sehnsüchtigen Seufzer entlockt, und fährt zärtlich durch sein Haar, wickelt sich eine seiner dunklen Locken um den Finger.

Ich lasse meine Hände wieder nach unten wandern und werde damit belohnt, dass Vico mir seine Hüfte entgegenwölbt. Sein ganzer Körper fleht nun darum, dass ich seinen Schwanz berühre. Ich lächle.

Das gleiche Hochgefühl wie während einer Session packt mich. Dieses unglaubliche Gefühl der Macht, genau das geben zu können, was meine Sub – oder in dem Fall mein Freund – braucht. Vico wird ein hervorragender Anwalt werden, eines Tages wird er das Erbe seines Vaters antreten und die Verantwortung für viele Menschen tragen. Vielleicht werde *ich* dann zu *ihm* aufsehen. Aber dieses Bild, wie er nackt und glänzend vor Schweiß und Öl vor mir liegt, bebend vor Lust und um Erlösung bettelnd, wird für immer mir gehören.

Sanft knete ich seine Eier, genieße es zu sehen, wie er immer mehr in Ekstase gerät, obwohl ich seinen Schwanz noch nicht mal angefasst habe. Schließlich tue ich ihm den Gefallen, umschließe seine Wurzel mit einer Hand, beginne, sie mit leichtem Druck auf und ab zu bewegen.

Zischend zieht er den Atem ein und seine Augenlider flattern. Doch noch immer lässt er die Augen geschlossen, als wisse er, dass ich es befremdlich fände, wenn er mir dabei zusähe, wie ich ihm einen runterhole. Aber es ist auch nicht nötig, dass ich ihm in die Augen sehe, um zu wissen, wie sehr er genießt, was ich da tue.

Dank des Öls fühlt er sich warm und glitschig und unheimlich gut in meiner Hand an. Ich lasse mir Zeit, schwelge in dem Gefühl, die wachsende Spannung in seinem Körper zu sehen, seine Brust zu beobachten, wie sie sich immer schneller hebt und senkt. Doch auch jetzt vertraut er sich meiner

Führung an, versucht nicht etwa, in meine Hand hineinzustoßen, nimmt an, was ich bereit bin zu geben.

»Mein Gott!«, keucht er und windet sich, immer noch eingeklemmt zwischen Sheryls und meinem Körper.

Oh ja! Heute bin ich dein Gott, Vico. Mit dem Gedanken kann ich mich anfreunden. Sheryl küsst seine Schläfe, schielt fragend zu mir, die Spitze ihrer rosa Zunge erscheint zwischen ihren Lippen.

Ich grinse, weiß ich doch nur zu gut, worauf sie aus ist. Sie küsst einfach zu gerne. »Nur zu«, sage ich tonlos, erhöhe das Tempo und gleichzeitig presst Sheryl ihren Mund auf Vicos.

Womit es um seine Selbstbeherrschung geschehen ist, sollte er sich jemals darum bemüht haben. Sheryl fängt das dunkle Knurren, das irgendwo tief aus Vicos Körper zu kommen scheint, mit ihren Lippen auf, während sein Körper unter meinen Händen zuckt, bis er Schub um Schub seines Spermas auf seinen Bauch spritzt.

Himmel, sicher sah Vico noch nie besser aus als in diesem Moment, da er besudelt, keuchend und verschwitzt zwischen uns liegt. Niemals hätte ich gedacht, dass es mir so viel gibt, ihm einen runterzuholen. Wahnsinn!

Langsam weicht die Spannung aus seinem Körper. Sheryls Blick ruht wieder auf mir. Sehnsüchtig lächelt sie mich an, während ihre Finger wieder gedankenverloren durch Vicos Haar streichen. Ich erwidere ihr Lächeln, lasse Vicos Schwanz los und konzentriere mich ganz auf meine Sub.

Als ahne sie, was mir durch den Kopf geht, lässt sie von Vico ab, dessen Atmung langsam ruhiger wird, lehnt sich zurück und spreizt einladend die Beine.

Warum zum Teufel bin ich eigentlich der Einzige in diesem Raum, der noch eine Hose anhat? Ein Zustand, den ich schleunigst ändern sollte.

Wahrscheinlich wäre es höflicher, Vico zumindest ein Handtuch zu besorgen und ihn nicht einfach so liegen zu lassen, aber wenn ich Sheryl so ansehe, habe ich dazu ja mal gar keine Lust. Außerdem ist Vico bisher auch nicht gerade durch Schüchternheit aufgefallen. Der wird sich schon melden, wenn er Aufmerksamkeit braucht.

Ich klettere über seine Beine, winde mich aus meiner Hose und streife hastig ein Kondom über. Dann knie ich auch schon zwischen Sheryls Schenkeln. Brav nimmt auch sie die Hände über den Kopf, wölbt mir ihre Hüfte einladend entgegen.

»Erlaubnis zu kommen«, knurre ich knapp und dann dringe ich auch schon mit einem einzigen, tiefen Stoß in sie ein.

Sie schreit vor Lust.

»Oh Jeff … Herr … ich liebe dich so sehr!«

Ich vergrabe meinen Schwanz tief in ihr, presse meinen Mund auf ihren schlanken Hals und sauge schmatzend daran.

Ich liebe dich auch, Sheryl. Eines Tages werde ich einen Weg finden, es dir auch zu sagen. Aber bis dahin werde ich meiner süßen kleinen perfekten Sheryl mit meinem Körper zeigen, wie viel sie mir bedeutet.

Kapitel 19

SHERYL

30. Januar 2006, München-Schwabing

»Sheryl, ich muss dir was sagen!« Aufgeregt kichernd zieht Lilith mich ins Lager. Ich sehe sie neugierig an, doch anstatt ihre Ankündigung wahr zu machen, nimmt sie meine rechte Hand und legt sie auf ihren Bauch.

»Hu?«, mache ich verständnislos und sie zwinkert mir zu.

Ach so! Oh Mann, bin ich bescheuert! »Schwanger?«, flüstere ich. Es gibt echt nichts Blöderes, als einer Freundin ein Baby zu unterstellen, und dann ist es irgendwas anderes.

Doch Lilith nickt begeistert. Ich falle ihr um den Hals.

»Herzlichen Glückwunsch, Liebes! Oh, ich freue mich so für dich.«

»Ja, endlich hat es geklappt.« Lilith erwidert die Umarmung und flüstert mir kichernd ins Ohr: »Jens und ich haben ja auch wirklich eifrig geübt.«

Jetzt kichere ich ebenfalls. Halte sie noch einen Moment. Auch wenn ich insgeheim ein bisschen traurig bin, dass wir uns dann wohl seltener sehen werden. Wenn das Baby erst da ist, wird Lilith bestimmt in Elternzeit gehen. Und sicher erst mal keinen Mädelsabend mehr veranstalten. Schade. Eine Freundin in München zu haben, war schön. Allerdings habe ich ja eh kaum Zeit für sie. Weil es da zwei Männer in meinem Leben gibt, die all meine Aufmerksamkeit in Anspruch nehmen.

»Und du?«, fragt Lilith unbekümmert.

»Äh … nein, nach Theo … Nein, wirklich nicht!«

»Müsstest dich natürlich für einen der möglichen Kandidaten entscheiden«, fährt Lilith frech fort. »Wer soll es sein? Der starke Wikinger?«

»Lilith!«, krächze ich entsetzt. Wenn das Oma hört!

»Oder der schicke Italiener?«

»So … So ist das nicht!«

Leider.

Wo kam das denn jetzt her? Es ist doch super, so wie es ist. Jeff und Vico und ich gegen den Rest der Welt. Wenn es nach mir ginge, könnte es bis in alle Ewigkeit so weitergehen. Und das wird es auch. Oder? In ein paar Tagen fahren wir alle zusammen nach Bad Reichenhall. Die Jungs werden Sir Malcolm bei einem Workshop über mittelalterlichen Schwertkampf unterstützen und ich werde alle Zeit der Welt haben, meine beiden Männer ausführlich zu bewundern.

Das ist doch sowieso schon viel mehr, als ich mir jemals erträumt habe, oder? Warum drücke ich dann noch mal meine Hand sanft auf Liliths Bauch und spüre dabei einen leichten Stich in der Brust? Jeff will mir ja nicht mal treu sein, auch wenn er meine Frage nach einer anderen Sub noch nie mit Ja beantwortet hat. Und Vico? Der spielt doch nur. Mit mir, mit unserer Lust aufeinander. Probiert sich aus in diesem neuen Lebensstil, von dem er keine Ahnung hatte, dass er ihn will und braucht.

Und genau so will ich es doch haben! Das ist schon das Beste, was ich je bekommen werde. Entschlossen lasse ich Lilith los. Ich werde mich jetzt ganz gewiss nicht darüber aufregen, dass mir mit einem Mal klar wird, dass mein aufregendes Leben mit Jeff und Vico auch einen Preis hat. Egal. Ich werde ihn bezahlen. Das sind sie mir wert – sie und das, was wir miteinander haben.

Kapitel 20

VICO

4. Februar 2006, Bad Reichenhall, Sporthalle an der Münchner Allee

»Hm«, sagt Sir Malcolm und nickt mir gnädig zu, »hast dich schon mal dümmer angestellt.«

Ich würde ja überrascht aufkeuchen, hätte ich nicht sowieso schon Mühe, irgendwie wieder zu Atem zu kommen. Wie bitte? War das so was Ähnliches wie ein Lob? Ein Lob von Sir Malcolm? Das ist in etwa so wahrscheinlich, wie ein fliegendes Einhorn zu sehen. Dabei wollte ich mich eigentlich gerade entschuldigen. Zu Beginn unserer kleinen Show hatte ich nämlich echt Schwierigkeiten gehabt, mich auf den Kampf zu konzentrieren.

Weil Jeff und Sheryl sich weiß der Kuckuck wohin verdrückt haben. Ohne mich. Klar, ist ja alles megaromantisch hier – die schneebedeckten Gipfel der Berge um uns herum, die in der Sonne glitzern, der strahlend blaue, mit Schäfchenwolken verzierte Himmel und so weiter. Aber Romantik interessiert Jeff doch einen Scheiß! Wo zum Teufel sind die also hin?

Okay, dass der Leiter des hiesigen Sportvereines Sir Malcom bitten würde, nach seinem Seminar noch den Kids vom Fußballverein ein bisschen was zu zeigen, weil die eh schon seit Ewigkeiten draußen in der Kälte standen und sich die Nasen an der riesigen Fensterfront platt drückten, konnte ja keiner ahnen. Trotzdem. Ich wäre an Jeffs und Sheryls Stelle nicht einfach abgehauen.

Ich zucke zusammen, als mir Sir Malcolm freundlich auf die Schulter klopft, was sich in seinem Fall anfühlt, als wollte er mich ungespitzt in den Boden rammen. »Macht dir doch nichts aus, den Knirpsen ein paar Fragen zu beantworten?«

»Natürlich nicht«, entgegne ich artig, sehe ihn an und ringe immer noch mit einer Erklärung für meinen schlechten Einstieg. Das Schwert loszulassen, war unabdingbar, denn irgendwie hänge ich an meinem Arm, auch wenn Sir Malcolm seine Waffe während eines Kampfes natürlich immer unter Kontrolle hat. Allerdings hätte ich mindestens mit ein paar spöttischen Bemerkungen darüber gerechnet.

Auch Sir Malcolm sieht so aus, als wolle er noch etwas sagen, doch inzwischen hält es die Kids nicht mehr auf ihren Stühlen. Aufgeregt stürmen sie zu uns.

»Seid ihr richtige Ritter?«

»Wohnt ihr auf einer echten Burg?«

»Habt ihr einen Drachen getötet?«

»Wo sind denn eure Pferde?«

Die letzte Frage kam natürlich von einem Mädchen. Sir Malcom nickt mir nur noch einmal zu und verschwindet. Ich reiße mich zusammen und wende mich an die Kleine: »Tut mir leid, holde Maid, mit einem Pferd kann ich nicht dienen. Ich bin immer auf meinen eigenen Füßen unterwegs!«, erkläre ich.

Sie kichert.

»Und der Drache?«, beharrt der Knabe mit den Sommersprossen und der Stupsnase.

»Der fliegt, du Dödel!«, meint das Mädel überheblich.

»Na, na, junge Dame, das kann ja nicht jeder wissen. Kein Grund, auf eine gewählte Ausdrucksweise zu verzichten«, sage ich freundlich.

»Das ist mein kleiner Bruder«, gibt das Mädchen mit großer Ernsthaftigkeit zurück, als ob das irgendwas erklären würde.

Ich unterdrücke den urplötzlich aufkeimenden Wunsch, ihr zu sagen, dass sie gut auf ihn aufpassen soll. Damit kann sie sicher nichts anfangen. Wie komme ich überhaupt darauf? Wahrscheinlich spinne ich einfach mal wieder rum.

»Ein kleiner Bruder zu sein, ist sicher hart. Aber irgendwer muss den Job ja machen!«, muntere ich den Jungen auf und gestehe dann auch gleich, dass ich selbst ein viel zu kleines Licht bin, um einen Drachen zu töten. Aber in Sir Malcolms Heimat Schottland hausen geheimnisvolle Untiere aus der Urzeit in kilometertiefen Seen … behaupte ich zumindest. Den Kleinen bleibt der Mund offen stehen und die geschwisterliche Rivalität scheint schon vergessen.

»Sieh an, Vico der Kinderflüsterer.«

Jeff, Arm in Arm mit Sheryl, steht plötzlich wieder da. Schön, dass die beiden sich an mich erinnert haben. Ich grinse schief und bringe die Fabel um Sir Malcolms Kampf gegen das Ungeheuer zu einem raschen Ende, während ich Jeff und Sheryl nicht aus den Augen lasse. Sieht nicht so aus, als hätten sie ohne mich … Und selbst wenn! Wäre doch total okay. Tapfer ignoriere ich das Brennen in meinem Magen.

Sicher erzählen sie es mir gleich. Sofern ich es schaffe, irgendwann mal alle neugierigen Fragen der Kinder zu beantworten.

»Hast du schon mal eine Prinzessin geküsst?«, fragt wieder das kleine Mädchen. Instinktiv landet mein Blick auf Sheryl. »Ja, habe ich«, antworte ich mit halb erstickter Stimme.

Schließlich ist es der Trainer der Kleinen, der mich erlöst und die Truppe mit einem »Schluss für heute!« hinausjagt.

Sofort kommt Sheryl zu mir. »Vico! Hast du gewusst, dass die Mozartkugeln gar nicht aus Salzburg kommen? Die werden hier hergestellt! Wir haben welche gekauft. Mund auf.«

Sie holt eine der kleinen Kugeln aus ihrer Tasche und wickelt sie sorgfältig aus. Brav öffne ich den Mund und lasse mir eine der berühmten Leckereien hineinschieben. Ich schäme mich ein wenig für die blöden Gedanken und erst recht für meinen unkonzentrierten Auftritt. Bin ich eigentlich bescheuert? Mensch, die beiden sind einfach nur zu dem berühmten *Café Reber* gelatscht und haben dabei auch noch an mich gedacht und mir was mitgebracht. Alles paletti.

Ich sehe Jeff an und hoffe, dass mein Kauen und Schlecken verhindern, dass er mir meine Gedanken mal wieder von der Nasenspitze abliest. Doch der achtet nur auf Sheryl, die eine weitere Mozartkugel auswickelt, und als er schließlich zu mir schaut, verdreht er zwar ein wenig die Augen, brummt dabei aber gutmütig vor sich hin. Von wegen, keine Romantik! Ich muss grinsen. Egal. Hauptsache, ich bin noch dabei.

Ich verpasse Sheryl einen schokoladigen Kuss auf den Mund. Sie kichert glücklich und ich nutze die Gelegenheit und stibitze mir noch eine der leckeren Kugeln.

Zum Glück scheinen die beiden nichts gemerkt zu haben. Ich sollte mich echt mal zusammenreißen. Wir drei gehören doch zusammen. Sheryl, Jeff und ich. Es ist so perfekt, nichts wird uns je auseinanderbringen!

Wir dürfen den Transporter allein nach München zurückbringen, Sir Malcolm fährt mit einem seiner Schüler. Was wir natürlich ausnutzen. Ich lege eine CD ein, wir drehen die Lautstärke bis zum Anschlag hoch und grölen eifrig und ziemlich falsch bei *Sieben* von *Subway to Sally* mit. Siebenmal natürlich, das ist Pflicht. An der Raststätte Irschenberg müssen wir tanken. Jeff erledigt das, Sheryl holt Kaffee und ich erhalte die ehrenvolle Aufgabe, das Spritzwasser aufzufüllen.

Jeff steht noch an der Kasse, als Sheryl zurückkommt. Ihr Versuch, mitsamt den Bechern in den Transporter zu kraxeln, endet damit, dass der Inhalt eines Bechers auf meiner Jeans landet.

Ich lache unbekümmert, doch Sheryl sieht mich mit großen Augen an.

»Bitte verzeih!«

Es ist nicht so, dass sie mich noch nie so angesehen hat. Sie hat mich auch schon weit intimer berührt als jetzt, da sie eifrig versucht, die Flecken mit einem Taschentuch abzutupfen. Doch irgendetwas ist anders.

Ich habe sie geküsst. Schon oft. Sie hatte meinen Schwanz im Mund. Trotzdem habe ich das Gefühl, ihr nie so nah gewesen zu sein wie jetzt. Ein eisiger Wind fegt um den Transporter, wirbelt meine und Sheryls Haare durcheinander, doch um nichts in der Welt möchte ich diese wunderbare Zweisamkeit zerstören.

Zwei. Nur wir zwei. Ich schlucke. Beiße die Zähne zusammen. Doch das »Ich liebe dich, Sheryl« wäre mir wohl trotzdem fast entwischt, hätte sich Jeff nicht genau diesen absolut bescheuerten Moment ausgesucht, um wieder aufzutauchen. Scheiße!

Ausgerechnet jetzt. Denn so, wie sie mich angesehen hat ... vorher schon, als ich mit den Kids vom Fußballverein beschäftigt war. Und jetzt, da wir endlich mal allein waren, schon wieder. Das kann doch nur eines bedeuten: Sheryl hat sich ebenso in mich verliebt wie ich mich in sie. Niemals hätte ich das zu hoffen gewagt, aber nun ist es sonnenklar: Wir sind füreinander bestimmt.

Aber da ist ja noch Jeff. Kopfschüttelnd sieht er sich die Bescherung mit dem Kaffee an und zieht Sheryl spielerisch am Ohr.

»Sagte ich nicht, dass zwei Becher auf einmal genug wären?«, meint er, diesen dunklen Unterton in der Stimme, den er perfekt einzusetzen weiß.

»Ich mache es wieder gut«, sagt Sheryl atemlos. »Zu Hause, Herr.«

Aber mich kann sie damit – und mit dieser Anrede, die außerhalb einer Session eigentlich nichts zu suchen hat – nicht täuschen. Ich will auch gar nicht wissen, dass die beiden nachher noch ohne mich was machen. Wusste ich ja eh. Ich kann die Spuren auf ihrer Haut sehr wohl deuten.

Bisher dachte ich, ich kann damit umgehen. Aber nun, da ich weiß, dass Sheryl mich auch liebt, ist da plötzlich ein fieses Stechen in meiner Brust. Ich will auch einmal mit ihr allein sein.

Ich will *immer* mit ihr allein sein.

Und Jeff verraten? Meinen besten Freund? Nun, mir wird wohl nichts anderes übrig bleiben. Denn steht die Liebe nicht über allem? Sogar über der Freundschaft?

Kapitel 21

Vico

6. Februar 2006, München-Bogenhausen

Zu allem Überfluss bin ich in den folgenden Tagen ziemlich
eingespannt. Der Wohltätigkeitsball der Sirana-Stiftung steht
an, einer Organisation, die mein Vater seit Jahren unterstützt
und die sich für Meinungs- und Pressefreiheit auf der ganzen
Welt einsetzt. Ich werde das erste Mal eine Laudatio auf einen
Schriftsteller halten, der einen der Förderpreise erhält. Offiziell macht mein Vater das nicht, weil er mit dem Mann vor
einiger Zeit mal was hatte. Vor allem dürfte ihm aber daran
gelegen sein, der ganzen Welt zu zeigen, dass das Enga-
gement der D'Vergys auch in der nächsten Generation fort-
gesetzt werden wird.

Das ist noch mal eine andere Nummer, als auf der Abifeier
zu sprechen oder vor Francines Truppe. Also habe ich Jeff
schon vor einiger Zeit gebeten mitzukommen. Als moralische
Unterstützung sozusagen. Er hat sofort zugesagt, doch
inzwischen frage ich mich, ob es mir nicht lieber wäre, er
bliebe weg, kann ich ihm doch kaum noch in die Augen
schauen. Denn ich muss mit Sheryl reden, und wenn wir uns
erst unsere Liebe gestanden haben, wird es aus sein mit Jeff
und Sheryl. Ich will Jeff das nicht antun, wirklich nicht. Aber

sicher sieht er bald ein, dass man gegen die Liebe nichts tun kann, oder? Jeff liebt sie doch nicht, bestimmt nicht. Nicht Jeff. Für ihn ist es doch nur Sex. Ganz sicher. Aber für mich ist es so viel mehr!

Schlaflos wälze ich mich in der Nacht vor dem Ball in meinem Bett herum, als plötzlich mein Handy klingelt. Es ist Jeff. Auch das noch! Ahnt er was? In meinem Magen rumort es, trotzdem gehe ich ran.

»Sorry, Mann! Ich hänge mit dem Transporter irgendwo in der Eifel fest. Eine Kurbelwelle ist gebrochen, sagt die Werkstatt. Sir Malcolm will mir nicht erlauben, den Wagen allein zu lassen. Er fürchtet, die Mechaniker könnten hier anfangen, *Herr der Ringe* mit seinen Schwertern nachzuspielen. Ich schaffe das nicht bis zu deiner Rede. *Scheiße, verdammte!*«

»Hey, ist doch kein Thema. Mein Dad und Franz werden da sein, die können das Händchenhalten übernehmen. Mach dir bloß keinen Kopf.«

Dass ich ganz froh bin, dass er nicht kommt, brauche ich ihm ja wirklich nicht auf die Nase zu binden. Wir quatschen noch ein bisschen, bis Jeff schließlich sagt: »Jetzt hau dich aber sofort wieder aufs Ohr, sonst bist du morgen nicht fit. Ich drücke dir die Daumen!«

Der Befehl gibt mir irgendwie den Rest. Was ist denn das überhaupt für eine Freundschaft, in der immer nur einer den Ton angibt? So einen Freund brauche ich morgen nicht an meiner Seite. Das mit der Rede kriege ich auch allein hin, vielen Dank auch! Missmutig wünsche ich Jeff eine gute Nacht und werfe mein Handy beiseite.

Ärgerlich ziehe ich mir die Decke über den Kopf und verbanne Jeff aus meinen Gedanken. Ich sollte lieber von Sheryl träumen.

Sheryl. Moment mal … Jeff hockt so ungefähr fünfhundert Kilometer von uns entfernt in irgendeinem verschlafenen Nest und kommt da nicht weg? Das ist doch meine Chance! Wenn Jeff morgen nicht mitgeht, dann habe ich ein Ticket übrig. Und ich weiß auch schon ganz genau, wem ich das geben werde!

Ich sage Sheryl nicht direkt, dass Jeff es gut fände, wenn sie mich an seiner statt begleiten würde, aber sie interpretiert das wohl so. Noch ist sie sicher nicht bereit, sich und mir einzugestehen, dass sie sich von Jeff trennen sollte, weil sie mich liebt. Aber ich habe jetzt den ganzen Tag Zeit, um ihr das klarzumachen, und ich werde keine Sekunde davon verschenken.

Ich setze alles daran, Sheryl zu erobern, um ihr zu zeigen, dass ich der Richtige für sie bin. Nicht auf die Weise, wie Jeff es täte. Ich bediene mich vielmehr der Methoden, die ich mir bei meinem Vater abschauen konnte, seit er der Meinung ist, ich sei alt genug, um mit der Tatsache klarzukommen, dass er stetig wechselnde Affären hat. Als ich klein war, hat er sie vor mir versteckt. Das ist zum Glück längst nicht mehr nötig. Ich will, dass mein Dad glücklich ist, was auch immer er dafür braucht.

Sheryls Sorge, sie habe nicht das passende Kleid für diesen Anlass, liefert mir die perfekte Vorlage. Wir beginnen in einer Nobelboutique in der Maximilianstraße. Jeff könnte sich hier nicht mal ein paar Strümpfe für Sheryl leisten, ich habe solche

Probleme nicht. Ich kann ein Kleid für sie kaufen, in dem sie sich wie eine Prinzessin fühlt. Ihr strahlendes Lächeln gibt mir recht. Und verdammt, sie sieht wirklich atemberaubend aus! Der Stoff fließt um ihren göttlichen Körper, als wollte er sie streicheln. Nur zu gern würde ich das jetzt übernehmen, aber das geht nicht. Ich muss genau nach Plan vorgehen, alles Schritt für Schritt. Diskret sorge ich dafür, dass ihr die Verkäuferin Dessous in die Kabine bringt, passend zum Kleid, und ich versuche tapfer, nicht an Sheryls Körper zu denken. Oder daran, wie die exquisite Spitze darübergleitet. Oder daran, wie ich den Anblick genießen werde, wenn ich sie ihr wieder ausziehe ... Sheryl, nackt und bereit ... *Stopp! Reiß dich zusammen, D'Vergy!*

Den Juwelier spare ich mir noch, bis wir offiziell zusammen sind, stattdessen warte ich mit einer Kette aus dem Familienschmuck auf. Der ebenso nobel ist wie die Limousine samt Fahrer, mit der ich sie zu Hause abhole. Im Hotel Arabellapark angekommen, übergebe ich Sheryl in die Obhut von meinem Vater und Franz, die sich im Smoking von ihrer besten Seite zeigen.

Doch die meisten Punkte sammle ich zweifellos mit meiner Laudatio. Jegliche Nervosität ist verflogen, als ich einen Blick auf Sheryl werfe und sehe, wie sie bewundernd zu mir aufsieht – es ist ein voller Erfolg. Und dem offiziellen Teil mit weiteren Reden und Preisverleihungen folgt mein ganz persönliches Märchen. Als wären wir Cinderella und ihr Prinz, tanzen wir einen Walzer nach dem anderen, und ich war nie glücklicher, sie in den Armen zu halten. Ich sehe die bewundernden Blicke. Ja, Sheryl ist atemberaubend schön und *ich* bin es, der sie berühren darf. Der Einzige, der sie heute berühren darf.

Aber wir müssen ja auch noch reden. Wenn erst Jeffs wachsame Augen wieder auf uns ruhen, werden wir es nie schaffen, uns unsere Liebe zu gestehen und uns von ihm zu lösen.

»Mir ist heiß«, flüstere ich in ihr Ohr. »Ich glaube, vom Fitnesscenter aus kommt man auf eine Terrasse. Was meinst du, sollen wir es versuchen?«

Natürlich ist sie begeistert. Besonders, weil wir dort eigentlich überhaupt nichts verloren haben. Aber ein entsprechend großer Schein, der dezent den Besitzer wechselt, ist häufig ebenso hilfreich wie eine Schlüsselkarte. Weiß ich auch von meinem Dad.

Tatsächlich hat man von hier eine atemberaubende Aussicht über München. Und mit Sheryl an meiner Seite ist die Aussicht noch um ein Vielfaches beeindruckender. Sie ist eine Königin, die auf ihr Königreich hinabblickt. *Meine* Königin.

»Oh Vico, das ist wundervoll!« Mit einem verzückten Lächeln steht sie an der Balustrade und ist schöner denn je.

Aber es ist auch verdammt kalt hier. Eigentlich wollte ich sie einfach nur im Arm halten, sie wärmen und dabei über unsere Zukunft plaudern. Aber jetzt, da ich endlich einmal mit ihr allein bin, begehre ich sie so sehr, dass ich unmöglich warten kann, unmöglich erst lange Gespräche mit ihr führen kann. Ich will sie so sehr! Immer hat Jeff mir das vorenthalten, in ihr zu sein, aber jetzt … jetzt kann ich endlich mit ihr schlafen, sie endlich ganz erobern. Reden können wir auch danach.

»Du frierst ja«, sage ich fürsorglich. »Komm, ich will nicht, dass du dich erkältest.«

Artig lässt sie sich von mir hineinführen, in das um diese Zeit natürlich verwaiste Fitnesscenter. Ich nehme sie in den Arm. »Lass mich dich ein wenig wärmen.«

Sie lässt es geschehen, entspannt sich in meinen Armen. Natürlich. Sie will mir ebenso nah sein wie ich ihr. Was für ein Glück, dass wir uns für das Kleid mit dünnen Trägern entschieden haben! Nun kann ich ungehindert die nackte Haut küssen. Es fühlt sich so gut an. So richtig. Sie riecht so gut.

Nur, dass sie ein bisschen zappelt.

»Vico … nicht. Jeff …«

»Jeff ist nicht hier«, flüstere ich.

»Eben«, sagt sie leise. »Ich liebe dich wirklich, Vico, aber für mich gibt es nur Jeff, verstehst du?«

Nein, das verstehe ich nicht. Ich küsse sie weiter. Denn sie hat ja gesagt, dass sie mich liebt! Mich *wirklich* liebt. Wahrscheinlich braucht sie einfach noch ein bisschen mehr Ermutigung. Ich muss ihr zeigen, dass ich besser bin als Jeff. Dass ich alles für sie sein kann und mehr.

Okay, es hörte sich nicht ganz so an wie in meinen Träumen, als sie mir ihre Liebe gestanden hat. Aber sie wird einfach nur ein bisschen Zeit brauchen, um es zu akzeptieren. Um zu verstehen, dass wir Jeff nicht mehr brauchen. Dass unsere Liebe die Zukunft ist.

»Vico …«

Sie versucht, sich aus meiner Umarmung zu winden.

»Bleib hier.«

»Nein, Vico, nicht.«

Sie versucht, mich wegzuschieben. Keine Chance. Stattdessen verrutscht einer der Träger ihres Kleides. Ich starre auf den Ansatz ihrer Brüste. *Wahnsinn!* Ich bin so hart, dass es fast wehtut.

»Verdammt, Sheryl, wir werden noch stundenlang reden, versprochen, aber seit ich dich in diesem Kleid gesehen habe, habe ich praktisch einen Dauerständer – dagegen müssen wir erst was unternehmen!«

Doch sie versucht weiterhin, sich mir zu entziehen.

»Bitte nicht!«

»Halt still!«, knurre ich.

Sofort hört das Gehampel auf. Natürlich, sie braucht jetzt den Dom, nicht den Charmeur.

»Gehorche!«

»Nein«, wimmert sie.

Aber sie hält still. Doch ich verstehe jetzt, was los ist. Sie muss sich zieren, muss wissen, dass ich auch wirklich ein starker Mann bin, der um sie kämpft. Der unsere Liebe gegen alle Widrigkeiten verteidigen wird. Der auch diese Rolle für sie übernehmen kann. Der sie unterwirft, wie sie es braucht.

Ich werde ihr das gleich sagen, dass ich sie verstehe, aber erst muss ich in ihr sein, ich warte schon so lange darauf. Gierig schiebe ich die Träger des Kleides ganz herunter, lege ihre Brust frei. Sie ist so schön. Noch wirkt sie wie erstarrt, doch das wird sich gleich ändern. Ich weiß doch, was sie mag.

Mehr als einmal durfte ich ja nur zusehen, während Jeff sie brutal durchgefickt hat. Durfte nur danebenstehen, während Jeff ihr Schmerz und Lust geschenkt und sie in unendliche Höhen getrieben hat. Das kann ich auch! Jetzt bin ich dran und ich kann ihr genau das geben, was sie sich ersehnt: einen

Mann, der sie nimmt – hart und ohne Rücksicht. Ich presse meinen Mund auf ihren Nippel, beiße zu.

»Hilfe! ... Nicht! ... *Mayday!*«

Ein lauter, verzweifelter Schrei. Doch selbst der bremst mich nicht. Ungestüm reiße ich an dem Kleid, will sie endlich nackt sehen.

»Vico! Mayday! Bitte! Ich gehöre dir nicht ... Ich gehöre nur Jeff!«

Was? Mayday? Das ist ihr Safeword. Warum sagt sie ihr Safeword? Irritiert halte ich inne und starre sie an. Das meint sie jetzt aber nicht ernst, oder? Aber warum ist sie dann totenblass, mit riesigen, viel zu großen Augen in einem weißen Gesicht?

Doch ehe ich irgendwie darauf reagieren kann, schreit sie erneut.

»*Jeff!*«

Ein Faustschlag trifft meine Schläfe. Mir wird kurz schwarz vor Augen und ich gehe sofort zu Boden.

Was zum Teufel ...?!

Ich versuche, mich aufzurappeln, zu verstehen, was hier gerade passiert. Mein Blickfeld ist geschrumpft, dennoch glaube ich, Jeff erkennen zu können, wie er das Jackett seines alten blauen Anzugs um Sheryls Schultern legt.

Gegen Jeff hatte ich noch nie eine Chance. Dass ich selbst dann keine habe, wenn er eine weinende, panische Frau in den Armen hält, merke ich, als ich versuche, mich an einer Hantelbank hochzuziehen, um wieder auf die Füße zu kommen. Fast beiläufig tritt Jeff mir in die Eier.

Der scharfe Schmerz schickt mich sofort wieder zu Boden, stöhnend presse ich meine Hände auf meinen Schritt.

»Versuche noch *ein* Mal aufzustehen und ich zerre dich raus und werfe dich über die Brüstung.« Diesen Ton habe ich noch nie bei ihm gehört. Er klingt eiskalt ... gefährlich.

An Aufstehen ist überhaupt nicht zu denken. Wie ein Wurm krümme ich mich vor seinen Füßen stöhnend zusammen. Jeff hebt die schluchzende Sheryl hoch, trägt sie weg, fort von mir und meinem dröhnenden Kopf, in dem sich langsam die Erkenntnis breitmacht, was ich gerade getan habe. Was wäre noch passiert, wenn Jeff nicht wie aus dem Nichts aufgetaucht wäre? Hätte ich ...? Oh Gott!

Langsam lässt der Schmerz in meinem Unterleib nach. Macht einer anderen, weit schlimmeren Qual Platz. Wie erstarrt bleibe ich liegen. Wünschte, Jeff hätte nicht nur gedroht, mich über die Brüstung zu werfen, sondern es tatsächlich getan. Oder ich würde es schaffen, zu springen. Sheryl, nein! Was habe ich nur getan? Wie konnte ich ...? Brennender Selbsthass überlagert alles andere, während ich meinem besten Freund dabei zusehe, wie er das Mädchen, das ich liebe, das ich gerade verletzt habe, davonträgt. Und ein Teil von mir weiß, dass ich sie beide für immer verloren habe.

Kapitel 22

JEFF

11. Februar 2006, München-Arabellapark

Ich presse die schluchzende Sheryl an mich, halte sie, einge-
wickelt in meine Jacke, sodass zumindest niemand sonst ihr
zerrissenes Kleid und ihre nackten Brüste sieht. Ein
schwacher Trost, doch mehr habe ich jetzt und hier nicht zu
bieten. Gott verdammt!

Niemand hält uns auf, als ich den Aufzug betrete, nach
unten fahre und durch die riesige Lobby nach draußen eile.
Gut so. Ich wäre willens und in der Lage, jedem in die Eier zu
treten, der etwas in der Art versuchen würde.

Draußen wartet eine ewig lange Schlange von Taxis auf
Fahrgäste. Ich verfluche mich dafür, dass ich kein Geld für
eines habe, verfluche mich dafür, dass ich den Transporter ein
paar Straßen weiter geparkt habe – aber wie konnte ich das
denn ahnen? Diese geschniegelten Typen in ihren scheiß-
teuren Klamotten, die unbeeindruckt davon, dass ich mit
einer heulenden Frau im Arm dastehe, in die Taxis klettern,
verfluche ich gleich mit. Obwohl ich deren Hilfe nicht annehmen würde, ums Verrecken nicht, selbst wenn einer
dieser Idioten drauf käme, sie mir anzubieten. Die können
mich alle mal! Scheißbonzen!

»Gleich, Sheryl, gleich. Ich bringe dich weg. Alles wird gut«, flüstere ich unablässig, während ich die Straße entlanghaste. Ich verfluche auch den eisigen Wind, gegen den meine Anzugjacke eindeutig nicht genug Schutz bietet, bis endlich der Transporter in Sicht kommt. Behutsam stelle ich Sheryl ab, doch sie drängt sich weiter an mich, verbirgt ihr Gesicht an meiner Brust.

»Alles gut, alles gut«, behaupte ich, obwohl natürlich gar nichts gut ist. Wie weit ist das gegangen? Was hat der Mistkerl ihr angetan? Ist sie vielleicht sogar verletzt? Auf den ersten Blick konnte ich kein Blut erkennen, aber ich habe sie mir auch nicht gründlich angeschaut. Mein vordringlichstes Ziel war es, Sheryl da rauszubekommen, weg von diesem …

Mühsam schließe ich die Beifahrertür auf, schiebe Sheryl in den Wagen und sorge dafür, dass sie angeschnallt ist. Ich versuche, sie dabei so wenig wie möglich zu berühren. Ich will ihr nicht noch mehr Angst machen oder eventuelle Verletzungen verschlimmern. Dann steige ich selbst ein, mache als Erstes den Motor an und drehe die Heizung voll auf.

»Scheiße!« Wütend schlage ich mit einer Hand auf das Lenkrad, als mir mit einem Mal klar wird, dass wir es einzig Vico zu verdanken haben, dass diese dämliche Heizung jetzt funktioniert. Großartig! Das ist wirklich das Letzte, woran ich gerade denken will!

Sheryl zuckt zusammen, schluchzt erneut, wendet den Kopf ab und starrt nach draußen. Mist, auch das noch! Vico kommt später. Jetzt ist nur Sheryl wichtig. Langsam fahre ich los.

»Entschuldige. Alles gut. Ich bringe dich ins Klinikum Bogenhausen. Das ist nur ein paar Meter von hier weg. Da wird dir geholfen.«

Macht man das überhaupt so? Sollten wir nicht erst zur Polizei? Nein. Oder? Erst Krankenhaus und dann Polizei, richtig? Verdammt, warum weiß ich so was nicht?

Ich habe mich noch nie so hilflos gefühlt wie in diesem Moment, die weinende Sheryl neben mir, die mich nicht mal mehr ansehen will. Kein Wunder. Ich habe Sheryl nicht beschützt. Ich war nicht da, als sie mich am dringendsten gebraucht hätte.

»Ich … Ich will … nach Hause«, kommt es schließlich leise von ihr.

»Nein, Sheryl, bitte, das geht nicht. Du brauchst Hilfe!«

Und ich auch.

Sie scheint es einzusehen, widerspricht nicht mehr. Auch die Tränen versiegen endlich.

Das ist doch gut, oder? Nein. Nicht gut.

Denn als ich endlose fünf Minuten später vor der Notaufnahme anhalte, merke ich, dass Sheryl sich komplett von mir zurückgezogen hat. Nicht nur von mir. Von der ganzen Welt. Wie eine leblose Puppe muss ich sie aus dem Auto heben und trage sie hinein in die Klinik.

Ich habe mit allem Möglichen gerechnet. Dass man uns warten lässt, weil Sheryl offenbar nicht in Lebensgefahr ist. Dass sofort mehrere Leute kommen und uns helfen. Dass die Polizei verständigt wird. All diese Dinge, die man eben so in

Vorabendserien sieht. Aber dass ich selbst Probleme bekommen würde, damit habe ich nun wirklich nicht gerechnet.

Kaum habe ich die Tür aufgestoßen und Sheryl hineingetragen, da steigt mir auch schon der Geruch nach diesem widerlichen Desinfektionsmittel in die Nase. Dann dieses Weiß überall. Räume, Menschen, Möbel. Und dazu noch das allgegenwärtige Piepen … Ich bekomme keine Luft mehr. Gerate ins Taumeln.

Jetzt nicht!, beschwöre ich mich selbst. Ich darf jetzt nicht versagen. Sheryl braucht immer noch meine Hilfe! Schlimm genug, dass ich zuvor nicht da war, aber auch jetzt darf ich sie nicht im Stich lassen. Ja, ich hasse Krankenhäuser. Aber ich habe es auch früher schon geschafft, eines zu betreten, ohne fast zusammenzubrechen, also warum stelle ich mich ausgerechnet heute so an? Wieso glaube ich jetzt, ein schmales Gesicht in einem weißen Bett vor mir zu sehen? Das ist nicht Sheryl! Sheryl ist hier, in meinen Armen, und ich muss ihr Hilfe besorgen.

Als würde ich durch frischen Teer waten, setze ich mühsam einen Fuß vor den anderen, ohne auch nur eine Idee zu haben, wo es hingeht. Ich klammere mich an Sheryl fest. Dass sie mir dennoch schon fast aus den Armen gerutscht ist und wir zudem noch meine Jacke verloren haben, sodass nun jeder ihr zerrissenes Kleid und die beginnenden Hämatome auf ihrer Brust sehen kann, merke ich erst, als mich jemand energisch an der Schulter packt.

»Lassen Sie die Frau los!«

Verständnislos starre ich in ein glatt rasiertes Gesicht mit randloser Brille. Mühsam entziffere ich »Dr. Krause« auf dem kleinen Schildchen an seinem weißen Kittel. Hilfe. Das ist die Hilfe, das wollte ich ja. Und da ist noch jemand. Eine Frau mit strenger Frisur und kräftigen Armen. Und gemeinsam nehmen mir die beiden Sheryl ab, legen sie auf eine Liege und decken sie notdürftig mit einer hellgrünen Papierdecke zu.

Gott sei Dank! Mein Blickfeld klärt sich ein wenig. Die Frau beginnt, die Liege wegzuschieben, und wie ein tapsiger Bär im Zirkus will ich ihr folgen, doch erneut packt Dr. Krause mich an der Schulter.

»Sie bleiben hier!«

»Aber das ist meine Freundin«, bringe ich mühsam heraus.

»Setzen Sie sich in den Wartebereich. Warten Sie da.«

Er klingt nicht so, als wolle er mit mir diskutieren. Am liebsten würde ich ihn durchschütteln, ihn zwingen, mich mitgehen zu lassen. Aber wie soll Sheryl das helfen? Also setze ich mich tatsächlich brav hin. Versuche, erst mal selbst wieder klarzukommen, Vergangenheit und Gegenwart zu trennen und vor allem wieder zu funktionieren. Damit ich für Sheryl da sein kann, wenn sie rauskommt. Vielleicht müssen wir noch zur Polizei. Oder sie will heute Nacht nicht allein sein. Ganz für sie da zu sein, ist wichtiger denn je, ich muss das irgendwie hinkriegen! Sie braucht mich!

Zeit genug, mich zu sammeln, habe ich auf jeden Fall. Es passiert nämlich rein gar nichts. Menschen kommen und gehen, zwischendurch wird es immer wieder hektisch, wenn ein Notarztwagen ankommt, doch mich beachtet niemand. Ich sitze hier auf einem dieser verfickten orangen Plastikstühle, die für einen Zwerg gemacht wurden, stinke wahrscheinlich inzwischen selbst wie eine Flasche Desinfektionsmittel und bin zur Untätigkeit verdammt.

Ist Sheryl doch schlimmer verletzt, als ich dachte? Was dauert da so lange? Warum kommt niemand, um mir Bescheid zu geben? Und immer wieder der Gedanke: Was wird nun?

Eins nach dem anderen, mahne ich mich. Als Erstes müssen wir diese Nacht überstehen. Danach kann ich Vico immer noch das Leben zur Hölle machen – und das werde ich, verdammt noch mal! Und wenn das erst mal erledigt ist, können Sheryl und ich uns überlegen, was das alles für uns bedeutet.

Ich stütze den Kopf in die Hände. Will mir gar nicht vorstellen, was das bedeuten könnte. Da male ich mir doch lieber aus, wie ich Vico die Eier abschneide. Eins nach dem anderen. Und dann stopfe ich sie ihm ins Maul. *Verdammt!*

Dass mich jemand anspricht, merke ich erst, als die Frau mit dem kastanienbraunen Pferdeschwanz schon neben mir auf einem der idiotischen Stühle Platz genommen hat.

»Ihre Freundin hat ein Taxi nach Hause genommen«, sagt sie, offenbar nicht zum ersten Mal.

»Was?!«, frage ich perplex und springe auf.

»Bitte beruhigen Sie sich.« Die Frau steht auf und erst jetzt merke ich, wie winzig sie ist. Dennoch scheine ich ihr keine Angst zu machen. »Sheryl hat uns gesagt, dass sie nicht von Ihnen angegriffen wurde. Aber sie möchte jetzt allein sein.«

»Sie verstehen das nicht …« – ich suche nach einem Namensschild, finde es schließlich – »… Dr. Haug. Sheryl braucht mich jetzt!«

»Sie braucht ihre Ruhe«, berichtigt sie mich ungerührt. »Ich verstehe, dass Sie unbedingt etwas tun wollen, aber …«

»Gar nichts verstehen Sie! Ich will nicht … ich *muss*!«, brülle ich sie an, fange mich jedoch sofort wieder. »Entschuldigung!« Verlegen sehe ich zur Seite, versuche, ruhig zu atmen.

»Schon gut. Ich verstehe Sie vollkommen«, sagt die Ärztin, unverändert freundlich. »Auch als Angehöriger sollten Sie in Erwägung ziehen, psychologische Hilfe in Anspruch …«

Ich winke nur ab und schicke mich an zu gehen. Daraus wird ganz sicher nichts. So schnell könnte ich gar nicht gucken, wie Miss Verständnisvoll das Lächeln aus dem Gesicht fiele, wenn sie erfahren würde, welcher Art die Beziehung ist, die Sheryl und ich führen. Geführt haben. Ach, was weiß denn ich! »Ich komme klar«, sage ich grantig.

»Wollen Sie nicht wenigstens meine Karte …?«, höre ich sie noch, doch da bin ich schon zur Tür hinaus. Wie konnte mein Leben sich an nur einem Abend so sehr verändern? Sheryl … sie hat »Mayday« gesagt und es hat ihr nicht geholfen. Ich habe sie nicht beschützt. Ich habe versagt und jetzt ist sie vor mir weggerannt.

Kapitel 23

Keine Ahnung, wie lange ich schon daliege und hoffe, dass ich gleich aus diesem Albtraum aufwache und alles wieder ist wie zuvor. Was habe ich nur getan? Wie konnte ich jedes ihrer Signale, jedes »Nein«, das sie sagte, einfach ignorieren? *Mayday!* Verflucht, sie hat *Mayday* gesagt und ich ... Ich muss heftig würgen.

Ich stehe auf, stolpere noch einmal nach draußen auf die Terrasse. Starre über die Brüstung hinunter in die dunkle Nacht. »Angsthase!«, verhöhne ich mich selbst. Nicht, weil ich nicht springe, sondern weil ich kurz davor bin, es wirklich zu tun. Mich schnöde davonzustehlen, anstatt mit dem Wissen weiterzuleben, dass ich ein Kretin bin, der gerade eben den schlimmstmöglichen Verrat an seinen Freunden begangen hat. *Mayday!*

Ich springe nicht, obwohl ich unter der Last von Schuld und Scham zu ersticken drohe. Wende mich ab, verlasse das Hotel und mache mich wie in Trance auf den Heimweg, Sheryls »Bitte nicht!« wie in einer Endlosschleife in meinen Ohren. Ich hasse mich selbst, wie ich noch nie jemanden gehasst habe.

Irgendwie komme ich tatsächlich zu Hause an, kann es nicht glauben, dass unser Bungalow immer noch unversehrt dasteht, als wäre überhaupt nichts geschehen. Wie ist das möglich? Sollte er nicht in Trümmern liegen, wie mein restliches Leben auch? Irgendetwas müsste man doch sehen, irgendworan erkennen, dass dies das Heim eines Irren ist, der die einzige Frau, die er je geliebt hat, fast vergewaltigt hätte? Wäre Jeff nicht aufgetaucht … *Mayday!*

Doch alles ist wie immer. Ich betrete den Bungalow. Ich will nicht in mein Zimmer, will nicht in mein Bett. Stolpere stattdessen in Richtung Küche.

Es brennt noch Licht. Einen schrecklichen Moment lang befürchte ich, dass Dad mal wieder eines seiner Beziehungsgespräche in die Küche verlegt hat – doch er ist allein. Sitzt an dem riesigen, verkratzten Holztisch, ein Glas mit Rotwein vor sich. Ich bleibe in der Tür stehen.

»Setz dich.« Dad schenkt noch ein Glas für mich ein. *Nero di Troia*, denke ich automatisch, von 1999. Nicht unser bester Jahrgang, aber auch nicht unser schlechtester. Er sollte mir lieber Essig servieren.

Vielleicht, weil Dad es geschafft hat, dass ich zumindest zwei Sekunden lang an etwas anderes als an Sheryls verzweifeltes Wimmern gedacht habe, setze ich mich tatsächlich hin.

»Weißt du es schon?« Warum sonst sollte er hier sein? Vielleicht war die Polizei da. Die Zeiten, in denen er unruhig und besorgt auf meine Heimkehr wartete, sind eigentlich schon eine Weile vorbei.

»Nein«, sagt Dad. »Aber du bist mein Sohn. Ich hatte so ein Gefühl, dass du mich vielleicht brauchen könntest.«

Ich glaube nicht, dass ich verdient habe, sein Sohn zu sein. Aber ich sage nichts dergleichen. Ich habe kein Recht, hier ein Drama vom Zaun zu brechen. Nicht mir wurde unrecht getan. Ich bin nicht das Opfer – ich bin das Monster. Also erzähle ich schnörkellos, was geschehen ist. Schon nach den ersten Worten kann ich Dad nicht mehr ansehen, starre in mein Weinglas. Will die Verachtung in seinem Gesicht nicht sehen. Wenigstens ist die Story kurz, so unschön sie auch ist. Dank Jeff.

»Jeff hat sie mitgenommen. Er wird sich um sie kümmern«, komme ich schließlich zu dem unrühmlichen Ende des Abends. Klappe den Mund zu und warte. Auf sein Urteil. Auf die unvermeidlichen Worte, dass er nichts mehr mit mir zu tun haben will. Darauf, dass er mir sagt, wie sehr ich ihn enttäuscht habe. Dass ich nicht mehr sein Sohn bin.

»Sheryl kann dich anzeigen«, meint er jedoch nur. Ich nicke.

»Dafür wird Jeff schon sorgen. Ich gebe alles zu. Sie muss nicht aussagen.«

Ich weiß, was das bedeutet. Meine Karriere als Jurist kann ich vergessen. Geschieht mir recht.

»Hm«, macht Dad, »das ist gut.«

Wie kann er nur so ruhig sein? »Hasst du mich denn gar nicht?«, murmle ich.

»Nein. Du bist mein Sohn und ich liebe dich. Du hast einen schrecklichen Fehler gemacht, aber du wirst dafür geradestehen. Dabei kann ich dir nicht helfen. Aber wenn du reden willst – dann bin ich für dich da.«

Ich bin wie betäubt. Wünschte fast, er würde mich anschreien, mich verfluchen, irgendetwas. Immer noch kann ich ihn nicht ansehen. Nicke nur. Schütte den Rotwein in einem Zug hinunter, stehe auf und wende mich ab. Dass Dad mich nicht direkt hinauswirft, gibt mir irgendwie den Rest. Ich bin schon fast zur Tür hinaus, als er sagt: »Vico. Du musst dich bei Jeff und Sheryl entschuldigen. Wahrscheinlich sind sie nicht bereit, die Entschuldigung anzunehmen. Aber wenn du dir eines Tages selbst verzeihen willst, dann musst du es trotzdem tun.«

Ich nicke. Ich werde mir nie verzeihen, aber Jeff gegenübertreten zu müssen, scheint eine passende Strafe zu sein. Vielleicht hat er es drauf und macht meiner jämmerlichen Existenz ein Ende. Rächt Sheryl, wie es die Männer im Mittelalter taten, indem er mich mit seinem Schwert durchbohrt und mein Blut für meinen Verrat fließen lässt. Ich habe es verdient – das und noch viel mehr.

Kapitel 24

 JEFF

16. Februar 2006, München-Schwabing

Sheryl arbeitet wieder. Ich weiß das, weil ich wie jeden Vormittag wie ein Idiot vor dem Schaufenster des Ladens ihrer Oma stehe und dabei versuche, nicht wie ein verdammter Stalker auszusehen. Was mir wahrscheinlich mehr schlecht als recht gelingt. Also gar nicht.

Immerhin gehe ich nicht rein. Will ihr nur zeigen, dass ich für sie da bin, wenn sie es möchte. Wenn sie doch reden möchte oder in den Arm genommen werden will. Nur für den Fall, dass es nicht ausreicht, dass ich Abend für Abend bei ihr klingle und mir jeden einzelnen Tag von ihrer Oma anhören darf: »Sheryl möchte dich nicht sehen. Sie will allein sein.«

Ich habe sogar tatsächlich diese Tante aus dem Krankenhaus angerufen. War gar nicht so leicht, die an die Strippe zu bekommen. Und was sagt Miss Verständnisvoll? »Es ist noch nicht mal eine Woche her. Verlieren Sie jetzt schon die Geduld? Dann sollten wir vielleicht einen Termin vereinbaren.«

Vielen Dank auch! Hilft mir – gar nicht! Ich wusste ja, dass diese blöde Kuh keine Ahnung hat!

Frustriert lege ich meine Stirn an die kalte Scheibe. Wie immer sieht Sheryl nicht mal in meine Richtung, obwohl ich mir sicher bin, dass sie mich bemerkt hat. Ein Blick auf die Uhr. Noch fünf Minuten. Ist doch egal, wenn Sir Malcolm mir die Hölle heißmacht, weil ich zu spät zum Training komme. Wenn Sheryl mich ein Mal ansehen würde, dann würde ich das Training sogar komplett sausen lassen!

Ich zögere es noch ein paar Minuten hinaus, dann gebe ich auf. Für den Moment. Heute Abend habe ich ja noch eine Chance.

Diesmal spricht sie mit mir, rede ich mir selbst zu. Ganz bestimmt!

Ich atme einmal tief durch und drücke auf die Klingel. Wie immer dauert es ein bisschen. Wie immer macht Sheryls Oma auf. Wie immer entschuldige ich mich für die Störung und bitte darum, mit Sheryl reden zu dürfen.

Wie immer … Nein, diesmal sagt ihre Großmutter nicht den üblichen Satz. Diesmal sagt sie:»Sheryl hat mich gebeten, dir etwas auszurichten.« Sie runzelt nachdenklich die Stirn. »Es ist nur ein Wort: ›Mayday‹.«

Nein. Nein, bitte nicht! Sheryls Safeword.

»Kannst du damit etwas anfangen?«, fragt ihre Oma.

Ja, verdammt! Aber ich … Ich kann ihr das nicht erklären. Ich fühle mich, als hätte ich einen Schlag in den Magen bekommen. Wenn Sheryl in dieser Situation ihr Safeword sagt, dann darf ich nicht mehr herkommen. Bis sie es mir erlaubt. Doch wie soll sie den Mut finden, zu mir zurückzukommen? Ich hatte so gehofft, dass ich ihr helfen darf, das alles durchzustehen. So sehr. Entweder ich verspiele ihr Vertrauen endgültig, indem ich auf das Safeword pfeife – oder ich riskiere, sie nie wiederzusehen.

Ich taumle einen Schritt zurück. Bringe immer noch kein Wort heraus. Was soll ich auch sagen? Auf Wiedersehen? Wir werden uns wohl nicht wiedersehen. Ich habe Sheryl verloren. Für immer, so wie es aussieht.

»Sie weint sich jede Nacht in den Schlaf«, sagt Sheryls Großmutter und rammt mir damit ein Messer ins Herz, als wäre das Safeword nicht schon schlimm genug gewesen.

Ich drehe mich um. Bloß weg hier! Doch ich bin nicht schnell genug. Auch ihre nächsten Worte erreichen mich noch: »Wie konntest du das zulassen, Jeff?«

Aber ich habe doch nicht … Was hätte ich denn tun sollen? Was?! Aber tief in mir drin weiß ich, dass sie recht hat. Ich habe Sheryl das angetan.

JEFF

19. Februar 2006, München-Au

Ich wusste, dass er kommt. Obwohl ich mich ja eigentlich fragen sollte, ob ich den Kerl, den ich seit Jahren meinen besten Freund nenne, überhaupt kenne. Trotzdem war ich mir sicher.

Es ist Sonntag und ich habe keinen einzigen Termin. Nichts, was mich wenigstens für ein paar Minuten ablenken könnte. Davon, dass ich seit Tagen vergeblich darauf hoffe, dass Sheryl sich meldet. Dass sie mir irgendein Zeichen gibt. Es würde mir ja schon reichen, wenn ich sie durch das Schaufenster des Ladens ein wenig ansehen dürfte. Nur damit ich mir sicher sein kann, dass es ihr gut geht. Dass sie noch da ist.

Was für ein Witz! Es geht ihr beschissen. Mir geht es beschissen. Also habe ich beschlossen, dass es höchste Zeit wird, die alten Strohpuppen aus dem Keller zu entsorgen. Statt raus habe ich sie jedoch hoch auf den Dachboden getragen. Wo ich mich seit einer Stunde damit beschäftige, sie Stück um Stück akribisch mit meinem Schwert wieder in einzelne Halme zu zerlegen.

Ich spüre genau, wann er die Schule betritt. Es ist, als würde das ganze Haus den Atem anhalten.

Soll er nur kommen. Ich bin vorbereitet.

Natürlich platzt Vico nicht wie sonst schwungvoll herein, sondern öffnet vorsichtig die Tür, wohl wissend, dass er alles andere als willkommen ist.

»Klappe halten!«, herrsche ich ihn an, bevor er auch nur den Mund aufmachen kann, und zeige mit dem blanken Schwert in seine Richtung.

Er bleibt wie angewurzelt stehen. Voller Genugtuung stelle ich fest, dass auch er beschissen aussieht.

»Victorio Moreno D'Vergy, der große Verführer, stattet mir also einen Besuch ab«, spotte ich, hole aus und verpasse der Strohpuppe neben mir einen Hieb in den Unterleib. »Weißt du, was ich gedacht habe, als Sheryl mich anrief und mir erzählte, dass du sie zu dem Ball eingeladen hast? Ich dachte: Typisch Vico, braucht doch noch ein bisschen Unterstützung und gibt es natürlich ums Verrecken nicht zu. Klar, sag' ich ihr, geh mit. Setze selbst alles daran, es doch noch irgendwie zur großen Rede zu schaffen, während eine SMS nach der anderen von ihr eintrudelt. *Vico ist so süß, er hat mir ein Kleid gekauft. – Vico hat das super hingekriegt mit der Rede, du solltest ihn sehen. – Vico und ich tanzen. Schaffst du es noch? Ich will auch mit dir tanzen.*«

Ich schneide der Puppe einen Arm ab.

»*Vico und ich gehen auf eine Terrasse, Sterne gucken. Schade, dass du nicht da bist!*«

Ein Stich in den Bauch der Puppe und sie gerät ein wenig in Schieflage.

»Da gehe ich doch auch gleich hin, denke ich mir, als ich endlich in München ankomme. Da kann ich meinem Freund wenigstens noch gratulieren. Stattdessen erwische ich ihn dabei, wie er meine Freundin vergewaltigen will. Ich Trottel denke noch, ich wäre gerade noch rechtzeitig aufgekreuzt, um das Schlimmste zu verhindern. Doch weit gefehlt! Sheryl wird nie wieder jemandem vertrauen können, sich nie wieder bedingungslos hingeben können. Falls sie überhaupt jemals wieder aufhört zu weinen.«

Ein weiterer Hieb macht der Strohpuppe endgültig den Garaus. Eine habe ich noch.

Vico steht immer noch wie versteinert da, leichenblass ist er. *Gut so!*

»Sheryl hat sich von mir getrennt«, sage ich rau. »Sie will mich nie wiedersehen.«

Vico räuspert sich, öffnet schon den Mund.

»Wage es ja nicht!«, knurre ich. »Du wirst es nicht wagen, ein Wort zu sagen. Du wirst es nicht wagen, dich jemals wieder auch nur in Sheryls Nähe zu begeben. Du wirst es nicht wagen, mir noch einmal unter die Augen zu kommen. Du hast Sheryl zerstört – und mein Leben gleich mit. Wenn du meinst, dass es dazu irgendwas zu sagen gibt, musst du dir das Recht dazu verdienen.«

Ich schlage der letzten Puppe den mottenzerfressenen Hut vom Kopf, sodass er quer durch den Raum segelt und wie ein Fehdehandschuh vor Vicos Füßen landet.

»Wenn du reden willst, dann bring mir zuerst die Büchse der Pandora, *Signore Conte*«, verlange ich und stoße ein irres Lachen aus. »Natürlich brauchst du nicht nach einem albernen antiken Behältnis suchen. Aber du wirst schon verstehen, was es ist, wenn du die Büchse erst vor dir hast. Sie wird weit offen stehen, so viel will ich dir noch verraten.«

Ich steche der Puppe in den Rücken, mein Schwert gleitet durch das Stroh und tritt genau an jener Stelle wieder aus, an der jemand ein rotes Herz auf ihre Brust gemalt hat.

»Denn wir beide sind uns wohl einig, dass du nicht wie einst Parzival reinen Herzens bist. Es wird dir wahrscheinlich schwerfallen, dieses Rätsel zu lösen. Aber es heißt ja, du seist ein kluges Kerlchen, Victorio Moreno D'Vergy. Wenn dir wirklich etwas daran liegt, dass ich dich anhöre, wirst du tun, was ich verlange. Auch wenn es dir das Herz zerreißen wird. Aber auch mir zerreißt es das Herz, um Sheryls Leid zu wissen und ihr nicht helfen zu können! Sie nicht mal trösten zu dürfen!«

Mit der ganzen mir noch zur Verfügung stehenden Kraft schlage ich mit dem nächsten Hieb der Puppe den Kopf herunter. Was weit schwieriger ist, als es einem diverse Actionfilme weismachen wollen. Aber das ist hier und heute kein Problem für mich. Mein Schmerz reicht für tausend Puppen.

»Geh!«, herrsche ich Vico an, während die aufgewirbelten Strohhalme um mich herum langsam zu Boden schweben. »Geh endlich! Ob du auf der Suche nach der Lösung kopflos durch dein Leben irren wirst oder ob du direkt aufgibst, ist mir gleich. Aber komm mir ja nicht wieder unter die Augen, bevor du mir nicht geben kannst, was ich haben will.«

Als wäre mein Schwert ein Henkersbeil, hebe ich es über meinen Kopf und spalte den Leib der Strohpuppe in zwei Teile. Durch all den Staub hindurch, den ich dabei aufwirbele, sehe ich, wie Vico langsam den Kopf senkt und einen Moment in dieser Haltung verharrt, ehe er lautlos den Raum verlässt. Ein Laut tiefster Verzweiflung entkommt mir, als die schwere Tür hinter ihm ins Schloss fällt.

Das Schwert entgleitet mir, landet sanft auf einem Bett aus Stroh. Verblüfft starre ich es an. Es niemals loszulassen, war mir immer das Wichtigste, seit ich das erste Mal den Griff berührt habe. Vico ahnte das natürlich, aber es ist ihm nie gelungen, mich auf irgendeine Weise von meiner Waffe zu trennen.

Bis heute.

Vico.

Kraftlos plumpse ich zu Boden. Jetzt habe ich nach der Liebe meines Lebens auch noch meinen besten Freund verloren. Ich schließe die Augen. Sehe Vico als Knaben vor mir, wie er mit Todesverachtung die rosa Gummihandschuhe über die Hände streift, nachdem ich ihm eröffnet habe, dass er als Gegenleistung für den Unterricht die Toiletten zu reinigen hat. Sehe sein konzentriertes Stirnrunzeln, als ich ihm die korrekte Haltung eines Schülers erkläre. Das Strahlen auf seinem Gesicht, als er das erste Mal ein Schwert in der Hand hält. Ich schmecke die süße Schokolade des selbstgemachten Kuchens auf meiner Zunge, den Vico zu meinem Geburtstag mitgebracht hat. Ich spüre meine Besorgnis, als wir nach dem Training im Hinterhof zusammensitzen und Vico sich so lange die Haare rauft, dass ich fürchte, er wird sie sich alle ausreißen, bis er mir endlich von seinen Albträumen erzählt. Ich sehe ihn Jahre später vor mir, wie ich ihm das inzwischen schulterlange Haar aus dem Gesicht halte, als er nach seinem ersten Rausch kotzend über der Kloschüssel hängt. Ich spüre den Stolz in meiner Brust, als er das erste Mal mit Sir Malcolm trainiert und weit weniger an den beißenden Kommentaren unseres Lehrers interessiert zu sein scheint als daran, mich nicht zu blamieren.

Ich höre immer noch sein Lachen, als wir im Sommer am Deiniger Weiher sitzen und er es schafft, einen flachen Kiesel öfter über die Wasseroberfläche springen zu lassen als ich. Ich weiß, dass er immer noch kreischt wie ein Mädchen, wenn man ihm im Winter Schnee in den Kragen stopft. Ich sehe ihn vor seinem Haus stehen, einen heulenden Kerl in Frauen-klamotten und mit verschmiertem Lippenstift umarmend und tröstende Wort flüsternd. Erinnere mich genau an sein verlegenes Grinsen, als er mir erzählt, dass er zum Schul-sprecher gewählt wurde.

Das alles wird mir so sehr fehlen. *Er* wird mir fehlen.

Doch vor allem wird mir seine unerschütterliche Loyalität fehlen, die unter anderem dafür sorgte, dass er Sir Malcolm gegenüber stets respektvoll und höflich blieb, obwohl er fand, dass der viel zu streng mit mir war.

Es wird sehr lange dauern, bis er hier wieder aufkreuzt. Denn um das Rätsel zu lösen, wird er sich ja erneut verlieben müssen.

Was, wenn es ihm ebenso geht wie mir? Ich kann mir nicht vorstellen, dass mich je wieder jemand so sehr berührt, wie Sheryl es getan hat. Es war viel mehr als diese Faszination für ihre Unschuld gepaart mit tiefer Hingabe und sündigem Verlangen. Das ging viel tiefer. So eine Person findet man nur einmal im Leben – ausgeschlossen, dass ich je wieder so etwas empfinden werde.

Und Vico? Was, wenn Sheryl auch für ihn die Einzige war? Die eine, die ihm alles bedeutet hat? Ich habe ihm den Mund verboten, aber sein wortloser Abgang hat mir dennoch gezeigt, dass er gehorchen wird. Möglicherweise wird er also nie zurückkommen.

Wo ist denn mein Hass auf ihn hin?

Es könnte nicht schmerzhafter sein, wenn man mir bei vollem Bewusstsein einen Arm abgeschnitten hätte. Nein, es fühlt sich nicht nur so an, als hätte man mir einen Arm abgehackt. Zusätzlich wurde mir noch ein glühender Schürhaken in die Brust gestoßen. Ich werde eine sehr lange Zeit mit nur einem Arm und einem Loch in der Brust durchs Leben gehen. Möglicherweise für immer.

Nein, ich habe ihm nicht vergeben. Aber ich vermisse ihn jetzt schon. Den Vico, der er war, bevor er Sheryl sah ...

Jetzt, da er fort ist, verstehe ich endlich, dass es nur gerecht ist, dass die Strafe mich ebenso trifft wie ihn. Denn ich habe sehr wohl gesehen, was mit Vico los war, nachdem er einen ersten Blick auf Sheryl geworfen hatte. Das war mehr als nur Begeisterung für die noch unbekannten Praktiken, weit mehr als ein Spiel – und ich wusste das! Ich hätte sofort von meinem Vorhaben absehen und einen anderen Dom für unser Spiel finden müssen.

Ich hätte das alles verhindern können!

Mir wird übel. Jetzt könnte ich die Frage von Sheryls Oma beantworten. Jetzt weiß ich, wieso ich nichts getan habe, um die Katastrophe aufzuhalten. Meine Schuld. Alles meine Schuld!

Und Sheryl?

Wenn sie das schreckliche Erlebnis jemals hinter sich lassen soll, muss ich ihr erklären, dass es allein Vicos und meine Schuld ist, dass es überhaupt jemals so weit gekommen ist. Vico hat die Kontrolle verloren und ich bin dafür verantwortlich, weil ich es überhaupt so weit habe kommen lassen, dass Vico in eine Situation geriet, in der er sich nicht mehr kontrollieren konnte.

Und Sheryl muss es ausbaden. Ihr Anblick hat sich für immer in meine Netzhaut gebrannt. Riesige tränennasse Augen, ein zerrissenes rotes Kleid, Kratzer und blaue Flecken auf der Haut und ihr Safeword, das noch im Raum nachklingt. Ich muss es ihr wenigstens erklären, das ist das Mindeste, was ich tun kann. Ich schulde ihr wenigstens das.

Kapitel 26

JEFF

20. Februar 2006, München-Schwabing

»Ich dachte, wir hätten uns verstanden. Verschwinde!«

Die Ansage ihrer Oma ist eindeutig. Ja, ich weiß ja, dass ich hier nichts mehr zu suchen habe. Aber ich muss mit Sheryl reden. Nur ein einziges Mal noch. Sheryl darf auf gar keinen Fall das Gefühl haben, ihr Wunsch nach einem dritten Mann, nach einem weiteren Dom für unser Spiel, sei der Grund dafür, dass alles dermaßen aus dem Ruder gelaufen ist.

Meine Schultern sinken nach unten und ich will mich schon enttäuscht auf den Weg nach Hause machen, als ich ihre Stimme höre. So dünn und leise, als käme sie vom anderen Ende des Universums.

»Lass ihn, Oma. Es ist schon in Ordnung. Komm rein, Jeff.«

Ich schlucke. Spüre die Blicke ihrer Oma wie Dolchstöße in meinem Rücken, als ich die knarzende Holztreppe erklimme und in ein schmales Zimmer eintrete, das direkt über dem Laden ihrer Oma liegen muss.

Sheryl sieht so aus, wie sie sich anhört. Schmal und blass. So, als stünde sie kurz davor, sich in Luft aufzulösen, lehnt sie am Fenster und sieht mir mit großen Augen entgegen.

Meine Schuld.

Die Geschichte, die ich ihr erzählen will – die ich ihr erzählen muss –, kennen nur Sir Malcolm und Vico. Keinem von beiden habe ich sie freiwillig erzählt. Aber nun, da ich sehe, wie schlecht es ihr geht, ist es plötzlich ganz leicht. Was bedeutet es schon, wenn ich in einem schlechten Licht dastehe? Sheryl hat ein Recht darauf, alles zu erfahren.

»Bitte … ich möchte dir etwas erzählen. Willst du mir diesen Gefallen erweisen und mich ein letztes Mal anhören?«

Sie nickt, vorsichtig und zögernd, als wäre ihr Kopf schwer wie Blei. Ich schlucke hart, frage mich einen Moment lang, wo genau ich beginnen soll, und entscheide mich schließlich für den Anfang.

»Als Vico und ich uns kennenlernten, wurde er beherrscht von scheußlichen Wutanfällen, die er sich ebenso wenig erklären konnte, wie er in der Lage war, sie zu kontrollieren. Dass ich ihm helfen konnte, lag nicht daran, dass ich so ein toller Kerl bin, sondern an der Tatsache, dass ich diese Ausraster kannte. Aus eigener Erfahrung.«

Ich seufze tief. Aber es hilft ja nichts.

»Meine Mutter ist schon okay«, fahre ich fort, »aber sie war nicht unbedingt geeignet, einen Jungen allein großzuziehen, der nicht still sitzen konnte, ständig Hunger hatte und beinahe täglich aus seinen Klamotten herauswuchs. Sie legte Tarotkarten auf Jahrmärkten, womit sie ein wenig Geld verdiente. Ansonsten saß sie meistens in unserer Küche und rauchte Gras. Meinen Vater habe ich nie kennengelernt.« Ich zucke mit den Achseln, als sei es mir egal. Ist es ja auch, irgendwie – und irgendwie nicht. »Ich will mich damit nicht rausreden. Immerhin hatte ich eine Mutter und ein Dach über dem Kopf, außerdem gab es durchaus Leute, die sich für mich interessierten. Mein Sportlehrer. Eine recht nette Sozialarbeiterin. Aber ich dachte, Markenturnschuhe, ein ansehnliches Taschengeld und tägliche Besuche bei McDonald's seien das Mindeste, was ich vom Leben erwarten durfte. Ich war nicht der Einzige in unserer Siedlung, der so dachte. Also hing ich mit meinen Kumpeln bis spätabends auf der Straße rum und klaute mir zusammen, was ich brauchte – oder wollte.«

»Wie alt warst du?«, fragt Sheryl, ihre Stimme kaum mehr als ein Hauch.

»Grundschule«, sage ich lapidar. »Aber ich hielt mich natürlich bereits für den Obermacker. Während meine Klassenkameraden noch Feuerwehrmann werden wollten, stand bei mir Gangsterboss ganz oben auf der Berufswunschliste. Ich übte auch schon fleißig, drohte schwächeren Kids Prügel an und presste ihnen ihr Taschengeld ab. Schlimm wurde es, als die Grundschule vorbei war. Mich am Unterricht zu beteiligen, sah ich schon länger nicht mehr ein, und so schrammte ich ganz knapp an der Sonderschule vorbei. Aber auch mit einem Hauptschulabschluss waren meine Aussichten eher mau, das war mir auch damals schon klar. Außer als Gangster natürlich. Nervig war nur, dass die anderen Typen auf der neuen Schule genauso drauf waren und zudem älter und größer als ich. Plötzlich war ich es, der immer wieder Prügel einstecken musste. Ging natürlich gar nicht.«

Ich muss mich dazu zwingen, Sheryl weiter anzusehen.

»Gegen Ende des Schuljahres hatte ich die Schnauze voll und besorgte mir ein Messer.«

Ich schlucke mühsam.

»Ich wünschte, ich könnte wenigstens behaupten, dass ich damit auf ein paar größere Jungs los bin. Aber ich habe es einem kleinen Kerl in den Bauch gerammt, der gerade mit einer mickrigen D-Mark in der Hand vor einem Kiosk stand und sich einen Schokoriegel kaufen wollte. Ich fand, ich könne die Mark besser brauchen. Aber er gab sie mir nicht freiwillig.«

Sheryls Augen sind riesig und sie ist kalkweiß im Gesicht. Aber was habe ich erwartet?

»Klar, dass der Kioskbesitzer mitbekam, was da lief, und die Bullen holte. Die brachten mich heim. Da schnallte sogar meine Mutter, dass es so nicht weitergehen konnte. Sie hatte vor ein paar Jahren mal eine kurze Affäre mit Sir Malcolm gehabt und kam irgendwie zu dem Schluss, dass es hilfreich wäre, wenn ich die Sommerferien bei ihm verbringe, während sie an die Ostsee zum Meditieren fuhr. Ich weiß bis heute nicht, wie sie ihn dazu überredet hat. Es war jedenfalls eine einzige Katastrophe, wir gerieten schon am ersten Abend aneinander. Er nannte mich einen unreifen Rotzlöffel, der nicht die geringsten Manieren besitze, und ich sagte, er sei ein geiler Sack, der mich nur aufgenommen hätte, um meine Mutter mal wieder flachlegen zu können. Das vergiftete die Atmosphäre ein wenig. Wir beschlossen wohl beide insgeheim, uns diese elend langen sechs Wochen aus dem Weg zu gehen, was uns mehr schlecht als recht gelang. Ich kannte niemanden in der Gegend, hatte keine Kohle und es gab keinen Fernseher. Also geisterte ich durch das Haus und fand schließlich heraus, wie ich ungesehen das Schwertkampf-training beobachten konnte. Ich war fasziniert, hätte mir aber lieber die Zunge abgebissen, als das zuzugeben.«

Ich fahre mir durch die Haare.

»Es gab ja auch keinen Grund für mich anzunehmen, dass nach diesen doofen Ferien nicht alles weitergehen würde wie bisher. Ich war ja noch nicht strafmündig und glaubte, bis ich wieder nach Hause kommen würde, wäre mein Messer-angriff schon in Vergessenheit geraten. Also hockte ich mich am letzten Freitag der Ferien mit meinem Rucksack auf die Eingangstreppe vor der Kampfschule und wartete auf Mas klapprigen VW ...«

Kapitel 27

JEFF

Sommer 1995, München-Au

Klar, dass Ma nicht pünktlich ist. »Nachmittag« ist ja auch recht vage. Inzwischen habe ich mir den Arsch auf dieser scheiß Treppe platt gesessen, aber ich werde einen Teufel tun, noch mal einen Fuß in dieses beschissene Haus zu setzen! Die Genugtuung gönne ich Malcolm nicht.

Kalt wirds auch, also krame ich den Hoodie aus meinem Rucksack und ziehe die Kapuze über den Kopf. Hoffentlich kommt Ma jetzt bald mal, ich wollte ja noch 'ne Runde mit meinen Kumpeln abhängen. Dass es längst dunkel wird, merke ich erst, als Malcolm plötzlich vor mir steht.

»Lina wird einfach die Tage verwechselt haben, du kennst sie doch. Ich rufe sie an. Komm.«

Mann, das sind ungelogen die nettesten Worte, die er in den ganzen sechs Wochen zu mir gesagt hat. Aber auf die könnte ich jetzt auch verzichten. Hört sich total nach Mitleid an. Trotzdem schlappe ich hinter ihm her in sein kleines Büro im Erdgeschoss.

»Lina. Dein Sohn wartet auf dich.«

Na, wenigstens ist sie ans Telefon gegangen. Wenn sie gleich losfährt, ist sie in einer Dreiviertelstunde da. Bloß, was quasselt sie da so lang? Sie soll ihren Arsch ins Auto schwingen!

»Was soll das heißen, du bist nicht in München?«

Scheiße! Wenn sie noch immer am Meer herumhängt, komme ich heute hier nicht mehr weg!

»Es ist *dein* Sohn. ... Dass er schwierig ist, habe ich gemerkt. ... Lina, das geht so nicht. ... Nein, wir kommen überhaupt nicht miteinander klar. ... Werde ich *nicht*. ... Was meinst du damit? ... Er hat *was* gemacht?!«

Verflucht! Malcolm kneift die Augen zusammen und starrt mich an, als wäre ich ein widerliches Insekt. Ma hat ihm bisher nix von der Sache mit dem Messer gesagt! Typisch.

Pah, ist ja auch egal. Malcolm kann mich eh nicht ausstehen. Bloß, dass mir jetzt echt ein bisschen mulmig wird, denn er sieht definitiv so aus, als würde er mir eine reinhauen, sobald er aufgelegt hat. Dass ich nicht die geringste Chance habe, mich gegen die Prügel zu wehren, die er mir verpassen wird, ist klar. Ich habe ihn im Training gesehen. Zu oft, um mir da was vorzumachen.

Malcolm knallt das Telefon auf die Station zurück. Ich beiße die Zähne zusammen. Doch er schlägt nicht zu. Packt mich wortlos am Arm, zerrt mich aus dem Haus und schiebt mich in seinen Transporter. Im nächsten Moment schwingt er sich hinter das Steuer und braust los.

Aha. Abschiebung. Aber wo wird man am Freitagabend einen Jungen los? Beim Jugendamt braucht er es da nicht mehr versuchen, die sind längst ins Wochenende abgedampft.

Scheiße! Jetzt lande ich weiß der Teufel wo und habe nicht mal meinen Rucksack mit. Auch wurscht. Juckt mich alles nicht, dass Ma nicht da ist, ebenso wenig wie der zornige Mann neben mir. Geht mir alles am Arsch vorbei. Echt jetzt. Ich starre aus dem Fenster und blinzle. Natürlich nur, weil mich die Scheinwerfer der anderen Autos blenden.

Als ich den riesigen Kasten des Klinikums Großhadern vor uns auftauchen sehe, spüre ich ein verdächtiges Ziehen im Magen. Malcolm stellt den Wagen ab, zerrt mich raus. Wie ein Schraubstock packt seine Hand meinen Oberarm. Ich ahne, worauf das rauslaufen soll, und stemme die Füße in den Boden. Aber wie ich es mir dachte, habe ich nicht den Hauch einer Chance gegen ihn. Er schleift mich einfach mit.

An der Anmeldung wollen die Schwestern uns abwimmeln – klar, ist echt zu spät für Besuche. Malcolm flüstert ihnen was zu. Und er kann lächeln! Muss ich das ausgerechnet jetzt herausfinden? Wegen mir könnten wir auch geradewegs wieder gehen. Aber ich traue mich nicht, ein Wort zu sagen, fürchte, dass er mir dann die Abreibung meines Lebens verpasst. Wundert mich eh, dass meine Knochen unter seinem Griff noch nicht zersplittert sind.

Von Malcolms Lächeln ist nichts mehr zu sehen, als er sich wieder mir zuwendet. Ich gebe meine sinnlose Gegenwehr auf und stolpere neben ihm her. Hilft ja eh nix. Wir fahren mehrere Stockwerke mit dem Aufzug hoch, bis wir auf einer Station ankommen. Totenstill ist es hier und es stinkt abartig nach Desinfektionsmitteln. Wir dürfen nicht rein. Aber ein Pfleger zeigt uns eine Scheibe, durch die wir in ein Zimmer hineinsehen könnten.

Ich gucke aber nicht. Studiere das Schild an der Tür. »Edwin Wagner« steht darauf. Ich starre den Flur runter. Auf den Boden. Nur nicht durch die Scheibe. Malcom packt mich am Nacken, zwingt mich, einen Blick auf ein schmales Kind zu werfen, das mit geschlossenen Augen in einem Krankenbett liegt. Mehrere Schläuche führen unter die Bettdecke, verbinden den ausgemergelten Körper mit blinkenden Geräten. Auf einem Plastikstuhl neben ihm sitzt eine kleine Frau mit rot geränderten Augen und hohlen Wangen, die aussieht, als hätte sie seit Tagen nicht geschlafen. Ich keuche, doch Malcolm lässt nicht los. Zwingt mich, weiter hinzusehen.

»Um was auch immer es ging, war es das wert?«, knurrt er.

Er wird mich umbringen, wenn ich sage, was passiert ist. Wäre vielleicht sogar besser. Liegt der jetzt echt seit sechs Wochen so da? Wegen mir? *Scheiße!*

»Eine Mark. Er wollte sie mir nicht geben.«

Ich will die Augen schließen, damit ich wenigstens meinem eigenen Tod nicht in die Augen blicken muss, aber es geht nicht.

Doch Malcolm tut gar nichts. Lässt mich sogar los.

»Wie erbärmlich!«, sagt er abfällig und seine Verachtung ist noch schlimmer, als wenn er mich verprügeln würde.

Da ich definitiv nicht hierbleiben will, trotte ich hinter Malcolm her, als er sich umdreht und geht. Schweigend fahren wir zurück. Ich versuche, irgendein Bild heraufzubeschwören, *irgendwas*, aber ich sehe die ganze Zeit diese Frau da sitzen, die mich irgendwie noch mehr erschüttert hat als Edwin. Wie kann es denn sein, dass wegen so eines kurzen

Wutanfalls jemand wochenlang im Krankenhaus hockt und sich die Augen ausheult? Jemand, den ich gar nicht kenne.

Als wir endlich wieder in der Schwertkampfschule ankommen, schiebt Malcolm mich in sein Büro und er redet tatsächlich wieder mit mir.

»Okay, Junge, deine Mutter hat sich da oben einer Kommune angeschlossen und hat nicht vor, so bald wieder hier aufzutauchen«, erklärt er.

Aha. Na ja, ist auch schon egal. Ich versuche ein cooles Achselzucken. Beeindruckt ihn aber wenig.

»Wie du dir sicher denken kannst, bin ich wenig begeistert von der Vorstellung, weiter ein Scheusal in meinem Haus zu beherbergen, das seinen Frust an Schwächeren auslässt. Nun gut, das Leben stellt seine eigenen Aufgaben.«

Er stützt sich auf seinem Schreibtisch ab und funkelt mich an. Ich kann seinem Blick nicht standhalten.

»Entscheide selbst. Ich könnte natürlich dem Jugendamt Bescheid geben, damit die dich in einem Heim unterbringen. Aber du kannst auch hierbleiben. Verdammt, Junge, bist du jetzt auch noch zu feige, um mich anzusehen?«

Irgendwie schaffe ich es, meinen Blick vom Boden loszueisen, und Malcolm fährt fort.

»Wie gesagt, du kannst hierbleiben, bis Lina geruht, dich wieder einzusammeln. Aber zu meinen Bedingungen! Du wirst dich mir gegenüber respektvoll benehmen, mich ausschließlich mit ›Sir Malcolm‹ anreden. Dir gehört nichts hier – was immer du auch nur anfassen willst, bitte zuvor darum. Dafür, dass ich dich durchfüttere und deine Anwesenheit ertrage, wirst du arbeiten. Was mit der Schule wird, kläre ich, sobald Lina sich mal darüber auslässt, wie lang das hier gehen soll. Aber definitiv nicht so lang, dass du mir mit einem Schmarrn wie Taschengeld ankommen musst, nur um das mal gleich klarzustellen.«

Der glaubt doch jetzt nicht im Ernst, dass ich mich auf so was einlasse. Ich bin doch nicht bescheuert! Das Heim macht mir keine Angst. Jedenfalls nicht so sehr, dass ich da mitmache, egal wie lang oder kurz. Ich balle die Fäuste.

»Kinder haben auch Rechte«, sage ich.

»Ach ja?« Malcolm verschränkt die Arme vor der Brust. »Meines Wissens nach ist es auch nicht rechtens, jemandem ein Messer in den Bauch zu rammen und seine Milz zu durchbohren. Aber korrigiere mich, wenn ich da falschliege.«

Verdammt! Das hört sich echt beschissen an.

»Mir wäre es nur recht, wenn ich dich wieder los wäre. Aber Lina zuliebe wollte ich dir wenigstens anbieten, die Sache in Ordnung zu bringen.«

»Wie soll denn *so* irgendwas in Ordnung kommen?«, schreie ich. »Das können doch nur die Ärzte, nicht ich!«

»Schön, dass du zumindest *das* erkennst«, spottet er. »Vielleicht sollte ich noch erwähnen, dass ich davon ausgehe, dass du dich deiner Verantwortung nicht länger entziehst und Edwin regelmäßig besuchst. Wenn es nach mir geht, wirst du für deine Tat bezahlen.«

Er zuckt mit den Achseln.

»Aber wahrscheinlich kann ich mir meinen Atem sparen. Das hältst du ja keine Woche durch.« Er wedelt mit einer Hand und scheucht mich aus dem Büro. »Ich erwarte deine Entscheidung morgen früh.«

Ich renne raus und stürme in das Zimmer, das ich die letzten Wochen bewohnt habe. Das Bett ist bereits abgezogen. Ich werfe mich trotzdem darauf. Schreie meine Wut oder Panik oder was immer das ist in das nackte Kissen hinein. Als ich keine Luft mehr bekomme, setze ich mich auf das Bett und starre mit brennenden Augen in die Dunkelheit.

Ich bin zwölf Jahre alt. Und schon ganz allein auf der Welt. Meine Mutter hat sich abgesetzt – da kann Malcolm sagen, was er will, die kommt nicht wieder. Und so, wie die Sache aussieht, hätte nicht viel gefehlt und ich wäre auch schon ein Mörder. Ich könnte versuchen abzuhauen. Mich auf der Straße durchschlagen. Meine Kumpel würden mir doch helfen. Oder?

Feigling!

Wo kommt das denn jetzt her? Bin ich zu feige, um mich den Folgen meiner Tat zu stellen, wie Malcolm glaubt? Aber ich spinn' doch nicht und bleib' hier. Nicht, nachdem er mir mehr als deutlich gesagt hat, dass er mich am liebsten los wäre.

Nein, weil du das keine Woche durchhältst!

Und wenn doch? Wenn ich tue, was Malcolm sagt, kann ich dann vielleicht irgendwann die Augen wieder zumachen? Im Moment geht das nämlich nicht, da taucht gleich wieder die Frau neben Edwins Bett vor mir auf.

Die ganze Nacht sitze ich so da. Drehe jedes Wort, das Malcolm gesagt hat, x-mal in meinem Kopf herum. Ich rühre mich nicht, als ich höre, wie er aufsteht. Warte, bis er von seiner Joggingrunde zurück ist. Lausche der Dusche. Gebe noch mal fünf Minuten zu, damit sein Kaffee fertig ist. Dann stehe ich auf, gehe zur Küche. Im Türrahmen bleibe ich stehen.

»Sir Malcolm? Darf ich bitte hierbleiben?«

Er stellt die Kaffeetasse zurück auf den Tisch. Ein kleines, fieses Lächeln umspielt seinen Mund. Ich halte die Luft an, während sich ein eiskaltes Prickeln entlang meiner Wirbelsäule ausbreitet.

»Natürlich. Willkommen in der Hölle, Jeff!«

Vier Wochen später

Immerhin habe ich viel länger durchgehalten, als Sir Malcolm mir zugetraut hätte. Aber heute Nacht haue ich ab. Keinen Tag länger bleibe ich hier. Ich pack' das einfach nicht mehr. Obwohl ich es mir sogar noch schlimmer vorgestellt habe. Dass ich hier von morgens bis abends schuften muss. Stattdessen geh' ich wieder in die Schule, ein paar Straßen von hier. Nachmittags drückt mir Sir Malcolm meistens irgendeine dämliche Aufgabe aufs Auge, wenn er kontrolliert hat, ob ich die Hausaufgaben gemacht habe. Meistens irgendwas mit Putzen oder was, wo ich x-mal die dämlichen Treppen hoch- und runterrennen muss.

Ich kapier' selbst nicht, wieso ich mir das gefallen lasse. Ist ja nicht so, dass er mir Prügel angedroht hätte, wenn ich nicht mitspiele. Ich könnte auch einfach mal die Schule schwänzen und stattdessen meine alten Kumpel besuchen. Mach' ich auch nicht. Weil Sir Malcolm das rauskriegen würde? Würde er bestimmt! Klar, ihm gehts nur drum, zu kontrollieren, ob ich mich an die Regeln halte. Komisch ist das trotzdem. Ma hats nie interessiert, was ich so mach'.

Aber was echt gar nicht geht: Ich krieg' noch nicht mal einen popeligen Apfel, ohne lieb Bitte zu sagen. Und selbst dann ist nicht sicher, dass ich ihn auch bekomme. »Bist du wirklich der Ansicht, dass du einen Apfel verdient hast, Junge? Ich finde ja, die Duschräume sind mehr als schlampig geputzt. Bring das in Ordnung und wir können über den Apfel reden.«

Ja, *Scheißdreck!* Bis alles glänzt, bin ich meist so k. o., dass ich nicht mal den Mund weit genug aufbekomme, um von einem Apfel abzubeißen.

Irgendwie hab' ich ja schon kapiert, dass es mir ganz recht geschieht, dass Sir Malcolm so mit mir umspringt. Wegen Edwin. Wegen den Wutanfällen. Heute Morgen wäre ich mal wieder um ein Haar schier ausgeflippt, weil ich Sir Malcolm um eine Streifenkarte für die U-Bahn bitten musste. Dabei brauch' ich die nur, um Edwin zu besuchen, und ich kann nicht behaupten, dass ich das gern mach'. Ich bekam zwar die Fahrkarte, aber den Auftrag, alle Treppen zu schrubben, gleich noch dazu. Und dieses verfickte Haus hat eindeutig zu viele davon. Jetzt bin ich zu erledigt, um noch wütend zu sein. Aber wenn ich heute noch verschwinden will, sollte ich zusehen, dass ich was zwischen die Zähne kriege.

Also quäle ich mich in die Küche. Wo es nicht nach Abendessen aussieht, aber Sir Malcolm sitzt am Küchentisch und schält eine Orange. Mir läuft das Wasser im Mund zusammen.

»Setz dich.«

Ich nehme ihm gegenüber Platz und ohne ein Wort schiebt er mir den Teller zu. Ich kneife misstrauisch die Augen zusammen, betrachte abwechselnd ihn und die Orangenstücke. Da stimmt doch was nicht. Aber nach der Aktion mit den Treppen habe ich so einen Hunger, dass ich darauf echt keine Rücksicht nehmen kann.

»Danke, Sir Malcolm!«, sage ich und schiebe rasch den ersten Schnitz in den Mund. *Himmlisch!*

Er wartet, bis ich die halbe Orange gegessen habe, ehe er weiterredet.

»Ich frage mich schon langsam, was du eigentlich den ganzen Nachmittag so treibst, wenn du mit deiner Arbeit fertig bist. Ich dachte, du lernst für die Schule, aber irgendwie erwische ich dich nie über den Büchern.«

»Ich habe die Hausaufgaben gemacht, Sir«, sage ich sofort, um von der Tatsache abzulenken, dass ich immer noch heimlich das Training beobachte. Wenn hier irgendwas schlampig erledigt wird, dann meist deshalb, weil ich spitzgekriegt habe, dass einer der besseren Kämpfer zum Unterricht kommt, und ich nix verpassen will. Verstecken muss ich mich ja auch noch.

Sir Malcolm hackt komischerweise nicht weiter darauf rum. Auch die Hausaufgaben will er heute nicht sehen. Ich schiebe mir noch einen Schnitz Orange in den Mund.

»Fragst du dich eigentlich mal, wie meine Arbeit so aussieht? Ich hätte ja schon erwartet, dass ein Junge in deinem Alter mal beim Training zusehen will. Interessiert dich Schwertkampf gar nicht?«

Warum fragt er jetzt ausgerechnet danach? Ahnt er etwas? Die Orange scheint in meinem Mund zu wachsen, ich schaffe es kaum, sie herunterzuschlucken. Um Sir Malcolm nicht ansehen zu müssen, fange ich an, dieses weiße Zeugs von den restlichen Stücken abzupopeln, obwohl mich das bis eben auch nicht gestört hat.

»Irgendeine Antwort, Jeff?«

Scheiße, gleich wird er sauer. »Was müsste ich denn machen, damit Sie es mir beibringen, Sir?«, platze ich unbedacht heraus.

Eine dämliche Frage. Nicht nur, weil ich morgen weg bin. Sondern natürlich vor allem, weil Sir Malcolm einem Scheusal wie mir niemals eine Waffe in die Hand drücken wird.

»Aha. Gleich so«, sagt er jedoch nur, steht auf. »Komm.«

Ich folge ihm in einen der Übungsräume. Sir Malcolm schließt mehrere Schränke auf und zieht die hölzernen Waffenständer heraus, in denen die Schwerter stecken. Doch einen nach dem anderen schiebt er wieder an seinen Platz. Wirft mir zwischendurch taxierende Blicke zu. Was tut er? Schließlich entnimmt er einem Ständer doch noch eine Waffe, wiegt sie prüfend in der Hand, dann schneidet er mit der Klinge durch die Luft zwischen uns. Ich halte den Atem an. Mitten auf dem Kampfboden zu stehen, ist ganz was anderes, als durch Schlüssellöcher oder Ritzen zu spähen.

Das Schwert ist um einiges schlichter gearbeitet als die Waffe, die Sir Malcolm normalerweise benutzt. Aber es hat eine spannende Farbe. Es ist dunkler als die anderen Schwerter, fast schwarz. Es sieht toll aus.

Sir Malcolm lässt das Schwert lässig kreisen. Er kommt auf mich zu und ich habe alle Mühe, nicht ängstlich zurückzuweichen.

»Ein Schwert zu führen, Jeff, hat nichts damit zu tun, eine gefährliche Waffe einzusetzen, um jemanden zu verletzen. Wenn du darauf aus bist, versuch es mit einer Pistole.« Er holt aus, stoppt die Waffe jedoch kurz vor meiner Brust. Ich zucke zusammen. »Ein guter Schwertkämpfer braucht Kraft, Ausdauer und Disziplin. Aber es ist viel mehr als das.« Er nimmt das Schwert weg, doch Sekunden später steht er an meiner Seite, die Schwertspitze zielt auf meinen Hals. Ich zittere innerlich, wage es aber nicht, mich zu bewegen. »Sich in einem Schwertkampf zu messen, bedeutet auch, die Verantwortung dafür zu übernehmen, dass man ein Duell mit einer Waffe bestreitet, die dafür gemacht wurde, den Tod zu bringen.«

Die Schwertspitze verschwindet von meinem Hals, stattdessen ist Sir Malcolm plötzlich hinter mir. »Ein Schwert führen zu dürfen, ist eine große Ehre, Jeff, der man sich immer bewusst sein muss.«

Kraft, Ausdauer, Disziplin, Verantwortung und Ehre.

»Ich habe nichts von alledem«, sage ich patzig, um ihm zuvorzukommen.

Schon steht er mir wieder gegenüber, senkt das Schwert jedoch so, dass die Spitze zu Boden zeigt.

»Ich frage mich vielmehr, ob dich das überhaupt interessiert.«

Tut es.

»Und wenn schon! Sie geben einem Ungeheuer wie mir doch niemals eine lebensgefährliche Waffe in die Hand!«

»Es wäre ein langer Weg, bis ein Schwert in deiner Hand jemandem gefährlich werden könnte«, sagt er lapidar. Wieder bewegt er sich so schnell, dass meine Augen ihm kaum folgen können. Aber plötzlich liegt das Schwert zwischen uns auf dem Boden, mit dem Griff zu mir. »Warum versuchst du es nicht? Heb es auf.«

Im Ernst? Ich strecke meine Hand schon nach der Waffe aus, als Sir Malcolm sagt: »Ich muss dich warnen, Jeff. Dieses Schwert hat schon lange keinen Besitzer mehr. Vielleicht lässt es dich nie wieder los, wenn du es einmal berührt hast.«

Das hört sich jetzt nach dem Hokuspokus an, den meine Mutter auf Jahrmärkten anbietet. Auf so was fall' ich aber nicht rein. Ein Schwert ist nicht mehr als ein Stück Metall, oder?

Ich greife erneut danach. Brauche zwei Anläufe, um es hochzuheben. Es sieht so lässig aus, wenn Sir Malcolm und seine Schüler üben, dabei ist das Ding sauschwer. Dennoch schaffe ich es. Versuche, die Bewegung zu imitieren, die Sir Malcolm und seine Schüler immer zu Beginn eines Kampfes machen: Ich hebe das Schwert zum Gruß, gehe dann einen Schritt zurück, die Waffe kampfbereit in der Hand. Wahrscheinlich sehe ich total dämlich dabei aus. Aber es fühlt sich trotzdem richtig an.

»Aha«, sagt Sir Malcolm und zieht eine Augenbraue hoch. »Dann haben wir jetzt ja auch geklärt, wo du steckst, wenn du nicht aufzufinden bist.«

Mist! Daran habe ich gar nicht mehr gedacht, dass ich keinen Plan haben dürfte, was die da so treiben im Training.

»Was ist eigentlich so schwer daran zu sagen: Sir Malcolm, ich habe alles erledigt, darf ich beim Unterricht zusehen?«

»Es ist so peinlich«, presse ich zwischen zusammen-gebissenen Zähnen hervor. Scheiße, allein die Waffe so zu halten, ist megaanstrengend!

»Unfug«, sagt Sir Malcolm. »Eine Bitte zeugt von Respekt für die Dinge.«

Hä?

»Nehmen wir mal an, du bittest um einen Apfel«, fängt er an.

Oh Mann, woher weiß er denn, dass ausgerechnet *das* mich total nervt?

»Der ist ja nicht vom Himmel gefallen. Ich habe Unterricht gegeben, bin mit dem verdienten Geld auf den Markt ge-gangen, habe den Apfel nach Hause getragen, ihn gewaschen und in die Obstschale gelegt – von all dem, was nötig war, damit dieser Apfel auf dem Markt überhaupt angeboten wer-den konnte, will ich gar nicht erst anfangen, sonst fällt dir noch das Schwert aus der Hand. Und dann kommt da so ein Bengel daher, schnappt sich den Apfel gedankenlos und wirft ihn vielleicht nach zwei Bissen in den Müll, weil er doch keinen so großen Hunger hatte. Hört sich das für dich respektvoll an?«

Er legt den Kopf ein wenig schief. »Da ich nach wie vor unbewaffnet bin, wäre es übrigens zulässig, das Schwert her-unterzunehmen und es auf dem Boden abzustützen. Sieh zu, dass du die Bewegung unter Kontrolle hältst – es sollte nicht so aussehen, als wolltest du es wegwerfen. Und ramm die Spitze nicht in die Dielen, ein Schwert ist kein Spazierstock.«

Irgendwie schaffe ich es, seinen Anweisungen zu folgen, obwohl meine Muskeln schon vor Anstrengung zittern. Aber ich habe Angst, dass er mir die Waffe wegnimmt, wenn ich sie fallen lasse.

»Wer Respekt vor einem Apfel hat, hat auch Respekt vor dem Leben und der Unversehrtheit anderer Menschen«, fährt er fort. »Deswegen zeugt eine Bitte von Anstand und Ehre und von sonst gar nichts. Dich endlos betteln zu lassen, wäre peinlich, aber das erwarte ich gar nicht.«

Ich kann nicht behaupten, dass ich das kapiere. Vor allem habe ich keinen Plan, wie er jetzt schon wieder von einem Apfel auf Edwin gekommen ist. Aber ich ahne schon, dass ich nichts davon vergessen werde. Weil Sir Malcolm sich normalerweise nicht zu so einer langen Rede herablässt. Und weil ich mich an jedes Wort erinnern werde, das gesprochen wurde, als ich das erste Mal ein Schwert in der Hand hielt.

»Da ich nun meine Antworten bekommen habe, will ich deine Frage auch beantworten: Nichts.«

»Was?«, krächze ich angestrengt. Meine Arme protestieren gegen die ungewohnte Haltung.

»Du musst nichts dafür tun, dass ich dir den Umgang mit dem Schwert beibringe. Weil ich das Gefühl habe, dass es unser Zusammenleben ein wenig angenehmer gestalten könnte, wenn ich dich unterrichte.«

»Einfach so?«, frage ich misstrauisch.

Sir Malcolm legt den Kopf zurück und lacht. Allerdings kann ich nicht behaupten, dass mich das irgendwie beruhigt. Denn das Lachen klingt verdächtig nach dem des Teufels, wenn er sich der Seele eines Menschen bemächtigt hat.

»Warum fragst du denn, Junge, wenn du schon weißt, dass es genau das nicht sein wird? Einfach.« Er wird wieder ernst.

»Wir wissen doch beide, dass es dir mehr als schwerfällt, dich an meine Regeln zu halten. Momentan mag ja der Schock über Edwins Zustand dafür sorgen, dass du dich einigermaßen manierlich benimmst, aber irgendwann wird der Eindruck verblassen und dann wirst du anfangen zu rebellieren. Wir werden erneut aneinandergeraten oder vielleicht haust du auch gleich ab, was weiß denn ich. Aber möglicherweise geht es auch anders. Wir beginnen mit einer Stunde Training täglich, das genügt für den Anfang.«

Ein geradezu diabolisches Grinsen breitet sich auf Sir Malcolms Gesicht aus.

»Ich unterrichte seit zwanzig Jahren. Es wird ein Leichtes für mich sein, diese Stunde so zu gestalten, dass du dir nach fünf Minuten wünschst, du hättest dieses Haus nie betreten. Oder so, dass du hoffst, der Unterricht möge nie enden. Oder irgendwas dazwischen. Betrachte diese Zeit als Folge deines Benehmens der Stunden davor. Lernen wirst du so oder so etwas dabei.«

Er verschränkt die Arme vor der Brust und ich klammere mich so fest an den Schwertgriff, dass meine Knöchel weiß hervortreten. Und diesmal tue ich es nicht, weil ich Angst habe, dass es mir aus der Hand rutscht.

»In Ordnung«, krächze ich. »Sir.«

Es klang nicht so, als würde auf meine Zustimmung wert gelegt. Trotzdem scheint es mir wichtig, sie kundzutun. Er nickt nur. Erklärt mir das kurze Pflegeritual, bevor das Schwert zurück in den Ständer kommt. Ich gebe mir alle Mühe, es richtig zu machen, doch meine Finger sind so verkrampft, dass ich kaum weiß, wie ich sie wieder gerade bekommen soll. Bevor mir die Waffe letztendlich doch noch aus der Hand flutscht, ist er jedoch da und verstärkt meinen Griff mit seiner Hand. »Danke, Sir!«, sage ich beschämt, freue mich aber, dass ich trotzdem allein weitermachen darf.

Als ich die Waffe schließlich mit einiger Mühe wieder in den Ständer gehievt habe, sagt er: »Du wirst ab jetzt dafür sorgen, dass es nicht rostet. Aus einem anderen Grund wirst du es in absehbarer Zeit nicht anfassen. Das ist keine Schikane, Junge. Aber du siehst ja selbst, dass du noch nicht bereit dafür bist.«

»Ja, Sir«, sage ich brav, obwohl sich die Enttäuschung schon in meiner Brust breitmacht, als er den Schrank wieder abschließt. Er hat mich an den Eiern und das weiß er auch. Was immer nötig ist, um dieses Schwert wieder in die Hand zu bekommen – ich werde es tun.

»Was träumst du da herum, Jeff? Der Tisch deckt sich nicht von allein!«, ruft Sir Malcolm, der schon fast zur Tür raus ist.

Abendessen herrichten zum Beispiel, vervollständige ich meinen Gedanken und dackle hinter ihm her.

24. Dezember 1995

Ich sitze im großen Übungsraum und reinige die Schutzausrüstungen der Kämpfer. Eigentlich bin ich voll am Arsch, aber nach den letzten Tagen, den Auftritten von Sir Malcolm und seinen besten Schülern auf Veranstaltungen und Weihnachtsmärkten, von denen wir teilweise erst nach Mitternacht zurückgekommen sind, bin ich auch total aufgekratzt. Sir Malcolm hat allen gesagt, dass ich die Aufgaben eines Knappen übernehmen würde, und ich habe sogar passende

Klamotten bekommen. Nix Besonderes – außer den Stiefeln, die sind aus ganz weichem Leder –, aber ich seh' halt echt so aus, als gehörte ich dazu. Irgendwann werde ich auch mal da auftreten, schwöre ich mir. Ich werde der beste Schüler, den Sir Malcolm je hatte!

Keine Ahnung, was Sir Malcolm heute noch vorhat. Einen Christbaum hat er jedenfalls nicht, aber den gabs zu Hause auch nie. Vielleicht schickt er mich einfach ins Bett und geht in seine Stammkneipe, und heute wäre mir das sogar egal. Die Stiefel und das Outfit sind eh das beste Geschenk, das ich je bekommen hab'. Ich hab' auch was für Sir Malcolm, bin mir aber noch nicht sicher, ob ich mich traue, es ihm zu geben. Ohne Geld konnte ich natürlich nichts kaufen. Aber ich habe meine Kunstlehrerin gefragt und ich durfte die letzten Wochen in der Pause in den Werkraum. Im Unterricht haben wir Blumentöpfe gemacht, aber Sir Malcolm hat keine einzige Topfpflanze im Haus. Also habe ich einen Apfel für ihn getöpfert. Ihn sogar grün lackiert. Ob er das albern finden wird?

Ich lege gerade die letzte Schutzmaske in die Truhe, als Sir Malcolm hereinkommt.

»Du hast Besuch, Jeff.«

Ehe ich mir noch überlegen kann, was das jetzt wieder heißen könnte, stürmt auch schon, in eine Wolke bunter Tücher gehüllt, Ma auf mich zu und schlingt ihre Arme um mich. Ich stehe da wie erstarrt.

»Jeff! Oh, wie groß du geworden bist! Was hast du denn da an? Ach, es tut mir so leid, dass ich nicht gekommen bin … Werner hat gesagt, das geht so nicht, ich müsse dich holen …«

Sie redet weiter, erzählt von diesem Werner, der wohl die Kommune leitet, in der sie war. Die Worte rauschen an mir vorbei. *Sie ist hier, um mich zu holen!* Das heißt, ich muss in Zukunft einmal quer durch die Stadt fahren, um zum Training zu kommen. Wobei – warum sollte Sir Malcolm mich überhaupt weiter unterrichten? Ich kann das nicht bezahlen und umsonst macht er es sicher nicht, wo er mich doch endlich los sein kann. *Verdammte Scheiße!* Ma quasselt ungebremst weiter. Von diesem Werner und darüber, wie toll der ist. Sind die jetzt zusammen, oder was? Dass ich noch keinen Ton gesagt habe, fällt ihr gar nicht auf.

»Aber Werner hat gesagt, es sei okay, wenn ich dich mitbringe. Malcolm meint, du trainierst fleißig. Werner kann dich in Yoga unterrichten – ist das nicht toll?«

Yoga? Echt super! Doch vor allem hört sich das so an, also wolle sie mich an die Ostsee verpflanzen. Neunhundert Kilometer von *meinem* Schwert entfernt. Jetzt, nachdem Sir Malcolm mir in Aussicht gestellt hat, dass er mir nach dem endlosen Kraft- und Konditionstraining der letzten Wochen wenigstens mal zeigt, wie ich es im Training richtig halten soll. *Das darf doch nicht wahr sein!*

Sie quatscht weiter von der fantastischen Gemeinschaft da. *Halt die Klappe, Ma!* So kann ich nicht denken. Ich balle die Fäuste. Mein Magen zieht sich zusammen. Sie redet ungebremst weiter. *Ma, sei still!* In meinen Ohren rauscht es. Dann fällt mein Blick auf Sir Malcolm, der immer noch gelassen in der Tür steht. *Ich muss mich zusammenreißen! Die Wut im Zaum halten, sonst bin ich endgültig erledigt.* Ich hole tief Luft.

Konzentriere mich ganz auf das, was ich sagen will. Mit halbem Ohr höre ich Ma noch.

»… das war wirklich dumm von mir, dass ich vergessen habe, diese Vollmacht zu unterschreiben, und Malcolm die Reise nach Schottland absagen musste …«

Ich registriere ihre Worte, bin jedoch so fokussiert auf Sir Malcom, dass ich deren Bedeutung gar nicht verstehe.

»Kann ich nicht hierbleiben? Bitte, Sir! Ich werde härter arbeiten, versprochen.«

Ich mache den Mund wieder zu. Jedes weitere Wort wäre peinliche Bettelei. Er sieht mich schweigend an, auch Ma ist endlich ruhig. Dann sagt er: »Lass uns einen Moment allein, Jeff.«

»Entschuldige, Ma«, sage ich, winde mich aus ihrer Umarmung und verlasse den Raum. Ich habe eh kaum eine Chance und Ungehorsam wird sie nicht gerade verbessern.

Ich trabe die Treppe runter, setze mich auf die unterste Stufe und starre die Eingangshalle an, als hätte ich sie noch nie gesehen. Irgendwer ist schon wieder mit schmutzigen Schuhen durchgetappt, aber ich kann mich nicht dazu aufraffen, den Besen zu holen.

Warum? Warum jetzt? Immer noch muss ich jede Menge Mist erledigen, Sir Malcolms Gerede von Respekt und Disziplin nervt ohne Ende und von den Besuchen bei Edwin kriege ich Magenschmerzen. Aber das ist es wert. Wegen dem Training. Wegen dem Schwert, das mir nicht mehr aus dem Kopf geht und das ich einmal in der Woche herausholen, reinigen und einölen darf, damit sich kein Flugrost absetzt. Das ich bald richtig in der Hand halten dürfte, wenn ich nicht an der Ostsee hocken und alberne Verrenkungen machen müsste.

Was hat Ma da eigentlich gerade gesagt? Sir Malcolm musste eine Reise nach Schottland absagen? Wegen mir? Hab' ich gar nicht dran gedacht, dass er ja kein Sorgerecht oder so was hat. Das mit der neuen Schule hat sicher auch nur geklappt, weil der stellvertretende Direx zweimal in der Woche zum Training herkommt. Aber das Land kann man mit einem fremden Kind natürlich nicht mal eben so verlassen.

Wobei – Sir Malcolm wollte mich doch sicher nicht mitnehmen, oder? Nee. Ich sollte woandershin und die wollten wissen, was wir überhaupt miteinander zu schaffen haben. So muss es gewesen sein. Wieso er mich nicht einfach in einen Zug an die Ostsee gesetzt hat und die Weihnachtsferien Mas Problem hat sein lassen, kapiere ich aber nicht.

Jedenfalls, wenn Sir Malcolm noch einen Beweis brauchte, wie nervig es ist, mich an der Backe zu haben, hat er ihn ja nun bekommen. Danke, Ma!

Er schickt mich weg. Warum mache ich mir überhaupt noch was vor? Hätte ich nur … Ja, was? Nicht auf Edwin eingestochen? Dann wäre ich ja gar nicht erst hier gelandet. Das ist doch pervers. So gesehen hat es irgendwie schon seine Richtigkeit, dass ich nicht hierbleiben darf, jetzt, da ich unbedingt will.

Ich stehe auf. Hole den Besen. Ostsee hin, Yoga her … so schmuddelig lasse ich die Eingangshalle jedenfalls nicht zurück.

»Jeff!«

Ich halte inne, als Ma zum zweiten Mal auf mich zustürmt. Allerdings ist diesmal ihr Gesicht tränenüberströmt. Sie stockt kurz, als sie den Besen in meiner Hand sieht, dann hängt sie schon wieder an mir.

»Äh … schon gut«, sage ich und umarme sie unbeholfen.

»Ach, Jeff, du warst schon immer so ein wilder Junge … Ich dachte halt, am besten tobst du dich mit deinen Freunden aus … Und als Werner das dann rausgekriegt hat, dass ich einfach abgehauen bin … Aber Malcolm sagt, du hättest hier deinen Platz gefunden … Werner wird sich ärgern, wenn ich dich nicht mitbringe … weil er doch denkt, ein Sohn gehöre zur Mutter … Werner meinte … na ja …« Sie schnieft laut.

Ich muss nicht weg?!

Da kann ich sogar darüber hinwegsehen, dass Ma offenbar hauptsächlich daran interessiert ist, was dieser Werner jetzt denkt. Dass sie mich vermissen wird, sagt sie jedenfalls nicht.

»Dann haben wir jetzt beide unseren Platz gefunden. Ich hier und du an der Ostsee, bei Werner«, sage ich versöhnlich und komme mir sehr großmütig dabei vor.

»Ja!«, schluchzt sie. »Ich habe auch diese Vollmacht unterschrieben. Und ich werde so einen Antrag stellen … auf Kindergeld … Wusstest du, dass es so was gibt? Dann kann Malcolm dir von dem Geld Klamotten kaufen, du wächst ja so …«

Ich verdrehe heimlich die Augen. Ja, ich wusste, dass es so etwas wie Kindergeld gibt. Aber ich dachte, sie auch. Sie ist doch hier die Mutter, so was muss ich ihr doch nicht sagen!

»Malcolm meint, du kommst heute Abend mit, damit wir noch ein bisschen Weihnachten feiern können.« Sie sieht mich mit großen Augen an, als fürchte sie, ich würde ablehnen. Vielleicht nimmt sie mein Wunsch hierzubleiben doch mehr mit, als sie zeigen kann. Aber ich bin aus ihr ja noch nie wirklich schlau geworden.

»Klar«, sage ich lässig. »Schau mal, da hinten sind die Duschräume. Wasch dir doch schnell das Gesicht und ich hole in der Zeit meine Zahnbürste, okay?«

Sie nickt und verschwindet. Ich schaue nach oben, wo Sir Malcolm mit unergründlicher Miene an der Balustrade lehnt. Er wendet sich ab und ich eile hinterher. Werfe in meinem Zimmer schnell ein paar Sachen in meinen Rucksack und schnappe mir das Geschenk. Dann stöbere ich Sir Malcolm in seinem – unserem? – Wohnzimmer auf, wo er sich gerade einen Whiskey einschenkt. Ich zögere, doch er hat scheinbar nicht vor, zuerst was zu sagen. Ich räuspere mich.

»Entschuldigen Sie, Sir, dass Sie die Reise absagen mussten. Das wusste ich nicht.«

Einen winzigen Augenblick lang glaube ich, Überraschung in seinem Gesicht zu erkennen.

»Schon gut. Woher solltest du auch?«

»Es tut mir trotzdem leid. Vielleicht könnten Sie …«

»Jeff«, unterbricht er mich. »Du musst jetzt auch nicht gleich innerhalb eines Tages erwachsen werden, hm?«

Ich schlucke. Das hörte sich jetzt irgendwie fast wie ein Lob an. Aber Sir Malcolm lobt nie, nicht nur mich nicht, auch seine Schüler nicht. Wenn man was richtig gemacht hat, merkt man das schon, weil er einen dann nicht runtermacht. Doch es kommt noch besser.

»Wir fahren in den Faschingsferien nach Schottland. Kein großer Verlust. Das Wetter wird genauso scheußlich sein wie jetzt. Über Weihnachten helfen wir mal lieber deiner Mutter, ihren Umzug zu organisieren, weil sie uns sonst bloß ein riesiges Chaos hinterlässt.«

Wir, wir, wir! Der Frosch in meinem Hals wird größer. Verlegen reiche ich ihm den in Zeitungspapier gewickelten Apfel. »Frohe Weihnachten, Sir!«

Er packt den Apfel aus, wiegt ihn nachdenklich in seiner Hand. »Nur fürs Protokoll, Junge«, sagt er schließlich. »Ich mach' das hier nicht, um Lina einen Gefallen zu tun oder weil ich fürchte, dass ein Kind in der Gosse landet, wenn ich nichts unternehme. Sondern weil ich da ein gewisses Potenzial erkenne und glaube, dass es sich lohnen könnte, dich zu unterrichten. Das wird es doch, oder?«

Ich nicke unsicher. *Oje, hoffentlich hat er da recht!*

»Gut«, sagt er. »Bis auf Weiteres wirst du die Aufgaben eines Knappen in diesem Haus übernehmen. Bilde dir nicht ein, dass sich daran in absehbarer Zeit etwas ändert.« Er dreht den Apfel noch mal in seiner Hand herum, ehe er ihn zu den echten in die Obstschale legt. »Aber ich interpretiere das jetzt mal so, dass du es auch gar nicht anders haben willst.«

»Nein, Sir«, sage ich.

Wobei ich das noch gar nicht so gesehen habe, als ich den Apfel getöpfert habe. Doch jetzt, da ich verstehe, dass ich nur hier sein kann, weil es Edwin so beschissen geht, finde ich auch, dass ich hier nicht einen auf Faultier machen sollte.

»Na, geh schon«, sagt Sir Malcolm und ich sehe zu, dass ich Ma wieder auftreibe.

Kapitel 28

JEFF

20. Februar 2006, München-Schwabing

Sheryl sieht aus, als würde sie jeden Augenblick zusammen-
klappen, und ich merke, dass ich ziemlich weit ausgeholt
habe. Eigentlich wollte ich ihr ja nur erklären, weshalb *ich*
Vico so sehr brauchte.

»Endlich hatte ich kapiert, dass ich hier eine zweite Chance
bekommen hatte. Eine Chance, die ich nicht verdiente. Vielleicht hat mich das Schwert ja wirklich verzaubert, wer weiß
das schon! Auf jeden Fall war ich bereit, mich Sir Malcolms
strengem Regiment zu unterwerfen. Häufig war ich nach all
der Schufterei so müde, dass ich beim Abendessen fast am
Tisch einschlief. Manchmal war das Training so heftig, dass
ich glaubte, keinen Muskel mehr im Körper zu haben, der
nicht schmerzte – von den diversen Blessuren, die ich davon-
trug, weil Sir Malcolm meine Deckung mal wieder mit einem
Streich hinweggefegt hatte, ganz zu schweigen. Nach einem
Jahr lockerte er die Regeln zumindest so weit, dass ich nicht
mehr um jede Kleinigkeit bitten musste. Es sei denn, es ging
um Geld. Und er bestand darauf, dass ich Edwin weiter
besuchte, bis diesem endlich von selbst die Lust darauf
verging. Aber ich dachte keinen einzigen Tag mehr daran,

abzuhauen oder gar zu Ma in ihre Kommune zu ziehen. Ich war schon über drei Jahre Sir Malcolms Knappe, als ich auf einem Markt über Vico stolperte.«

Ich muss grinsen, als ich an sein empörtes Gesicht denke, als ihn angequatscht habe.

»Ich gebs zu, ich war nicht gerade nett zu ihm. Er flippte allerdings gleich komplett aus. Und dann setzt dieser arrogante Knirps es sich auch noch in den Kopf, Schwertkampf zu lernen. *Die* Gelegenheit für mich, die Sache mit Edwin doch noch irgendwie gutzumachen, indem ich *diesen* Jungen davon abhielt, auf andere mit einem Messer loszugehen. Ich bettelte. Zum ersten Mal bettelte ich Sir Malcolm an, bis er mir tatsächlich gestattete, den Kerl zu unterrichten. Da dachte ich noch, das ist so ein verwöhnter Bursche, den muss man nur mal zurechtstutzen, dann passt das schon. Doch es war ganz anders. Während ich als Kind geglaubt hatte, mir werde völlig zu Unrecht ein besseres Leben vorenthalten, war es bei ihm tatsächlich so. Zwar hatte Vico Glück, dass sein Vater ihn fand, aber zuvor muss er durch die Hölle gegangen sein.«

Mehr mag ich darüber nicht sagen. Auch wenn Vico unsere Freundschaft verraten hat, werde ich das nicht tun. Sein Verhalten Sheryl gegenüber entschuldigt es auch nicht.

»Sir Malcolm riet mir, ihn dennoch nicht wie ein rohes Ei zu behandeln – das täten sicher alle anderen schon. Trotzdem war ich heilfroh, dass Sir Malcolm meinen Unterricht im Auge behielt. Dafür bekam ich etwas, womit ich gar nicht gerechnet hatte. Jahrelang war ich ja nicht nur als Knappe für jeden Mist zuständig gewesen, auf den die anderen keine Lust hatten, als unerfahrenster Schüler hatte ich mir zudem noch von jedem etwas sagen lassen müssen. Doch plötzlich war da jemand, der zu *mir* aufsah. Dem *ich* was beibringen konnte. Der auf *mich* zu hören hatte. Wie sehr ich mich nach so jemandem gesehnt hatte, merkte ich erst, als Vico unermüdlich jeden Tag in der Schule aufkreuzte, egal, ob er überhaupt Unterricht hatte oder nicht, egal, wie hart ich ihn rannahm. Im Gegensatz zu mir machte es ihm auch nie was aus, um etwas zu bitten. ›Darf ich zuschauen?‹, war wohl der Satz, den ich in der Zeit am häufigsten hörte. Und je länger das so ging, desto weniger konnte ich mir vorstellen, wie es ohne Vico wäre. Wir wurden Freunde. Irgendwann habe ich ihm sogar die Story von Edwin erzählt.«

Weil Vico natürlich spannte, dass ich nie Geld hatte. Er hatte Taschengeld ohne Ende, trotzdem konnte ich mich nicht von ihm einladen lassen, das wäre ja Betrug gewesen. Sir Malcolm würde entscheiden, wann es vorbei war. Wenn ich mir zu fein dafür war, ihn um ein paar Euro für das Freibad zu bitten und mir gegebenenfalls ein paar beißende Kommentare zu dem Thema anzuhören, musste ich eben mit meinem Arsch zu Hause bleiben, so einfach war das. Allerdings gab es außer der Wahrheit kaum eine sinnvolle Erklärung für dieses Verhalten.

Ich ging fest davon aus, dass Vico seinen Krempel packen und sich einen neuen Lehrer suchen würde. Aber er meinte nur: »*Wow, du ziehst das voll durch, oder? Echt heftig, ich würde das nicht packen.*« Auf meine Frage, ob er mich jetzt nicht verabscheue, sagte er nur: »*Jeder macht mal einen Fehler. Vielleicht habe ich auch mal auf wen eingestochen, wer weiß das schon! Wird schon einen Grund haben, warum ich mich an nix erinnern kann.*«

Ach, ich will gar nicht mehr daran denken! Rasch rede ich weiter.

»Du hattest recht, Sheryl. Ich scheine süchtig nach Bestätigung zu sein. Nach Vicos Heldenverehrung besonders. Aber er brauchte mich doch schon lange nicht mehr. Er wurde erwachsen und ich war längst nicht mehr unentbehrlich.«

Ich seufze.

»Bis ich da plötzlich was in ihm sehe ... seine ganzen One-Night-Stands ... die Art, wie er seine Eroberungen behandelte ... Vico ist ein Dom! Und plötzlich ist alles wie früher. Ich bin es, der ihn in diese Welt einführt, während er tun muss, was ich sage. Aber nicht nur das, nein, ich bin es auch, der den Preis erringen wird. Natürlich merke ich, dass es um ihn geschehen ist, als er dich sieht. Aber statt einen anderen Dom für uns zu suchen und eine erfahrene Sub zu bitten, Vico unter die Fittiche zu nehmen, sonne ich mich lieber in dem Wissen, dass er dich nie bekommen wird. Dass du einzig mir gehörst. Verschließe die Augen vor der Tatsache, dass das nicht ewig gut gehen wird.«

Hilflos sehe ich Sheryl an. »Trotzdem kann ich ihm nicht verzeihen.«

Und mir auch nicht. Aber ich glaube, das sagte ich bereits.

Sheryl klammert sich inzwischen am Fensterbrett fest. Ich wünschte, es sähe nicht so aus, als wäre sie kurz davor hinauszuspringen.

»Sheryl?«

Ich könnte mich nicht nackter fühlen, wenn ich ohne Klamotten vor ihr stünde. Nichts habe ich mehr vor ihr zurückgehalten. Wenn ich doch nur glauben könnte, dass es ihr irgendwie geholfen hat! Stattdessen sieht sie schlimmer aus als zuvor. Zwar versteht sie nun hoffentlich, dass nicht ihr Wunsch schuld an alldem war, dafür weiß sie jetzt, dass sie ihre Hingabe einem Monster geschenkt hat. Wie konnte ich annehmen, das sei besser?

»Sheryl?«

Ich sollte gehen. Sie nicht noch weiter quälen, doch dann beginnt sie zu reden.

»Oh Jeff ... meine Oma hat mich gewarnt ... Natürlich habe ich ... Und Sir Malcolm ... Ich verschwinde ...«

Was, um Himmels willen, redet sie da? Ich mache einen Schritt auf sie zu. Will sie beruhigen, so wie ich es seit unserer ersten Begegnung immer konnte. Sie keucht erschrocken auf, weicht fast panisch vor mir zurück. Oh, verdammt! Das Letzte, was ich will, ist, Sheryl buchstäblich in die Ecke zu treiben.

»Du bist ... Ich will ... Es geht einfach nicht ...«, schluchzt sie.

Beschwichtigend hebe ich die Hände. Ziehe mich sofort zurück. Ich habe kein Recht, sie anzurühren. Nicht nur, dass sie ihr Safeword gesagt hat. Jede Berührung eines Mannes muss ihr zuwider sein. Wird sie sich jemals davon erholen? Ich hoffe es so sehr. Auch wenn ich nicht der Glückliche sein darf, der sie eines Tages wieder in die Arme schließen darf.

»Vico ... ich ... Es ist meine Schuld ... Ich konnte nicht ...«

»Sheryl!«, sage ich verzweifelt. Wozu bin ich hergekommen, wenn sie immer noch glaubt, es wäre ihr Fehler? Sie muss noch viel tiefer verletzt sein, als ich dachte. Ihre Oma hatte recht. Ich bin nicht gut für sie.

Aber bin ich denn überhaupt hergekommen, um ihr zu helfen? Oder habe ich wider besseren Wissens gehofft, mit meinem Geständnis ihr Mitgefühl zu erregen? Geglaubt, dass sie in meine Arme sinkt und mir verzeiht? Wie erbärmlich! Ich hätte den Mund halten sollen.

»Du musst mit deiner Großmutter sprechen. Bitte, Sheryl, versuche nicht, das allein durchzustehen.«

Doch sie schüttelt heftig den Kopf.

»Ich liebe dich, Jeff … aber … ich konnte nicht widerstehen … Vico … Ich liebe Vico … Und ich … Es wäre besser, wenn wir uns nicht wiedersehen … wenn … wenn …«

Zack!

Als krachte von irgendwoher ein Hammer auf meinen Kopf. Sheryl redet weiter, doch das Blut rauscht so laut in meinen Ohren, dass ich sie nicht mehr höre. Sie liebt Vico. *Vico!*

Ich taumle unter dem Schlag.

Nee. Nicht mit mir! *Ich schlage zurück!*

Von einer Sekunde auf die andere schalte ich auf Angriff um. Wie von selbst ballen sich meine Hände zu Fäusten. Wo ist der Feind?

Ein Schleier vor meinen Augen. Ich erkenne kaum noch was. Vico! Da ist er. Grinst auch noch frech. Er ist tot. *So was von tot!*

Ich will Blut sehen. Mache einen Schritt auf ihn zu. *Ich bringe ihn um!*

Halt. Nein.

Das geht zu weit.

Atmen. Ich muss atmen.

Noch mal.

Okay. Ich werde niemandem etwas tun. Aber dann muss ich jetzt gehen.

Wo bin ich überhaupt?

»Jeff!«

Sheryl. Liebe meines Lebens. Ich bin in Sheryls Zimmer. Der Schleier lichtet sich ein wenig.

Ein Plakat. Da hängt ein Plakat. Über ihrem Bett. Und Vico lächelt spöttisch auf mich herab.

Noch irgendwelche Zweifel? Wer hängt denn einen Mann über sein Bett, der einem Gewalt angetan hat?

»Du hast ›Mayday‹ gesagt! Du hast dein Safeword bei Vico benutzt oder war das nur ein Spiel? Verflucht, ich dachte er … er hätte … Du liebst ihn? Verdammt, Sheryl!« Ich brülle sie in meinem Kopf an, aber die Worte wollen nicht über meine Lippen.

Gerade ein wenig zurückgedrängt, schwappt die Wut erneut hoch. Mein Körper bebt. Wie gerne würde ich dem Kerl jetzt die Fresse polieren! Ich kann sein höhnisches Grinsen nicht ertragen, bin mit einem Satz auf dem Bett, reiße das verfluchte Plakat herunter. Nimm das, du Hundling! Hurensohn! Bastard! Scheißkerl!

Ich zerfetze das verdammte Plakat, aber auch das ist nicht genug. Ich will etwas, das sich wehrt, verdammt!

Jemand schreit. Panisch. Sheryl … da ist nur noch Sheryl. Ich darf ihr nichts tun.

Ich muss raus hier!

Hektisch drehe ich mich um. Renne raus. Aus ihrem Zimmer. Aus ihrem Haus. Aus ihrem Leben.

Raus, raus, raus.

Ich renne. Solange ich renne, wird keinem etwas passieren.

Ich renne in Richtung Englischer Garten. Weiter bis an die Isar. Raus, raus, raus. Raus aus München.

Ich werde rennen. Bis ans Ende meines Lebens.

Die frische, kühle Luft brennt in meiner Lunge. Ich stolpere, halte an. Stütze keuchend die Hände auf meinen Oberschenkeln ab. Wo zum Teufel bin ich?

Die Isar plätschert unbeeindruckt dahin, Vögel zwitschern. Kein Mensch weit und breit.

Ich entdecke einen Wegweiser. Garching.

Lächerlich! Wie weit bin ich gerannt? Zehn Kilometer? Zwölf? Pah! Wir haben mal bei Vico eine DVD geguckt, da joggte ein Typ namens Forrest drei Jahre durch die USA, als ihn seine Freundin verlassen hatte. Der hatte am Schluss einen endlos langen Bart. Ich hab's gerade mal von Schwabing bis nach Garching geschafft. Jämmerlich!

Ich hämmere mit den Händen gegen meinen Kopf. Was macht Vico denn schon wieder dadrin? *Raus, du Idiot!*

Aber nicht nur das. Es ist, als hätte es die letzten Jahre nicht gegeben. Was spielt es für eine Rolle, dass ich ja nur auf ein Plakat eingeschlagen habe? Dass ich nur ein Stück Papier angegriffen habe? Die Wut ist wieder da. Jederzeit kann sie die Macht übernehmen. Was wäre passiert, wenn Vico leibhaftig vor mir gestanden hätte? Wird das nächste Mal jemand zu Schaden kommen? Immerhin habe ich das verfluchte Ding zerfetzt – ist das nicht schon gewalttätig genug?

Mühsam setze ich mich wieder in Bewegung, folge mit schweren Schritten dem Wegweiser nach Garching.

Vico und Sheryl also. Ab wann genau habe ich da jetzt etwas missverstanden? Ich könnte schwören, dass er versucht hat, sie mit Gewalt zu nehmen. Sie hat *Mayday* gerufen, ich hab's doch genau gehört! Und sie hat geweint, so schrecklich geweint. Irrtum meinerseits? Oder haben sie sich ausgesprochen und …? Ja, was?

Ist Vico nicht etwa zu mir gekommen, um mich um Verzeihung zu bitten, sondern um mir selbst zu sagen, dass *er* nun mit Sheryl zusammen ist?

Ich hätte ihm zuhören sollen, dann wäre Sheryl wenigstens meine Lebensbeichte erspart geblieben. Aber ich weiß ja immer alles besser. *Ha-ha!* Ich bin so ein gottverdammter Idiot!

Endlich erreiche ich den verflixten Ort. Wo ist die U-Bahn? Ich brauche ein Bier!

Kapitel 29

JEFF

3. März 2006, München-Au

»Noch eins«, sage ich düster und starre in mein leeres Bierglas.

Jeden Tag dauert es länger, bis ich so besoffen bin, dass ich nicht mehr denken kann. Was ein Scheiß! »Und einen Obstler!«

Der Wirt der schmierigen Eckkneipe nickt nur. Zehn Tage, in denen ich den Mund nur aufgemacht habe, um etwas zu bestellen, haben ihm und den übrigen Gästen klargemacht, dass jeder Versuch, eine Unterhaltung mit mir zu starten, vergebene Liebesmüh ist. Vielleicht haben sie aber auch einfach Angst, dass sie eins aufs Maul kriegen, wenn sie mich blöd anlabern.

Egal. Ich habe meine Ruhe. Deswegen komme ich jeden Tag wieder.

Und weil der Laden nicht weit von der Kampfschule entfernt ist. Denn da habe ich immer noch ein Bett. Vermutlich aber nicht mehr lange. Mindestens ein Mal ist Sir Malcolm in meinem Zimmer aufgetaucht, aber ich war sternhagelvoll – kein Plan, was er wollte. Bisher habe ich es noch immer geschafft, nach dem Aufstehen aus dem Haus zu kommen, ohne ihm zu begegnen. Weit muss ich ja nicht. Nur hierher.

Der Wirt stellt ein Schnapsglas neben das frisch gezapfte Bier, füllt es bis zum Rand mit Obstler. Doch als er endlich die beiden Gläser in die Hand nimmt, um sie vor mir auf die Theke zu stellen, hält er abrupt inne. Ein komisches Kribbeln breitet sich in meinem Nacken aus. Ich drehe den Kopf und meine Befürchtung bestätigt sich: Neben mir steht Sir Malcolm, schüttelt nur den Kopf. Der Wirt räuspert sich verlegen und stellt die Gläser wieder ab.

Na toll! Ich bin bei Weitem noch nicht betrunken genug für dieses Gespräch.

Einen Moment lang scheint jeder in der Kneipe den Atem anzuhalten. Ich bin nur zwei Blocks von zu Hause entfernt. Natürlich weiß jeder hier, wer wir sind.

Ich starre wieder in das Glas vor mir. In dem sich nach wie vor nichts finden lässt. Weder der dringend benötigte Schluck Bier noch eine sinnvolle Gesprächseröffnung. Was soll ich sagen? ›Entschuldigung, dass Sie sich die letzten Jahre umsonst mit mir rumgeplagt haben – ich geh' dann mal.‹? Nee, da warte ich lieber, bis er mir sagt, dass ich meinen Krempel packen und verschwinden soll.

Er stützt einen Ellenbogen lässig auf die Theke, während ich sehnsüchtig zu den vollen Gläsern schiele, die sich immer noch außerhalb meiner Reichweite befinden.

»Als du damals bei mir eingezogen bist, ging ich davon aus, dass dir vor allem klare Regeln fehlten und jemand, der willens war, sie auch durchzusetzen. Gerade als ich anfing, mir Sorgen zu machen, weil du außer meinen Schülern keine

Freunde hattest, tauchte Vico bei uns auf. Ein echter Kumpel, der zu dir hielt. Mit dem du Spaß haben und über alles reden konntest. Alles schien sich bestens zu fügen. Und die Zeit gab mir ja recht – ich könnte nicht stolzer auf dich sein. Aber scheinbar habe ich es verpasst, dir zu beweisen, dass du auch mit *mir* jederzeit über alles reden kannst.«

Ich glotze wieder in mein leeres Bierglas und frage mich, ob ich vielleicht doch besoffener bin, als ich angenommen habe.

»Jeff? Du musst nicht alles mit dir allein ausmachen.«

Warum jagt er mich nicht zum Teufel? Mag ja sein, dass es ihm nach dem Schlamassel in Schottland ganz recht kommt, dass er mir kein volles Gehalt zahlen muss. Aber das allein macht doch den ganzen Ärger, den Ma und ich ihm in den letzten Jahren gemacht haben, niemals wett.

»Diese Unterhaltung hat überhaupt nichts mit der gemein, die ich erwartet habe«, sage ich schließlich und versuche, den Barkeeper durch verstohlene Gesten dazu zu bewegen, meine Getränke rauszurücken. »Aber zum Reden ist es zu spät. Die Wut ist wieder da.«

Sir Malcolm zuckt nur mit den Achseln.

»Sollten Sie nicht fragen, ob jemand verletzt wurde?«, frage ich grantig, zumal der Wirt es vorzieht, mich zu ignorieren.

»Wenn es so wäre, wärst du nicht hier.«

»Ach ja?«, schnaube ich.

Aber dann stelle ich mir vor, dass Vico jetzt in einem Krankenbett läge, angeschlossen an blinkende Geräte, wie damals Edwin. Keine zehn Pferde würden mich aus dem Krankenhaus rausbringen!

Ich seufze. Da ich offenbar nichts zu trinken bekommen werde, bevor Sir Malcolm der Ansicht ist, dass diese Unterhaltung zu Ende ist, erzähle ich ihm alles. Über Sheryl. Über Vico. Über das Plakat. Wie ich weggerannt bin.

»Was hast du erwartet? Dass du nie mehr wütend wirst? Mir wäre es ja lieber, du hättest daraufhin mal wieder alle Treppen geschrubbt, so wie früher. Aber rennen ist auch nicht schlecht. Erinnere dich an die Gespräche, die wir darüber geführt haben. Es geht nicht darum, die Wut zu unterdrücken oder ihr aus dem Weg zu gehen. Sondern darum, richtig damit umzugehen. Wir haben das geübt, Junge.«

Ich schlucke. Wann hat er mich das letzte Mal *Junge* genannt? Hat er recht? Bin ich die letzten Jahre zu selbstgefällig geworden? Habe ich gedacht, mir tollem Kerl würde so was nicht mehr passieren?

»Das Problem ist doch nicht die Wut«, sagt Sir Malcolm. »Sondern der Grund dafür. Das Mädel.«

Sheryl. Liebe meines Lebens.

Wir schweigen. Dazu gibt es nichts mehr zu sagen. Sheryl ist weg. Ich werde sie nie wieder in den Armen halten. Sie nie wieder zum Fliegen bringen. Nie wieder in ihre strahlenden Augen blicken. Nie wieder wird sie ihren zerbrechlichen Körper vertrauensvoll an mich schmiegen, sich mir vollkommen und ohne Angst oder Bedenken hingeben. Sich mir unterwerfen oder mich sie halten lassen. *Vico* wird jetzt all das von ihr bekommen, all das für sie tun, alles für sie sein.

Wie von Zauberhand sind nun doch Bier und Schnaps vor mir erschienen. Jetzt will ich sie nicht mehr. Ich raufe mir die Haare, stütze den Kopf in die Hände.

»Hm«, sagt Sir Malcolm. »Aber deswegen bin ich eigentlich gar nicht hier. Ein Mr. Sung hat bei uns angerufen. Er sagt, du schuldest ihm einen Gefallen.«

Mr. Sung? Ja, natürlich schulde ich ihm einen Gefallen. Nach dem ersten Seminar, das ich bei ihm besucht hatte, konnte ich mir nie wieder eines leisten. Trotzdem durfte ich ihn jederzeit anrufen und alles fragen. Und als ich mit Sheryl ankam, wollte er kein Geld für das Seminar ... Nein, nur nicht daran denken!

»Er würde dich morgen Vormittag um zehn gern sehen.« Sir Malcolm klopft mir auf die Schulter. »Deine Entscheidung, Junge. Aber ich dachte, du solltest es wissen. Möglicherweise möchtest du nüchtern hingehen.«

Eigentlich will ich gar nicht hingehen. Zu sehr erinnert mich da alles an Sheryl. Aber vielleicht sollte ich langsam mal damit aufhören, es alle anderen ausbaden zu lassen, dass es mir nicht gut geht. Ich zahle meinen Deckel, lasse die Getränke unberührt stehen und trotte hinter Sir Malcolm her. Zeit, erwachsen zu werden und Verantwortung zu übernehmen. Auch wenn es sich scheiße anfühlt.

Als ich am nächsten Morgen aufwache, fühle ich mich ein bisschen wie der zwölfjährige Junge, der sich dazu durchrang, Sir Malcolm darum zu bitten, bei ihm bleiben zu dürfen. Himmel, wie lange wäre ich diesen Selbstzerstörungskurs weitergefahren, wenn er nicht aufgekreuzt wäre? Ich schlurfe zur Küche. Bleibe im Türrahmen stehen.

»Danke, Sir!«

»Den ›Sir‹ könntest du langsam stecken lassen, Jeff. Sagte ich das nicht schon mal?«, entgegnet er und nimmt einen Schluck Kaffee.

»Schon möglich, Sir«, sage ich.

Das fällt mir allerdings im Traum nicht ein. Die Anrede ist Zeichen meines Respekts, meiner Dankbarkeit – und meiner Faulheit, mir etwas anderes anzugewöhnen.

Er nickt nur.

»Kai kommt nachher zum Training. Würde mir nichts ausmachen, wenn du das ab nächste Woche wieder übernimmst. Was ist denn mit dem Burschen los? Er ist doch kein schlechter Kämpfer, aber seine Angriffe sind so unpräzise, dass ich ernsthaft daran denke, ihn nur die Grundschritte üben zu lassen.«

»Tatsächlich?«, sage ich arglos und schenke mir ebenfalls einen Kaffee ein.

Sir Malcolm runzelt die Stirn. Aber ausgerechnet ich sollte mich wohl nicht darüber auslassen, dass Lindas Auszug bei Kai sich ebenso negativ auf seinen Trainingseifer ausgewirkt hat wie ihr Einzug ein paar Wochen zuvor.

Ich setze mich.

»Entschuldigung, Sir! Es wird nicht wieder vorkommen.«

»Akzeptiert«, sagt er.

»Einfach so?«, frage ich rau.

»Jeff, so alt bin ich auch wieder nicht, dass ich mich nicht mehr daran erinnern kann, dass der erste Liebeskummer einen völlig unvermittelt trifft. Vorher noch schnell Urlaub beantragen und Termine verschieben, haut selten hin. Klar fände ich es netter, wenn ich mich in Zukunft nicht unverhofft mit einer Bande verärgerter Schüler herumschlagen müsste, aber wahrscheinlich fändest du es auch netter, wenn ich deine Gutmütigkeit nicht länger ausnutzen und dich endlich ordentlich einstellen würde. Ich denke, wir sind quitt.«

Beschämt starre ich in meinen Kaffee. Quitt sieht bei mir anders aus. Aber ich weiß es besser, als zu widersprechen.

»Warum nutzt du das Wochenende nicht, um deine Angelegenheiten in Ordnung zu bringen, und steigst am Montag wieder voll ein? Geh eine Runde joggen, das wird dir guttun.«

Ich werfe einen sehnsüchtigen Blick auf die Tüte vom Bäcker, die auf der Anrichte liegt, seufze tief, stürze den Kaffee herunter und stehe auf.

»Ja, Sir.«

Manche Dinge ändern sich eben nie. So verständnisvoll, wie er mir im Moment auch begegnet, Sir Malcolm ist und bleibt ein elender Sklaventreiber.

Frisch geduscht und zugegeben mit einem klareren Kopf, als ich es vor zwei Stunden noch für möglich gehalten hätte, betrete ich Mr. Sungs Haus. Noch immer kann ich mir nicht recht vorstellen, was er von mir will. Aber ich werde es ja gleich erfahren.

»Hallo? Mr. Sung?«

Die Tür zu einem der Meditationsräume steht offen. Zu *dem* Meditationsraum. *Das auch noch!* Aber jetzt einfach wieder abzuhauen, kommt auch nicht infrage. Ich schlüpfe aus meinen Schuhen und gehe den Flur hinunter. Nur, um zum zweiten Mal an diesem Tag wie angewurzelt in einem Türrahmen stehen zu bleiben.

Sheryl. Es ist Sheryl, die auf mich wartet.

Den Kopf leicht gesenkt, steht sie vor einem der mit Pergament bespannten Fenster, sodass mein Blick direkt auf ihre schlanke Silhouette fällt. Sheryl trägt das grüne Kleid, in dem ich sie zum ersten Mal auf dem Weihnachtsmarkt gesehen habe, aber auch diesen scheußlichen schwarzen Schal, den sie später angezogen hat – nicht das zarte Teil, das ich ihr geschenkt habe.

Noch Fragen? Ich ersticke den winzigen Funken Hoffnung in meiner Brust. Verdammt noch mal!

»Möchtest du hereinkommen und mich anhören, Jeff? Bitte!«

Nein. Ich brauche keine Erklärung, will gar nicht wissen, wie es so weit gekommen ist. Wozu soll das gut sein? Dennoch trete ich ein.

Tolle Gelegenheit, den richtigen Umgang mit meiner Wut zu üben, rede ich mir ein. Denn wenn sie erst Vicos Namen in den Mund nimmt, werde ich wütend werden, da brauche ich mir gar nichts vorzumachen. Mit meinem verzweifelten Wunsch, noch ein paar letzte Minuten allein mit ihr verbringen zu dürfen, hat es gar nichts zu tun, dass ich nun leise die Tür hinter mir schließe. Oder?

»Es tut mir leid, dass ich dich hergelockt habe. Aber ich war so durcheinander das letzte Mal, dass ich mir nicht sicher bin, ob du mich richtig verstanden hast.«

»Habe ich. Danke!«, sage ich bitter.

»Weißt du, dass meine Oma mich von Anfang an gewarnt hat, dass du eine schwere Zeit durchgemacht hast? Aber natürlich habe ich ihr kein Wort geglaubt. Und leicht war es sicher nicht, was Sir Malcolm da von dir verlangt hat«, fährt sie unbeirrt fort.

Ich schlucke die bissige Bemerkung herunter, dass sie auf ihre Oma hätte hören sollen. Wie ruhig sie ist! Scheinbar hat sie nun, da sie mit Vico zusammen ist, ihre Nervosität überwunden.

»Danke, dass du mir alles erzählt hast, Jeff! Davor dachte ich nämlich, wenn ich nur aus eurem Leben verschwinde, dann vertragt ihr beide euch schnell wieder. Aber jetzt … Ich fürchte, diese Mischung aus Freundschaft und Abhängigkeit zwischen dir und Vico wäre so oder so nicht einfach aufzulösen gewesen. Aber dass es zu so einem schlimmen Zerwürfnis gekommen ist, ist *selbstverständlich* ganz allein meine Schuld.«

Sie schnieft leise und das erste Mal habe ich den Eindruck, dass dieses Gespräch sie ganz schön mitnimmt. Ich stehe jedoch da wie ein Idiot, bin zu beschäftigt mit dem Versuch, ihre Worte zu begreifen und gleichzeitig meinen Ärger auf Vico, der sie diese Situation hier allein durchstehen lässt, im Zaum zu halten, um etwas zu sagen.

»Ich wusste, dass Vico weit mehr für mich empfand, als gut für uns alle war. Natürlich habe ich das gemerkt! Aber noch nie hatten sich zwei so tolle Männer für *mich* interessiert. Zwei Männer, die jede Frau haben könnten, wollten *mich*. Und verstanden mich dabei auf eine Art wie noch nie ein Mensch zuvor. Ich konnte nicht widerstehen. Ja, ich liebe Vico …«

Irgendein komischer Laut entkommt mir und unwill-kürlich frage ich mich, ob die letzte Bastion meiner Selbstbe-herrschung auch noch fallen wird und ich wie ein kleines Kind in Tränen ausbrechen werde.

»... aber nicht so wie den Mann, dem ich mein Herz geschenkt habe. Nicht so wie den Mann, dem ich mit Haut und Haaren gehören wollte. Nicht so wie dich, Jeff. Ich kann auch nicht vergessen, was Vico getan hat, aber ich weiß, dass ich ihm eines Tages vergeben werde. Weil er immer einen Platz in meinem Herzen haben wird, allein schon deshalb, weil ich nun weiß, wie wichtig er all die Jahre für dich war. Und das wird ein Problem, Jeff.«

Sie dreht sich zu mir um. Sieht mich direkt an. Aber nicht nur das. Der scheußliche Schal rutscht von ihrer Schulter und enthüllt, was die ganze Zeit verborgen war: Ihre Arme und Hände sind mit einem schlichten, schwarzen Seil gefesselt!

»Ich wünsche mir immer noch, dir zu gehören«, flüstert sie. »Aber allein meine Anwesenheit wird dich immer daran erinnern, dass du Vico verloren hast. Wozu es nie hätte kom-men müssen, wenn du meinen Traum nicht hättest wahr werden lassen. Jeder neue Wunsch, den ich eines Tages hegen könnte, wird mir eine Heidenangst einjagen. Aber nicht nur das, Jeff. Ich kann dir nicht gehorchen, was Vico angeht. Ich werde nie aufhören, dich darum zu bitten, ihn wenigstens anzuhören. Ganz gleich, wie lange es dauert, bis du dazu bereit bist. Ich werde keine Ruhe geben – nicht weil *ich* Vico so sehr liebe, sondern weil *du* es tust. Auch wenn du es im Moment vielleicht anders siehst. Bis ans Ende meines Lebens werde ich dir damit auf die Nerven gehen, wenn es sein muss.

Kannst du das, Jeff? Oder wirst du mich irgendwann dafür hassen? Denn dann wäre es besser, wenn wir uns nie wiedersehen.«

»Sheryl …«

Jetzt bin ich es, der keinen vernünftigen Satz herausbringt. Was irgendwie mit dem dicken Kloß in meinem Hals zusammenhängen muss. Ich starre auf ihre Fesseln.

»Ich … Ich konnte dich nicht bitten, mich zu halten, Jeff. Aber wie sollte ich es dann anstellen, dass ich mit meinem Gestammel nicht noch mehr Verwirrung stifte? So wie das letzte Mal, als ich es versucht habe? Du hast gedacht, ich will dich nicht mehr, oder? Du hast gedacht, ich würde dich verlassen und mit jemand anderem ein neues Leben anfangen, wie deine Mutter. Du dachtest, ich hätte mich für Vico entschieden, nicht wahr? Es tut mir so leid, Jeff! Ich bin nicht mehr die Sheryl, die du auf dem Weihnachtsmarkt kennengelernt hast. Ich verstehe es, wenn du die, die ich jetzt bin, nicht mehr willst. Aber dann könnte ich deine Berührung nicht ertragen, in dem Wissen, dass es das letzte Mal ist. Deshalb habe ich Mr. Sung und Sir Malcolm um Hilfe gebeten.«

Mir wird ein bisschen schwindelig, wenn ich daran denke, was offenbar alles vorgefallen ist, während ich meinen Kummer in Bier ertränkt habe. Höchste Zeit, dass ich wieder für Sheryl da bin! Gott, bin ich erbärmlich! Ein erbärmlicher Feigling! Verflucht, ich kenne Sheryl doch! Ich hätte es besser wissen müssen! Ich weiß doch, dass sie stammelt, wenn sie aufgeregt ist oder Angst hat. Ich hätte ihr helfen müssen, ihr wenigstens zuhören sollen! Nun, das wird sich jetzt ändern.

Ich werde ein besserer Mann sein – für Sheryl. Ich fange mit dem einfachsten Punkt an.

»Sheryl, ich werde dir niemals den Mund verbieten, ganz gleich, was du mir sagen willst.« Meine Stimme klingt weit ruhiger, als ich mich fühle. »Ich hoffe, du wirst auch mich anhören. Zum Beispiel wenn ich dir sage, dass ich nichts tun kann. Vico muss seinen Weg zurück jetzt allein finden.«

Das dürfte eine Weile dauern. Was auch ganz gut ist. Wir alle brauchen Zeit, wenn wir uns bei der nächsten Begegnung nicht direkt an die Gurgel gehen wollen. Ich bin ehrlich: Meine Faust will immer noch unbedingt in sein Gesicht, sobald ich daran denke, wie Sheryl ausgesehen hat, wie verletzt sie war, wie verzweifelt.

»Komm her«, bitte ich sanft und sie kommt tatsächlich. Noch habe ich keine Erlaubnis, sie zu berühren, aber allein, dass sie so nah bei mir steht, tut mir unendlich gut.

»Ich kann dir nicht versprechen, dass es einfach wird«, flüstere ich heiser. »Was passiert ist, hat Spuren hinterlassen. Ich kann dir nicht einmal versprechen, dass wir nie wieder einen Fehler machen, auch wenn wir hoffentlich aus diesem gelernt haben.«

Ich räuspere mich und hoffe, dass sie nicht merkt, dass meine Hände nun zittern.

»Aber wenn *du mich* zurücknimmst, dann kann ich dir eines versprechen: Du wirst nie wieder jemand anderen bitten müssen, dich zu fesseln. Ich werde da sein und dir den Halt geben, den du brauchst.«

Ihre wunderbaren Augen sehen mich groß an. Ein zögerliches Lächeln erscheint auf Sheryls Gesicht, dann hebt sie langsam die Arme. »Bitte«, sagt sie nur.

Ich ignoriere den Stein in der Größe der Zugspitze, der mir vom Herzen fällt, und konzentriere mich ganz auf die Berührung, Haut an Haut, während ich die Fesseln löse. Das Seil fällt zu Boden, sanft lege ich meine Hände auf ihre Schultern und sehe ihr tief in die Augen.

»Und noch etwas kann ich dir versprechen, Sheryl: Ich werde nie aufhören, dich zu lieben.«

Ich spüre, wie das Strahlen in ihrem Gesicht und ihr gehauchtes »Ich werde dich auch immer lieben« sich wie ein beruhigendes Pflaster über die Wunden meiner Seele legen. Ich ziehe sie an mich und unsere Lippen finden einander für einen erlösenden Kuss. Meine süße perfekte verletzte Sheryl. *Ich werde alles dafür tun, damit wir heilen*, schwöre ich im Stillen.

Bleibt nur zu hoffen, dass Mr. Sung seinen Raum so bald nicht benötigt. Denn wenn es nach mir geht, wird dieser Kuss niemals enden.

Vico

23. März 2006, München-Bogenhausen

Gnädige Dunkelheit empfängt mich, als ich die Augen aufschlage. Dunkelheit und Stille.

Es muss mitten in der Nacht sein. Gut. Ich schiebe die zerknüllte, verschwitzte Bettdecke weg und krabble mühsam aus dem Bett. Jetzt wird wenigstens keiner mitbekommen, wie ich schon wieder versage. Wie mein Versuch, einfach so lange liegen zu bleiben, bis ich irgendwann verhungert bin, scheitert.

Nicht, dass ich glaube, dass Dad und Franz das zulassen würden. Aber es wäre so schön heroisch. Nur, dass irgendein dämlicher Selbsterhaltungstrieb mich zwingt, aufzustehen und mir etwas zu essen zu suchen. Heißt es nicht, je länger man fastet, desto einfacher wird es? Bei mir nicht.

Als ich am Fenster vorbeikomme, fällt mir auf, dass ich einem Irrtum aufgesessen bin. Die schweren Vorhänge, die Dad die letzten Tage regelmäßig aufzog und die ich ebenso regelmäßig wieder geschlossen habe, sperren das schwindende Tageslicht aus. Früher Abend also. Doch warum ist es so ruhig? Es ist außer spät nachts nie so ruhig in diesem Haus. Mit wackligen Knien schlurfe ich durch die endlos langen

Flure unseres Bungalows. Fühle mich, als hätte ich gerade eine schwere Krankheit überstanden. Dabei ist natürlich gar nichts überstanden.

Francines neues Programm!, fällt es mir endlich ein. Natürlich, heute ist Premiere. Klar, dass der gesamte Haushalt im Theater ist. Alle außer mir. Aber noch eine größere Enttäuschung für meine Familie und Freunde kann ich eh nicht werden, oder?

Ich verstehe sowieso nicht, warum sie immer noch alle zu mir halten. Immer wieder auftauchen und mir ihre Hilfe und ein offenes Ohr anbieten. Warum erkennen sie nicht, was ich bin – dass ich es nicht verdiene, sie in meinem Leben zu haben?

Endlich komme ich in der Küche an. Ein einsamer Topf steht auf dem Herd. Ich lüfte den Deckel und entdecke Marias berühmte Minestrone. Genau das, was man braucht, wenn man sich tagelang geweigert hat, etwas zu essen. Was natürlich der Grund ist, warum diese Suppe hier auf mich wartet. Ich mache den Herd an und schaffe es gerade so, nicht in die Gemüsesuppe hineinzuheulen.

Unsere Haushälterin also auch. Niemand wendet sich voller Grauen von mir ab. Ich wäre mich ja zu gern los. Nur, dass das bisher nicht geklappt hat. Weder habe ich es geschafft, vom Hochhaus zu springen, noch bin ich verhungert. Ich bin ein Versager.

Ich zwinge mich, ganz langsam und bedacht zu essen. Merke, wie meine Kräfte mit jedem Bissen zurückkehren. Und fasse einen Entschluss: Mit dieser Mischung aus Selbstmitleid und Selbstverachtung ist Schluss! Ich benehme mich ja, als wäre *mir* unrecht getan worden, und ziehe dabei alle in mein Elend hinein. Ein D'Vergy sollte wenigstens in der Lage sein, den äußeren Schein zu wahren.

Ich räume meinen Teller weg, gehe ins Bad, ziehe die olle Jogginghose und das verschwitzte T-Shirt aus und starre in den Spiegel. Scheußlich sehe ich aus. Das Haar fällt fettig und strähnig auf meine Schultern, unter den Augen entdecke ich dicke Ringe und die hohlen Wangen ziert ein struppiger Bart. Aber meinem Körper sieht man die ungewollte Diät nicht an, er wirkt immer noch wie der eines Sportlers. Eine Dusche und eine Rasur und ich werde beinahe so aussehen wie an dem Tag, an dem ich Sheryl fast vergewaltigt hätte.

Geht gar nicht. Ich schlüpfe in meinen Bademantel, wandere erneut durch den weitläufigen Bungalow, bis ich den kleinen Anbau erreicht habe, in dem sich die Gästezimmer befinden. Wie erwartet, hat Francine sich mal wieder in einem eingenistet und entsprechend sieht auch das Gästebad aus: Auf dem Waschtisch tummeln sich tonnenweise Schmink- und Pflegeprodukte, der Wäschekorb quillt über und auf der Duschabtrennung thront schief Francines Alltagsperücke. Es dauert ein wenig, bis ich den Langhaarrasierer finde, mit dem Franz sich regelmäßig den Kopf rasiert, damit die Perücken besser sitzen.

Zurück in unserem Bad setze ich den Rasierer an. Strähne um Strähne meines dunklen Haares fällt zu Boden. Ich dachte, der Schmerz in meiner Brust sei bereits so arg, dass es wenigstens nicht mehr schlimmer werden könnte. Doch als ich die Reste der Mähne, auf die ich so stolz war, das Klo hinunterspüle, stelle ich fest, dass es immer noch ein bisschen mehr wehtun kann.

Die schwarzen Locken drehen sich noch einmal im Wasserstrudel der Kloschüssel, dann verschwinden sie endgültig in der Kanalisation. Aber ich bin aus Sir Malcolms Schule verbannt worden und habe kein Recht, weiter so auszusehen, als gehörte ich noch dazu.

Da ich schon mal dabei bin, fahre ich mit der Rasur fort, dann dusche ich. Sehe wieder in den Spiegel. Sauber, aber immer noch scheußlich, stelle ich zufrieden fest. Franz wird ausflippen. Nicht, weil ich den Rasierer ausgeliehen habe, sondern weil das Ergebnis recht unregelmäßig ausgefallen ist. Ich sehe aus wie der Verbrecher, der ich bin.

Und jetzt, Victorio Moreno D'Vergy?, verhöhne ich mich selbst. *Immer noch wild entschlossen, als Anwalt für Gerechtigkeit zu sorgen? Ausgerechnet du? Ziemlich vermessen, oder?*

Ich balle die Fäuste. Als ich Dad gegenüber so eine Bemerkung gemacht habe, meinte er doch glatt, ich solle meinen »Ausrutscher« als Chance begreifen, um zu lernen, wie rasch man selbst straffällig werden könne. Um nicht so hart über jene zu urteilen, die tatsächlich schuldig seien. Pah! Was hat es mir denn geholfen, dass sich niemand dazu herablässt, mich zu bestrafen? Sheryl hat mich nicht angezeigt und auch sonst ist nichts weiter passiert. Außer, dass ich mich seit Tagen wie ein Jammerlappen benehme. Sollte ich doch noch Jurist werden, dann werden die Täter sicher nicht mit meiner Nachsicht rechnen können. Das bringt ja mal gar nix, sieht man ja.

Jeff scheint der Einzige zu sein, der keine Gnade walten lassen will. Außerdem kennt er mich besser als ich mich selbst – er wusste genau, wie sehr es mir zusetzt, dass ich mich nicht einmal entschuldigen darf. Und plötzlich verstehe ich, dass Jeff gar nicht davon ausgeht, dass ich sein Rätsel in absehbarer Zeit löse. Warum sollte ihm auch daran gelegen sein, meine Verzweiflung alsbald zu lindern? Wenn ich daran denke, wie lange Jeff sich Sir Malcolms Sanktionen unterworfen hat, nachdem er als *Kind* einen Fehler gemacht hatte, habe ich Mühe, die Minestrone bei mir zu behalten. Ich halte mich am Waschbecken fest und schlucke heftig.

Na gut. Akzeptiert.

Ich muss also mit meiner Schuld klarkommen und mein Leben zukünftig gefälligst ohne Jeffs Hilfe auf die Reihe bringen. Und wie genau verhindere ich dabei jetzt, dass ich jemals irgendwem wieder so etwas antue?

Andererseits – die letzten Jahre waren ja nicht umsonst. Ich habe gelernt, meinen Körper ebenso zu beherrschen wie meine Gefühle. Zumindest konnte ich das, bis mir die Liebe in die Quere gekommen ist.

Aber verlieben werde ich mich sowieso nie wieder. Ausgeschlossen, dass jemand mich je wieder so tief berührt, wie Sheryl es getan hat. Das will ich auch gar nicht. Sheryl … Allein an ihren Namen zu denken, lässt mir sofort wieder die Tränen in die Augen schießen. Mayday. Sheryl. Mayday.

Trotzdem scheint das zumindest ein Ansatz zu sein, wie ich weiterleben kann. Keine Liebe, keine Nachsicht. Weder mit mir noch mit sonst wem.

Ohne mir die Mühe zu machen, mich anzuziehen, latsche ich zurück zum Gästebad. Vielleicht sollte ich in Zukunft enthaltsam leben? Aber ich bin nicht Jeff, ich brauche mir gar nicht vorzumachen, dass ich es auf die Reihe brächte, mich jahrelang selbst zu kasteien. Also heißt es auch hier, nie wieder die Kontrolle zu verlieren.

Wo wäre ich da besser aufgehoben als in jener Welt, die Jeff mir die letzten Wochen gezeigt hat? Wo könnte ich besser beweisen, dass ich etwas aus meinem Fehler gelernt habe und ich das Vertrauen, das eine Sub in mich setzt, nie wieder missbrauche?

Ich verdränge den Gedanken, dass es mir in Wahrheit nur um die Befriedigung meiner eigenen Gelüste gehen könnte. Dass ich eine Ausrede suche, um wieder von einem Bett ins andere springen zu können.

So ist das nicht!

Was wäre denn die Alternative? Den Rest meines Lebens keinen Schritt mehr zu tun, aus Angst, dass ich wieder einen Fehler machen könnte? Werde ich schon nicht! Auch wenn ich mich nach wie vor für meine Tat verachte, darf das doch nicht dazu führen, dass ich meine Zukunft einfach wegwerfe. Immerhin bin ich vermögend, klug genug, um das mit dem Studium zu packen, und … Na ja, im Moment sehe ich zugegeben beschissen aus, aber das wird Franz schon wieder in Ordnung bringen.

Da draußen ist ein Haufen Leute unterwegs, denen ich genau das geben kann, was sie brauchen. Weil ich gelernt habe, die Signale, die ein Körper sendet, zu deuten. Weil ich genau weiß, wie ich meine Kraft einsetzen kann. Auch wenn ich sicher nicht an eine Session gedacht habe, als ich begonnen habe, Schwertkampf zu trainieren. Aber warum sollte ich dieses Wissen nun nicht nutzen, um die Bedürfnisse einer Sub zu befriedigen? Vielleicht kann ich mir damit auch ein paar Stunden des Vergessens und der Lust erkaufen. Na und?

Zurück im Gästebad lege ich den Rasierer zurück, als mein Blick auf einen Kulturbeutel fällt, aus dem eine schwarze Seidenmaske hervorlugt. Die Zorro-Maske aus dem letzten Programm. In der neuen Aufführung kommt kein Zorro vor. Francine wird sicher nichts dagegen haben, wenn ich mir die Maske ausleihe. Ich binde sie mir über die Augen.

Wahnsinn! Ein anderer Mann blickt mich aus dem Spiegel an. Vico ist fort – und auch der miese Frauenschänder. Die Augenringe verschwinden ebenso unter der Maske wie der traurige Ausdruck in meinem Gesicht. Sogar meine verhunzte Frisur trägt in Kombination mit der Maske zu einer geheimnisvollen Aura bei.

Victorio, der Dom.

Jetzt weiß ich, was ich tun werde. So sehr ich diese Psychotherapeuten gehasst habe, zu denen Dad mich immer geschleppt hat, weil sie mir meinen sehnlichsten Wunsch nicht erfüllen konnten, mich wieder an meine Mutter erinnern zu können, so haben sie mich doch eines gelehrt: Reden hilft tatsächlich.

Deshalb werde ich genau das nicht tun. Ich werde weder Sheryls noch Jeffs Namen je wieder in den Mund nehmen, es sei denn, der unwahrscheinliche Fall tritt ein, dass dieses Rätsel überhaupt eine Lösung *hat*. Was auch immer Jeff bezweckt haben mag, ich bin alt genug, meine Strafe selbst zu wählen. Denn tief in mir verschlossen wird der Stachel meiner Schuld und meines Verlustes mich daran hindern, je wieder tiefere Gefühle für jemanden zu entwickeln. Und somit auch verhindern, dass ich jemanden verletze. Nie wieder Mayday. Nie, nie wieder.

Ich nicke meinem Spiegelbild zu. Und jetzt? Bis der Rest der Hausbewohner wieder auftaucht, wird es früher Morgen sein. Vom Theater halte ich mich heute Nacht lieber fern, es reicht, wenn ich die anderen morgen mit meinem neuen Haarschnitt konfrontiere.

Also könnte ich auch noch allein losziehen. Der ein oder andere Name eines Clubs ist in letzter Zeit ja schon gefallen. *The Prison* hört sich vielversprechend an, da könnte ich mich erst mal unverbindlich umsehen. Und wenn mein neuer Look nicht reicht, um eingelassen zu werden, dann wird es ein dickes Geldbündel ganz sicher tun.

Denn bis es sich herumgesprochen hat, dass ich der beste Dom bin, den Münchens dunkle Szene je gesehen hat, kann es ja ein paar Tage dauern.

JEFF

12. Juli 2010, München-Au

Der große, gelbe Bagger mit der Abrisszange schiebt sich im Schneckentempo die Straße entlang, das graue Haus mit den dunklen Fensterläden und dem bogenartigen Eingang bereits fest im Visier. Niemand hält ihn auf. Keine Demonstranten, keine Transparente, die aus den Fenstern hängen, nur ein paar Schaulustige aus der Nachbarschaft, die sich das Spektakel nicht entgehen lassen wollen und gespannt darauf lauern, wie schnell der Bagger mit dem alten Gemäuer fertigwird, es in einen Haufen Schutt verwandelt.

Wer sollte sich auch für das alte Gebäude interessieren? Wer außer mir? Ich schlucke heftig, als die Zange das erste Mal zupackt, einen Teil des Dachstuhls herausreißt, als wäre er aus Papier. Ich fühle mich, als risse er ein Stück meines Herzens gleich mit ab. Der Ort, der mein Zuhause war, wird vor meinen Augen zerstört. Wenigstens muss Sir Malcolm das hier nicht mehr miterleben. Doch nun, da unser Heim einfach so plattgemacht wird, scheine ich erst so richtig zu realisieren, dass dies alles hier kein schrecklicher Albtraum ist. Ein Albtraum, von dem ich das irrationale Gefühl habe, ihn durch das Betreten dieses dreimal verfluchten Krankenhauses erst heraufbeschworen zu haben. Aber was sollte ich denn tun? Sir Malcolm da liegen lassen? Allein? Darauf hoffen, dass seine Schwester doch noch kommen und mir diese Last abnehmen würde? Nach allem, was er für mich getan hat? Nein!

Trotzdem war ich drauf und dran, diesem Weißkittel seine Worte in den Hals zurückzustopfen. »Bauchspeicheldrüsenkrebs« und »unheilbar«. Ich wollte einen Schuldigen und ich wollte den Schuldigen meine Faust spüren lassen, doch dieses Mal konnte ich mich beherrschen. Das Letzte, das Sir Malcom in dieser Lage brauchen konnte, war, dass ich seinen Arzt zusammenschlug.

Aber jetzt? Warum bin ich nicht im Haus geblieben, habe mich nicht einfach in mein Bett gelegt und darauf gewartet, dass die herabfallenden Steine mich unter sich begraben? Diesem Elend hier ein für alle Mal ein Ende bereiten?

Eine schmale, kühle Hand schließt sich um eine meiner Fäuste, zu denen ich meine Hände unbewusst geballt habe, als wollte ich persönlich den Kampf gegen diesen verfluchten Bagger aufnehmen. Mühsam löse ich die verkrampften Finger, lasse es zu, dass die kleine Hand sich in meine schiebt, und drücke sie sanft. Da ist er ja, der Grund, warum ich vor dem Haus stehe und nicht darin sitze. Sheryl. Liebe meines Lebens.

»Wir schaffen das«, sagt sie, entgegen aller Vernunft. Und erinnert mich mal wieder daran, warum sie seit Jahren die Einzige für mich ist. Zuerst dachte ich noch, es würde sich geben, wenn ich mir erst sicher sein könnte, dass sie sich wieder fallen lassen kann. Wenn sie eine Session wieder genießen könnte, ohne dass ich sie, voller Sorge, sie irgendwie zu triggern, wie ein rohes Ei behandle. Doch auch als ich endlich glauben konnte, dass es so weit war, war mir jede Lust auf eine andere Frau vergangen, jede Lust, mit einer anderen Sub zu spielen. Doch vor allem bin ich selbst nicht in der Lage, irgendetwas zu tun, sobald der Blick eines anderen auf ihr ruht. Es geht einfach nicht. Keiner soll sie auch nur ansehen und jeder, der es wagen sollte, sie zu berühren, würde es bereuen. Ich weiß, dass das vielleicht nicht reicht, um sie vor allem Unbill dieser Welt zu beschützen, und dennoch kann ich nicht anders. Ich will das Schicksal nicht herausfordern.

Doch dann hat das Schicksal an einer ganz anderen Stelle zugeschlagen. Mir den Mann genommen, der so etwas wie ein Vater für mich war.

Aber Sheryl ist hier, hier bei mir, und diesmal ist sie es, die mir den dringend benötigten Halt gibt. Und dass sie es kann, dass sie längst selbstbewusst ihr Leben in Angriff nimmt und sich doch immer noch ganz meiner Führung anvertrauen kann, wenn wir allein sind, ist vielleicht der Grund, weshalb ich noch keine Sekunde lang daran gezweifelt habe, dass wir beide uns genügen werden. Für immer.

»Ich habe mich erkundigt: Eine Privatinsolvenz ist kein Drama«, reißt Sheryl mich aus meinen Gedanken. »Nur dein Traum mit den Kursen für straffällig gewordene Jugendliche wird warten müssen.«

»Wird er nicht«, sage ich grantig, während der Bagger ein Stück der Fassade herausbricht. Muss das eigentlich so würdelos ablaufen? Das ist unser Haus, kein Haufen Müll. Scheiße!

Sheryl legt den Kopf schief und blinzelt mich fragend an. Ach ja. Sie weiß ja noch gar nicht, dass das Schicksal mir nicht nur Sir Malcolm und mein Haus genommen hat, sondern zusätzlich noch seine Späße mit mir treiben muss.

»Irgendjemand hat den Schuldenberg, der nach dem Verkauf der Schwertkampfschule übrig geblieben ist, mal eben so getilgt«, spucke ich wütend die Worte aus, die mir seit dem gestrigen Termin bei meiner Bank im Magen liegen. »Und dieser lächerliche Knilch von einem Banker weigert sich einfach, die Kohle dahin zu packen, wo sie hergekommen ist. Das gehe nicht, da es verwaltungstechnisch so wäre, als würde ich neue Schulden machen, und ich sei nicht kreditwürdig. Hast du so einen Blödsinn schon mal gehört?«

»Na, streng genommen waren das ja auch nicht deine Schulden, sondern Sir Malcolms«, wendet Sheryl sanft ein, wie immer ohne jeden Vorwurf in der Stimme, weil ich ein Erbe angenommen habe, das mir abgesehen von Sir Malcolms Schwert nur Ärger eingebracht hat.

»Vielleicht liegt ja auch ein Fehler vor?«

»Du weißt, dass es kein Fehler ist. Er will sich freikaufen. Nichts, gar nichts hat er verstanden, der Arsch!«

»Wenn es Vico war, dann ist es ein Hilferuf«, wendet sie geduldig ein. Aber nicht mit mir!

»Oh ja, klar! Als ob es der zukünftige Herr Staatsanwalt nötig hätte, um Hilfe zu rufen. Da schickt er mir doch lieber das Geld, daran fehlt es ihm ja wirklich nicht. Woran es fehlt, sind die Eier in der Hose, um wenigstens seinen Namen auf die Überweisung zu schreiben! Gehts noch?!«

»Was stand denn für ein Name drauf?«

»Was weiß denn ich! Irgendeine Stiftung. Wahrscheinlich kann der Mistkerl das auch noch von der Steuer absetzen! Aber was immer er damit bezweckt, er hat sich geschnitten. Ich lasse mich nicht kaufen.«

»Ach, Jeff ...«

»Nein!«, sage ich fest, auch wenn ich weiß, dass sie nicht aufgeben wird. Das tut sie nie. »Weißt du was? Ich habe Vico echt vermisst. Ich dachte, es wäre an der Zeit ... Aber so nicht! Der Typ kann mir gestohlen bleiben, aber so was von!« Ich drehe mich um, lege meine Hände auf ihre Schultern und sehe ihr fest in die Augen. »Wenn ich könnte, würde ich jeden einzelnen Schein zurück in seinen Rachen stopfen. Aber ich kann nicht. Okay. Aber dafür können wir beide jetzt die Chance nutzen, die sich uns bietet. Keine Schulden. Sir Malcolms und meine Schüler wollen ja auch irgendwo trainieren, die lassen mich nicht im Stich. Mit deiner Unterstützung, kann ich eine neue Schule aufbauen. Kannst du dich noch an Karli erinnern, den Streetworker, den wir auf der Hochzeit von Kai und Linda kennengelernt haben? Der würde mich unterstützen, wenn es um Kurse zur Gewaltprävention geht. Dann war die scheiß Kohle von dem Dämlack wenigstens zu was gut. Wie sieht es aus, bist du dabei?«

»Karli? Du meinst nicht zufällig den Typen, der so aussieht, als würde er zum Schlafen in eine Gruft anstatt in ein Bett klettern?«

Ich runzle irritiert die Stirn. Klar, Karli hat einen echt komischen Klamottengeschmack, aber sonst ist er voll in Ordnung. Mit den Jugendlichen kommt er super klar. Ganz ohne

Drill, nicht so, wie es damals bei Sir Malcolm und mir lief. Und trotzdem hat er die Bande voll im Griff. Austoben können die sich dann bei mir im Training – so ist zumindest der Plan.

Ganz nebenbei kann ich auch prima mit Karli quatschen. Was der Kerl anhat, ist da doch so was von egal, oder?

Sheryl lächelt, stellt sich auf die Zehenspitzen und haucht einen Kuss auf meine Nase.

»Karli also«, sagt sie und der Name perlt über ihre Zunge, »warum nicht! Natürlich bin ich dabei. Probieren wir es mit Karli, mein tapferer Ritter …«

Ende

Liebe Leserin, lieber Leser,

ich freue mich, dass ich Dich mit meinem Buch so fesseln konnte, dass Du bis zum Nachwort weitergelesen hast. Hat Dir die Geschichte von Sheryl, Jeff und Vico gefallen? Dann lass' doch andere Leser:innen an Deinen Eindrücken mit einer Rezension teilhaben. Oder schenke meinem Buch eine Bewertung – als Selfpublisherin hilft mir das wirklich sehr. Ganz herzlichen Dank!
Wenn Du Lust hast, folge mir auch gerne auf Instagram, dort poste ich regelmäßig Neuigkeiten zu meinen Projekten.

Alles Liebe

Deine Lu

Kennt ihr schon meinen Dark-Romance Zweiteiler »Der Cortone-Clan«? Nein?! Dann habe ich hier eine Leseprobe aus dem ersten Teil dieser spannenden Mafia-Geschichte für euch:

Tosh - La Famiglia von Lucia Bolsani

ISBN: 978-3753408927

Ein rücksichtsloser Mafiaclan.
Ein undurchsichtiger Geschäftsmann.
Eine ehrgeizige Anwältin.
Eine heiße Affäre.

Eigentlich ist es um die Karrierechancen der jungen Anwältin Mayra bestens bestellt. Sie hat einen Job in einer renommierten Münchner Anwaltskanzlei ergattert und darf endlich einen eigenen Mandanten betreuen. Doch der entpuppt sich als rücksichtsloser Mistkerl. Zudem hat der Geschäftsmann offenbar hervorragende Verbindungen zur *Famiglia*, einem Clan, der fernab von Touristenströmen und spießigem Bürgertum die Unterwelt beherrscht. Als sei das alles nicht schlimm genug, hat Mayra auch mit der unerwünschten sexuellen Anziehung zu kämpfen, die der Mann auf sie ausübt. Fest entschlossen, sich nicht unterkriegen zu lassen, beschließt sie, die Geheimnisse ihres Klienten zu lüften. Doch dabei gerät Mayra in das Visier von Männern, die auch vor Folter und Mord nicht zurückschrecken.

Leseprobe:

Zwei Stunden später will ich mal wieder eines meiner Nachschlagewerke zu Rate ziehen, doch Silvers hält mich zurück.

»*E basta!* Wir sollten eine Pause machen, Signorina Jennings.«

Oh ja! Am liebsten hätte ich einen Cappuccino, bin mir aber nicht sicher, ob ich mich traue, einen zu bestellen, wenn Liliane nicht dabei ist.

»Ich könnte einen guten Fick brauchen.«

Wie bitte?! Ich muss mich verhört haben. Das hat er jetzt nicht wirklich gesagt, oder? Ich starre ihn an und werde mit einem Raubtierlächeln bedacht.

»Die eigene Sexualität auszuleben ist perfekt dazu geeignet, um Stress abzubauen«, sagt er spöttisch. »Sie werden doch kein Problem damit haben?«

Erst jetzt merke ich, dass mein Mund offen steht. »Ich kann nicht … ich will nicht …«, stammle ich.

Echt nicht?

»Keine Sorge, Signorina. Ich bevorzuge grundsätzlich Experten, auf jedem Gebiet.«

War das eine Beleidigung? Das war eine Beleidigung! Eigentlich der passende Moment, um das Allgemeine Gleichbehandlungsgesetz, Paragraf 3 Absatz 4, sexuelle

Belästigung, zu zitieren, doch ich bringe kein Wort heraus, starre ihn nur an, während er entspannt sein Handy zur Hand nimmt. Dieser Mistkerl!

»Ciao, Susan! Viel los bei euch? ... Okay ... Dann kannst du Tilly für eine halbe Stunde entbehren? Ja, schick sie gleich hoch.«

Silvers hat sich jetzt nicht ernsthaft eine Nutte hierherbestellt. Oder?

Er steht auf, zieht sein Jackett aus, wirft es nachlässig über einen Stuhl. Öffnet die Manschettenknöpfe, legt sie beiseite und krempelt aufreizend langsam die Ärmel seines schwarzen Hemdes hoch.

»Signorina Jennings – wollen Sie zusehen?«

»Nein!«, krächze ich entrüstet.

»Dann würde ich vorschlagen, Sie gehen eine Runde spazieren.«

Aber ich bin bereits auf der Flucht. Bloß raus hier!

In Lilianes Büro, die natürlich längst Feierabend gemacht hat, stoße ich fast mit einer jungen Frau zusammen, die es offenbar sehr eilig hat. Sie sieht nicht aus wie eine Prostituierte, sondern trägt die Uniform eines Fast-Food-Restaurants. Mich ignoriert sie völlig. Sie stürmt einfach an mir vorbei in Silvers Büro.

»Mr. Silvers, Sir! Ich dachte schon, Sie hätten mich vergessen ...«

Dann fällt die Bürotür hinter ihr zu.

Ich kneife mir kräftig in den Arm. Ist das hier die Realität, oder stecke ich in einem abstrusen Traum fest? Autsch! Kein Traum.

Ich sollte tatsächlich an die frische Luft gehen. Was geht mich das hier an? Doch ich bleibe, lasse mich auf einen von Lilianes Besucherstühlen fallen und starre die geschlossene Tür an. Die haben doch da jetzt nicht allen Ernstes Sex? Oder? Immer wieder sehe ich vor mir, wie Silvers seine Ärmel hochkrempelt. Seine muskulösen Arme. Er hat ein Tattoo auf seinem Unterarm.

Warum hört man denn nichts? Die haben keinen Sex! Ganz bestimmt nicht. Silvers verarscht mich doch! Lilianes Wanduhr tickt. Nichts rührt sich. Ich rutsche auf meinem Stuhl herum.

Und dann diese Frau! Muss sie sich dem Silvers denn so an den Hals werfen? *Sir!* Auf so was steht er? Ich schnaube durch die Nase.

Eine halbe Stunde. Ein Quickie. Mag er kein Vorspiel? Ich sollte an etwas anderes denken.

Tilly. Was ist das überhaupt für ein Name? Hübsch war sie allerdings. Sehr hübsch. Mist!

Klick. Der Zeiger von Lilianes Uhr springt einen Strich weiter. Exakt eine halbe Stunde, nachdem die Tür hinter Tilly ins Schloss gefallen ist, geht sie wieder auf.

Euch steht eher der Sinn nach einer romantischen Komödie mit Happy End Garantie? Dann schaut doch mal bei Eva Bolsani vorbei, Lucias heiterer Schwester. In ihren Geschichten rund um eine WG in München dreht sich alles um die Suche nach der großen Liebe:

Ein Millionär für Freddy
von Eva Bolsani
ISBN 9783751954426

»Aschenputtel sucht Millionär, das ist doch Ihre Annonce? Nun hier bin ich, also sollten Sie mich auch hereinlassen.« Er runzelte die Stirn. »Sagen Sie nicht, dass ein anderer schneller war!«

Frederika - von ihren Freundinnen nur Freddy genannt - kann es nicht fassen: Obwohl ihr Horoskop so vielversprechend klang, entpuppt sich ihr Blind Date als langweiliger Geizhals. In weinseliger Laune gibt sie daraufhin eine Kontaktanzeige mit den Worten "Aschenputtel sucht Millionär" auf.

Wer rechnet schon damit, dass sich auf so eine Anzeige tatsächlich jemand meldet? Doch bereits am nächsten Tag steht der ebenso gut betuchte wie schneidige Arnold vor Freddys Tür und bietet ihr ein Geschäft an. Überzeugt davon, dass ein gnädiges Schicksal ihr diesen Traummann geschickt haben muss, stimmt Freddy zu. Doch ist der reiche Arnold wirklich der Richtige für sie?

Denn da ist ja auch noch der charmante Lebenskünstler Joe, Arnolds Chauffeur, der Freddys Herz höherschlagen lässt. Doch der scheint mehr als ein Geheimnis vor ihr zu verbergen ...

Dieser Roman ist in sich abgeschlossen und kann unabhängig von den anderen Bänden der Reihe "Die Münchner Mädels WG" gelesen werden.

Leseprobe:

»Vielleicht war er ja auch beim Friseur und hatte nun kein Geld mehr übrig«, wandte Valentina leise ein und nippte vorsichtig an ihrem Wein.

»Papperlapapp«, tönte Wanda. »Beim ersten Date braucht der Typ ja nicht gleich so raushängen zu lassen, dass sie ihm nix wert ist!«

»Genau!«, rief Freddy und fuchtelte mit ihrem Rotweinglas in Richtung Valentina, bevor sie sich entschloss, lieber noch einen großen Schluck zu nehmen. Nicht, dass sie noch etwas von dem guten Tropfen verschüttete.

Dann machte sie sich daran, die Kartoffeln zu schälen und in eine große Pfanne mit Olivenöl zu werfen. Merkwürdigerweise war der Rotwein bereits leer – hatten die Mädels schon so viel getrunken? Sie öffnete eine weitere Flasche.

»Ich muss diesen komischen Geschmack vertreiben, den die Currywurst – oder auch dieser Edward – in meinem Mund hinterlassen hat«, erklärte sie dabei.

»Du hast ihn doch nicht etwa geküsst?«, fragte Valentina entsetzt.

»Natürlich nicht!«, entrüstete sich Freddy. »Aber schon wieder ein Reinfall, das kann doch einfach nicht sein. Und dass, nachdem mein Horoskop so vielversprechend war!«

»Du glaubst doch nicht immer noch an diesen Blödsinn«, stöhnte Wanda.

»Die Zeitung war von meiner Kollegin«, schwindelte Freddy, während sie Kartoffeln und Hähnchenbrüste in eine Auflaufform schichtete.

»Und weißt du, was noch drinstand? Eine total süße Geschichte, wie sich ein berühmter Sänger in ein Zimmermädchen verliebt, weil sie ihm kurz vor seinem Auftritt noch einen Knopf an sein Jackett genäht hat.« Freddy redete sich zunehmend in Rage. »Jetzt heiraten sie, und sie ist schwanger …«

Mit Schwung schob sie die Auflaufform ins Backrohr und schloss die Tür mit einem lauten Knall.

»… und er hat eine total hübsche Villa für seine kleine Familie gekauft! Wieso passiert mir so was nie?«

»Sag doch so was nicht. Sicher wartet irgendwo der Richtige auf dich«, meinte Valentina tröstend, doch Wanda murrte:

»Jetzt übertreibst du aber echt. Wenn du einen Rockstar oder einen Milliardär suchst, solltest du das vielleicht auch in deine Anzeigen auf diesem Datingportal so reinschreiben.«

Und da hatte Freddy gedacht, Wanda würde sie verstehen! Entnervt schob sie sich den Schnitz einer Tomate in den Mund. Murat hatte recht gehabt, sie waren wirklich ausgezeichnet. Gut, dass sein Laden fast rund um die Uhr geöffnet hatte.

»Es muss ja nicht gleich ein Milliardär sein«, brummelte sie mit vollem Mund.

»Ein Millionär reicht der Dame also schon«, sagte Wanda spöttisch.